虞美人草

ぐびじんそう

Natsume Sōseki

夏目漱石——著

陈岩——译

上海译文出版社

一

“真挺远啊。本来该从哪儿开始登呢？”

一个人停住脚步，一边用手巾擦着额头，一边说道。

“我也不知道该从哪儿登。从哪儿登还不都一样，山就在那儿嘛。”

一个长着四方大脸，矮小敦实的男子不以为然地回答道。

他戴着一顶茶色的礼帽，从向上卷起的帽檐下面，扬着卧蚕眉，向头顶上仰望。此时春日迟懒，碧空如洗，在轻柔的云霞中，睿山[①]巍然耸立，似乎在说“小子欲奈我何”。

“真是座难以撼动的山哪！”矮胖墩挺着宽厚的胸脯，拄着樱木手杖说道。可接着他却话锋一转，似乎根本不把睿山放到眼里，“看上去就在眼前，没什么不得了的。”

“什么看上去就在眼前，今天早晨离开住处后一直都就在眼前。到京都看不到睿山就见鬼了。”

“我说看上去也没错嘛。别说废话了，继续走自然就到山上了。”

瘦高个子没有回应，摘下帽子在胸前扇着。因为平日由帽檐遮挡，没有遭到染黄油菜花的春天阳光的暴晒，他那宽大的额头显得格外苍白。

“喂，现在可不能休息，快走吧！”

瘦高个子满脸汗水，一任春风吹拂，头上的黑发已黏在一起，他恨不得把它倒过来吹吹。他一只手握着手巾，一会儿额头、一会儿脸、一会儿颈窝地来回擦着。对同伴的催促，他并不在意，悠然地问道：“你是说那山难以撼动吧。”

“嗯，你看那架势简直是岿然不动。就是这样……”矮胖墩挺起粗厚的肩膀，把空着的手攥成海螺样，摆出一副自己也岿然不动的架势。

“岿然不动是说明明可以动而不动的吧。”瘦高个子斜着细长的眼睛向下望着伙伴。

“没错啊。”

“那山会动吗？”

“哈哈哈哈，你又来了。看来你是为了饶舌才来到世上的。快走吧！”他嗖的一下把粗大的樱木手杖放到肩上，走了起来。瘦高个子也把手巾放进袖子里，迈开脚步。

“今天在山下的平八茶屋②玩一天就好了。现在往上登，也只能是半途而废。到山顶到底有几里③呀？”

“到山顶有一里半。”

“从哪儿开始算？”

“谁知道从哪儿算呀？不过是京都的一座山呗。”

瘦高个子没再应声，只是默默一笑，而矮胖墩却起劲儿地继续说道：

“和你这样只做计划、不去实施的人一起旅游，肯定到哪都会错失风景。当你的旅伴算是最倒霉的了。”

“碰到你这种东一头、西一头瞎闯的人那才倒霉呢。首先，带人家出来竟然连从哪儿开始登、要看什么地方、从哪里下去都不知道。”

“说什么呢？这点儿事还用什么计划啊，不就是座山吗？”

“那就说这座山，你知道它有几千尺④高吗？”

---

① 横贯滋贺县大津市西部与京都市东北部的山脉，主峰大比睿海拔 848.3 米。与高野山齐名，自古便是受到各路教派仰慕的神山。亦称比睿山、北岭、天台山、都富士等。

② 位于京都市左京区的一家老牌料理店，创店于 1576 年。

③ 旧时日本的长度计量单位，1 里相当于 3 900 米。

④ 明治时期的 1 尺约等于 30.3 厘米。

“这种无聊的事我怎会知道？……那你知道吗？”

“我也不知道。”

“这不就得了嘛。”

“你不要那么自以为是，其实你是一无所知。虽说山高我俩都不知道，但在山上看什么，大概要几个小时，总要差不多搞清楚，否则是无法按预定日程进行的。”

“不能进行就重来嘛。有你那样考虑没用的事的时间，重来几遍都没问题。”矮胖墩仍然快步向前，瘦高个子则默默地落在后边。

春色满京城
大街小巷物万种
皆可入诗中

横贯七条至一条的巷陌，柳烟轻荡，温暖的河水漂洗的白练布满高野川[①]河滩。一路绵绵蜿蜒向北，沿此行约二里余，但见山从左右逼来，脚下清溪潺湲，每至蜿蜒处，水声前后左右不断。入得山中，只见春意已酣，但仍有残雪示寒。一条阴暗的小径穿过山麓，崎岖升攀，坡路上走来大原女[②]，走来老牛。京城的春天宛如老牛绵绵的尿水，悠长宁静。

“喂……”落后的瘦高个子停住脚步，招呼走在前面的伙伴。春风裹着“喂……”的声音，悠闲地飘过闪着白色光芒的小路，撞到对面只长有茅草的山壁上。这时，晃动在百余米前的矮胖墩的影子一下子停了下来。瘦高个子向上伸出长胳膊，向伙伴两次做出让他返回的手势。这时，在温暖的阳光照射下，矮胖墩肩上的樱木手杖闪出一道耀眼的光，还没等瘦高

---

① 高野川是发源于京都市左京区的河流，属于淀川的支流，全长 17 公里。

② 大原女指在山城国大原（即京都市左京区大原）将本地特产薪柴顶在头上运到京都市内叫卖的女人。

个子缓过神来，他已经走了回来。

“怎么啦？”

“不怎么啦。得从这上山。”

“从这上山？可真怪了。走这种独木桥，那可怪透了。”

“像你那样继续乱走，要走到若狭①地界的啊。”

“走到若狭也没关系，难道你熟悉地理呀？”

“刚才向大原女打听过。过这个桥后，再沿那条小路走上一里就到了。”

“你说的‘到了’是到哪啊？”

“当然是睿山上啦。”

“睿山上的什么地方啊？”

“那可不知道。不上去怎么能知道呢。”

“哈哈，连你这么喜欢做计划的人也没问出个究竟，是智者千虑必有一失吧？那好，俺要不就悉听君命，过这个桥。那我们就往上爬了。你怎么样，走得动吗？”

“走不动也得走。”

“不愧是位哲学家，头脑再好使些，就更不得了了。”

“你说什么都行，你在前面走吧。”

“那你可跟在后面啊。”

“好啊。走吧！走吧！”

“你愿意跟在后面我就走。”

俩人一前一后走过溪流上的简陋的独木桥，他们的身影淹没在被繁茂的山草包围、拼尽一丝微弱的力气伸向山顶的小径中。枯萎的草挂着去年的霜花，在透过薄云的日光直射之下，升腾起团团热气，烤得双颊暖

① 若狭是日本古代的令制国之一，属于北陆道，又称若州。若狭国相当于现在福井县的岭南地区。

暖的。

“喂，甲野！”矮胖墩回头叫道。甲野瘦长的身躯与脚下的细路倒显得协调，他直挺着身子，没有抬头，只是“嗯”了一声。

“快告饶了吧。真是个㞞货！你往下看。”他把那根樱木手杖自左向右地挥了一圈。

在他杖头所指的远方，一条银带似的高野川闪着刺眼的光芒，两岸的油菜花如燃烧般盛开，涂抹成浓厚的金色背景，映衬出淡紫色的缥缈的远山。

“景色确实很美。”甲野扭转他的瘦长身躯望去，在六十度的陡坡上，站得稳稳当当。

“不知不觉登这么高了。还挺快的嘛。”宗近说道。宗近是矮胖墩的名字。

“这和人在不觉之间堕落，又在不觉之间醒悟是一个道理吧。”

“就如同白昼变黑夜、春天变夏天、青年变老年一样嘛。这个，我也早就明白了。”

“哈哈，你多大了？”

“别管我多大，你多大了？”

“我知道自己多大。”

“我也知道自己多大。”

“哈哈，看来你是想打马虎眼啊。”

“这有什么可瞒的，明摆着的嘛。”

“那你多大了？”

“你先说。”宗近毫不退让。

“我二十七呀。”甲野不再纠缠，随即答出。

“是吗？那我也告诉你，二十八岁。”

“挺老的啦。”

“开什么玩笑，不就差一岁吗？”

“我说的是我们俩，年纪都不小了。”

“说咱俩还可以接受，光说我老……”

“看来你很在意呀，这说明你还不算老。”

“你干吗在上坡时硌硬人啊？”

“唉！你挡路了，给人家让让。”

山路百曲千折，直行数步难继。一位女子口中说着“借光”，从上面走了下来。她那闪亮的浓密的黑发上压着超出身高的柴捆，竟然不用手扶，与宗近擦身而过。在繁茂枯萎的茅草响过沙沙声后，俩人开始注视女子的背影。她穿着蓝色的布棉衣，后面系着收拢衣袖的红色带子。她随手指了指一里开外的前方，仿佛那茅屋紧连她的指尖，应该是她的家。昔日天武天皇①落难的八濑②一带的山村，仍然像往时那样云霞叆叇，恬淡宁静。

“这一带的女子都漂亮，令人吃惊。简直像画里面的人一样。”宗近说道。

“那是大原女呀。”

“什么呀？是八濑女。”

“可没听说有什么八濑女。”

“没听说也是八濑女。你要以为我胡说，以后碰到时可以问问。”

“谁以为你胡说啦？不是那种女子都统称为大原女吗？”

“真的是吗？你敢保证？”

“这样叫有诗意，显得风雅。”

“那我们就权且用这个雅号称呼她们啦。”

“雅号好呀，世上雅号多得很哪。立宪政体呀，泛神论呀，忠、信、孝、悌呀，形形色色什么都有。”

---

① 天武天皇：日本第四十代天皇，生年不详，公元673年3月20日即位，公元686年10月1日驾崩。

② 京都市左京区的地名，位于睿山西麓的高野川流域。

“是啊，荞麦面条馆很多叫‘薮[①]’，牛肉店都叫‘伊吕波[②]’，都是这个套路。”

“是啊，我们自称‘学士’也同样如此。”

“真无聊。要都是这样起来起去的，还不如把雅号废掉得好。”

“往后你会取‘外交官’的雅号吧。”

“哈哈，你说的雅号可难得到，因为考官是没有‘雅趣’的啊。”

“你落榜几回啦？三回了吧？”

“别胡说！”

“那是两回？”

“你干什么？你是明知故问。不是自夸，我落榜仅此一次而已。”

“因为你就考一次，当然就一次落榜。以后再考，可就……”

“想到不知还要考多少遍，不免心里有些打怵。哈哈，所以有时想我的那个雅号也挺好，可你到底怎么打算的啊？”

“我吗？我登睿山啊……喂，我说你可不能用后腿踢石头啊。跟在你后面的人可够危险的……啊啊，好累啊。我得在这休息一下。”说着，甲野噗啦一声仰面朝天倒在枯黄的茅草中。

“嗨？就这么认输啦？嘴上这个雅号那个雅号地唱高调，登山就完全不行了。”宗近边说边用他的樱木手杖戳着甲野头附近的地面。每戳一下，都会响起手杖头碾压茅草的沙沙声。

“起来呀，马上就要到山顶了。想休息的话，等爬上去再好好休息吧。喂，快起来！”

“嗯。”

“嗯什么嗯？喂喂！”

“我想吐。”

---

① 江户的老字号荞麦面馆，与“更科”“砂场”齐名，并称荞麦面馆三巨头。

② 木村庄平创立的牛肉火锅连锁店，位于现东京都港区的一号店于 1878 年开业，店铺一度扩张至 20 多家，为当时日本最大规模的牛肉火锅店，1910 年开始逐渐衰落。

“你想因为呕吐而认输吗？唉，算了，我也休息一会儿吧。”

甲野把长满黑发的头埋进枯黄的草丛间，仰面眺望天空，帽子和雨伞则随意丢在山坡上。天上碧空万里，薄云轻荡，他那苍白、棱角分明的脸庞与天空之间，没有任何遮挡视线的东西。呕吐本应脸朝地面，而他却面朝天空。在他眼里，只有脱离大地、脱离凡俗、脱离古今之世的万里长天。

宗近脱下米泽丝绸外褂，左右对折后又叠齐两袖搭在肩上。这时，他又改变了主意，猛地从胸口衣襟处伸出双手，两个肩膀一下子露在了外面。他里面穿着坎肩，狐皮衬里乱蓬蓬地从旁边漫了出来。这件坎肩是朋友从中国带回的礼物，宗近十分珍惜它。所谓千羊之皮，不如一狐之腋，宗近一直穿着这件坎肩。不过，从衬里的狐皮松软蓬乱、经常掉毛的情况来看，肯定是只秉性恶劣的野狐狸。

“你们要上山吗？我来给二位带路吧？嘻嘻，他竟睡在这种怪地方。”山坡上又下来一个身着纯棉蓝衫的女子。

“喂，甲野，她说你睡在‘怪地方’呀。连女人都在耻笑你，还是赶快起身上路吧！”

“女人就是爱耻笑别人。”

甲野依然眺望着天空。

“你这样一动不动地躺在这里可不是办法呀，还想吐吗？”

“一动弹就想吐。”

“这可难办了。”

“呕吐都是由运动引起的，俗界万斛①呕吐皆因一‘动’字而发。”

“什么呀，原来你不是真的想吐，无聊透顶！想到最终可能要背你下山，我正在伤脑筋呢。”

“你操哪门子心，我又没求你。”

---

① 中国古代量器名，亦是容量单位，1 斛本为 10 斗，后来改为 5 斗。万斛比喻极多。

“真是个不招人爱的家伙。”

“你知道什么是招人爱吗？”

“扯来扯去，你就是铁了心不想动吧？实在是不可理喻！”

“什么是招人爱呢……就是一种用于击垮强大对手的柔软武器。”

“照这种说法，不招人爱就是一种欺凌弱者的锐利武器吗？”

“这是什么逻辑？只有想动弹时，人才会希望招人爱。明知道一动弹就会呕吐，怎会想到要招人爱呢？”

“你这都是狡辩！那就恕不奉陪，我先走一步。可以吧？”

“悉听尊便。”

甲野依然眺望着天空。宗近把褪下的两只衣袖系在腰间，撩起裹在布满汗毛的小腿上的竖条纹下摆，把它塞进系在腰间的同样面料的白绉绸衣袖之间，然后把刚才叠好的外褂挂在樱木手杖端头，扔下一句“一剑闯天下！”然后在险峻山道走出十余步，轻轻向左一拐，便不见了踪影。

一下子静了下来。寂静得几近凝固，当终于明白将自己的一线生命寄托在这寂静之中时，直感到自己的血液静静地流向天地间的某处，在这无声的寂定中视形骸为土木，仅带有一丝生机。这是一种超脱一切束缚之外的生机，如同云之出岫、朝夕变化，使人产生求生本能，希望摆脱与生俱来的一切烦恼。如果无法一步跨入纵贯古今、横亘东西的世界之外的另一个世界，那还不如化作一块化石。化作一块漆黑的化石，尽吸红、蓝、黄、紫之五彩，并不想恢复本来的色彩。或者是一死了之，一死万事休矣。死，亦是万事的起源。无论是积时为日，还是积日为月、积月为年，最终不过是把这一切化为坟墓而已。坟墓此端的所有纷扰，在仅隔一层皮肉墙垣的因果面前显得滑稽可笑，就像为枯朽无用的骸骨灌注多余的情感油膏，使其在长夜中翩翩起舞。拥有宽广胸怀的人，才会向往遥远的世界。

胡思乱想了一通，甲野总算坐了起来。他必须继续赶路，必须去看看他打心眼里并不想看的睿山，并留下一些两三天也消退不了的水疱作为无谓的登山的痛苦纪念。如果细数的话，痛苦纪念之多，就算数到白发苍苍也未必数得完，这种纪念可谓刻骨铭心。为啥非要把脚底磨出一二十个水疱呢……正想着，甲野的系带皮靴踏上尖锐的乱石，他望了一眼脚后跟，不料乱石松动改变了方向，踩在上面的脚滑出二尺左右。

“不见万里路。”

甲野一面低声吟咏，一面拄着伞吃力地攀爬，到崎岖山路尽头的时候，眼前突然出现了一段直逼帽檐的陡坡，仿佛在召唤下面的人到这天上游览。甲野掀一掀帽檐，笔直地站在陡坡下向上张望。陡坡的尽头，是一片洋溢着无限春色的碧空。

“唯见万里天。”

甲野又低声吟出第二句。

登上草木茂盛的山丘，又在杂树丛中爬了四五个山坡后，身边突然阴暗下来，地面也变得湿滑起来。小径自西向东穿越山脊，不大工夫草丛就不见了，眼前呈现出一片森林。这片森林将近江[①]的天空渲染得更加深沉，驻足仰望，只见上方的树干和枝叶层层重叠，绵延数里，那经年累月堆积起来的翠绿看上去黝黑庄重。这片即使掩埋二百道山谷、三百架神轿、三千名恶僧也绰绰有余的繁茂枝叶，更可掩埋所有三藐三菩提的佛陀。甲野独自一人穿过这片传教大师在世时就存在的耸入半空的森森杉林。

杉树的树根如同伸出的左右手挡住行人的去路，它们穿土破石，将根部深深地扎入地面。由于用力过猛，它们还借助反弹的力量在幽暗的小径地面筑起一道道两寸高的横木台阶。要登的山岩被铺上了天然形成的枕木，简直就是山神的恩赐。甲野踏着舒适的横木台阶，气喘吁吁地向上爬去。

遍地的石松从黑暗中钻出，似乎与前方的杉树争地盘。穿过脚下纠缠

---

① 日本古代的令制国之一，属于东山道，相当于现在的滋贺县。

在一起的石松丛，在细长茎蔓另一端触及不到的地方，可以看到即将枯萎的大叶蕨，在无风的白昼中摇曳不定。

“这里！这里！”

突然，头顶上传来宗近天狗嚎叫般的喊声。山路表面堆积着松软的陈年腐草，每走一步长筒靴就会深深地陷入其中，甲野只能拄着洋伞，吃力地爬到天狗所在的位置。

“善哉！善哉！我已在此恭候多时。你到底在磨蹭什么呢？”

甲野仅仅“啊”了一声，猛地丢开洋伞一屁股坐在上面。

“又想吐了？劝你吐之前先看看那边的风景。看了那风景，保你想吐也吐不出来。”

宗近举起樱木手杖指向杉林。排列整齐的苍老树干遮天蔽日，透过树干的间隙，波光粼粼的琵琶湖[①]隐约可见。

“果然不错。”甲野目不转睛地看着。

湖色像一面绵延的镜子，令人百睹不厌。睿山的天狗们忌讳刻有“琵琶”铭文的湖面的明亮，在夜晚偷喝神酒并趁着醉意，向整个湖面呼出一股酒气——酒气沉入湖底之后，巨人再将飘散在山野间的水汽收集在调色盘上，然后提笔一挥，十里开外都笼罩在潋滟春光之中。

“果然不错。”甲野又重复一遍。

“你就没有别的话说？无论给你看什么，都不能令你开心啊。”

“给我看？这又不是你造出来的。”

“哲学家往往都是像你这样忘恩负义，搞对父母不孝的学问，逐渐失去人性……”

“实在是抱歉……搞对父母不孝的学问？哈哈。你看，那边有艘白帆船，就在那座小岛的青山前面……它一动也不动呀，无论怎么看它都是一

① 日本最大的淡水湖，四面环山，面积约674平方公里。琵琶湖的地理位置十分重要，邻近日本古都京都、奈良，横卧在经济重镇大阪和名古屋之间，琵琶湖与富士山一样被日本人视为日本的象征。

动也不动呀。”

“没趣的帆船，它那令人捉摸不透的地方和你太像了。不过，它太漂亮了。咦？这边也有啊。”

“你看那，远处的紫色岸边也有。”

“嗯，有，有。到处都是，索然无味。”

“简直就像在梦里。”

“什么？”

“什么？我说的就是眼前的景色啊！”

“哦，是吗？我还以为你又想起什么了呢。我说，你还是干净利索地处理好身边的事情为好，可不能说什么像在梦里，就袖手旁观啊。”

“你在说什么呢？”

“在你看来，和我说话是不是也像是在梦里？哈哈哈哈……对了，当年将门①是在哪里口吐狂言的？”

“应该是对面，因为那里可以从山上鸟瞰京都。不会是这边。那家伙也是个蠢材呀。”

“将门这家伙，与其口吐狂言不如口吐秽物，才有点哲学家的意思。”

“哲学家怎么可能口吐那种东西呢？”

“真正成了哲学家，他们只会用脑思考，就像达摩面壁那样。”

“那座雾色朦胧的小岛是哪里？”

“那座岛呀，看上去真的很缥缈。也许是竹生岛②吧。”

“真的？”

“嗯，我也是猜的。我个人认为，只要东西实实在在，雅号叫什么都

---

① 即平将门，平安时代中期关东的武将。生年不详，死于公元940年。日本有史以来唯一的公然反叛天皇朝廷自立皇号者。四明岳山顶有一块将门岩，据传当年将门就是站在这块岩石上眺望皇宫燃起了夺取政权的野心。

② 日本琵琶湖的一个岛屿，位于北侧，属于滋贺县长滨市管辖。为国家指定名胜和国家指定史迹，琵琶湖八景之一。

无所谓。”

“世上怎么会有实实在在的东西呢？所以，还是有必要起个雅号。”

“世间万事皆如梦，唉！”

“只有死亡是真实的。”

“我可不想死。”

“人不面对死亡，怎么也改不掉心浮气躁的毛病。”

“改不掉就改不掉，我可不想死。”

“就算不想死，死亡也会找上门来。那个时候，才会大彻大悟。”

“谁呀？”

“喜欢耍小聪明的人呗。”

从山上下来，一踏入近江原野便是宗近的世界。而在阴暗，终日不见阳光的高处远眺和煦春光中的世间，则是甲野的世界。

二

时值阳春三月正午，满目姹紫嫣红。一位女子宛如万千春色浓缩成的一滴深紫，在静谧的天地间娇艳欲滴。她一头乌黑靓丽的秀发如梦如幻，在梳理得一丝不乱的发髻上，插着一枚细长的金簪，簪头镶嵌着一朵闪闪发光的贝雕紫罗兰。白昼下的女子仿佛要把人带入宁静悠远的世界，只有在她黑眸顾盼之间，才会使人猛地回到现实中来。她那深邃的眸子宛如半滴深紫洇染开来，目光闪动之间便扬起疾风般的威势，让春光为之黯然失色。假如迎着那双眸子望去，直至魔力之境的尽头，就会埋白骨于桃源，不能再返尘寰。这并非是一场普通的梦，及至梦酣处，那紫色竟化成一颗灿烂无比的不祥之星，逼近耳边唤道：“望着我，直到死去！”女子身穿紫色和服。

静谧的白昼，女子将厚皮烫金书置于膝头，静静地抽出书签读了起来：

“她跪在坟前说：这双手……我就是用这双手把你埋葬，如今这双手也不再自由。假如我没有被俘虏至远方，我会永远用这双手为你扫墓，为你焚香。生时，莫邪之剑也难以将我们分开，而死亡却无情地将这一切化为泡影。罗马的你，葬身于埃及，埃及的我，却将埋骨于你的罗马。罗马……它无情地拒绝了我的挚爱，罗马啊，薄情寡义的罗马！纵然如此，假如罗马诸神尚有一丝慈悲之心，一定不会在天堂坐视我将承受的生不如死的游街示众之辱。我已被埃及诸神所抛弃，成为你的仇敌用来炫耀的战利品。我的性命就是你的化身，它将会为你复仇！慈悲的罗马诸神啊……让我消失吧！让我和你永远消失在不会蒙羞受辱的坟墓下！”

女子抬起头。她那略施粉黛的脸显得苍白瘦削，单眼皮的眸子深处似乎隐藏着某种心事，令想一探究竟的性急男子无一例外地成为她的俘虏。炫目的阳光下，男子半张开两片嘴唇……当人的嘴唇无法正常开闭时，说明这个人的意识已经完全为对方所掌控。女子的下唇故意做出媚态，在口还没完全张开之时，男子已被她抢得先机，失去主动。

女子犹如鹰击长空，眸子只是微微一闪，男子便露出不自然的微笑。此时，胜负已见分晓。与口若悬河、滔滔不绝的人对局黑白，乃为最愚蠢之策。鼓角齐鸣、大举兴兵，迫使对方结城下之盟，亦是最平庸之略。而口蜜腹剑、酒中藏毒之类则不能称其为策略。最上乘之战容不得只言片语。拈花一笑间，虽非去此八千里之地，最终亦无需一言一语。而人一旦踌躇，那一刹那，乘虚而入的恶魔便会设下圈套，写下“迷”，写下“惑”，写下“丢失的孩子”等，然后瞬间消失。这些在凡世万丈鬼火中，恶魔毫不留情地用笔毫蘸着血腥青磷写下的字，纵然揪下头上的白发扎成刷子刷洗，也难以洗刷得掉。一切都晚了，既然笑了，那笑就已无法收回。

“小野先生。”女子召唤道。

“唉？”男子迅速回答了一声，甚至来不及合拢半张的嘴唇。他唇边挂着的笑，多半是对自己感情的无聊宣泄，属于一种无意识，然而这种宣泄远没尽兴，正当他在不知如何继续宣泄时，女子雪中送炭似的招呼他，他也就顺势从喉咙里滑出“唉？”的一声。女子本来是个刁钻的人。男子应答之后，她反倒一言不发。

“什么事？”男子又接着问了一句。如不继续，就会使俩人好不容易才有的互动节拍错乱，这样会令人心生不安。在意中人面前，即便身为王侯贵族也会产生这种感觉。更何况，这名男子的眼里只装着紫衣女子一个人，因此愚蠢的追问也就不奇怪了。

女子依旧默不作声。容斋①的画悬挂于壁龛中，画面上小松树旁立着梳着蝴蝶头的侍者，手捧太刀，一如既往恬淡悠然。而身着便服、骑在深褐色马上的主人，或许是过惯了清闲无事生活的殿上人，对一切都显得从容不迫。唯有男子显得心神不定。第一箭射偏，第二箭也不知射到了哪里。如果第二箭仍没射中，他必须再次发射。男子屏住呼吸凝视着女子的脸。尽管不知女子难开的金口会说出什么，他还是对那张瘦削的瓜子脸满怀期待，希望得到让他满意的回答。

"原来您还在呀？"女子平静地说道。这种回应让他感到意外，简直就像向天空射箭，而葫芦形的箭羽却倒转着差点儿射中自己的头顶。男子神不守舍地注视着女子，而女子却似乎因膝头上的书，从一开始就忘记了坐在对面的男子的存在。虽然正是被这本书精美的烫金封面所吸引，女子才把它从男子手中夺下开始阅读的。

男子只回答了一句："是的。"

"这女人是想去罗马吗？"

女子有些不解，不悦地望着男子的面孔，似乎小野必须要对克利奥帕特拉的行为负责。

"她不会去的！不会去的！"小野的口气，就像是在为毫不相干的女王辩护。

"她不去吗？换了我，也不会去啊。"看来女子对这个回答比较满意。小野的心境就如同从阴暗的隧道内好不容易脱身而出。

"在莎翁的作品里面，这女人的性格被刻画得十分深刻。"

小野刚脱离隧道，就想骑上自行车向前飞驰。鱼跃水中，鹰翱天空，小野可是个不折不扣的诗人。

硝烟弥漫的金字塔上空、被沙土掩埋的狮身人面像、鳄鱼出没的尼罗

---

① 菊池容斋（1788—1878），日本江户末期至明治初期的画家，以历史题材作品闻名。1836 年完成的《前贤故实》共分 10 卷，选出了自神武天皇时代至后龟山天皇时代的 500 位人物进行绘画，并附有小传和诗歌。

河，以及两千年前的妖妇克利奥帕特拉与安东尼相拥并以鸵鸟羽毛扇翣轻拂玉肌的场景，均是既可入画又可入诗的绝佳题材。这些都是小野的专长。

“阅读莎翁笔下的克利奥帕特拉，不觉会产生一种奇怪的感觉。”

“什么感觉呢？”

“像是被拽进一个古老的洞穴中，脱不了身，迷茫之际，紫色的克利奥帕特拉突然活生生地出现在眼前。又像是在色彩斑驳的浮世绘中，只有她一个人突然放出紫色的光芒。”

“紫色？您总是提到紫色啊。为什么是紫色呢？”

“不为什么。总之就是有那种感觉。”

“嗯，是这种颜色吗？”女子猛然掀起拖在草绿色榻榻米上的半截长袖，向小野面前甩去。

小野的眉宇深处，顿时充满克利奥帕特拉的气息。

“啊？”小野一下子缓过神来。奇异的颜色转瞬即逝，如同子规以驷马难追之势在雨中掠过天空。那双漂亮的手又放在了膝上，安静得似乎感觉不到脉动。

扑面而来的克利奥帕特拉的气息，渐渐地从鼻腔深处消散而去。小野依依不舍地追逐着无意中被唤起的两千年前的身影，心早已飞往两千年前遥远彼岸的杳冥之境。

“那不是微风拂面之恋，也不是泪眼蒙眬、长吁短叹之恋，而是暴风雨之恋，是前所未有的暴风骤雨之恋。是刀剑之恋。”小野说。

“刀剑之恋是紫色的吗？”

“不是说刀剑之恋是紫色的，而是紫色之恋必须是刀剑。”

“你是说，爱被斩断时会喷出紫色的血液吗？”

“我的意思是，当爱发怒时，刀剑也会发出紫色的光芒。”

“莎翁是这样写的吗？”

“这是我对莎翁著作的理解……安东尼在罗马与屋大维娅结婚时……

使者来通报婚讯……克利奥帕特拉她……”

“紫色会因嫉妒而变得更深更浓吧。”

“在埃及烈日的炙烤下，紫色会像一把冰冷的匕首寒气逼人。”

“这种程度的紫色，应该没问题吧？”女子话音未落，长袖再度向眼前飞来。小野的话被中途打断。这女子就是这样，即便有求于人，也会随便打断对方的话头。女子吓唬了他之后，得意地望着男子。

“然后呢，克利奥帕特拉怎么了？”

女子松开手中的缰绳。小野不得不继续向前奔驰。

“她向使者刨根问底地打听有关屋大维娅的事。有意思的是，她的问法和态度充分体现出了她的个性。克利奥帕特拉不住地追问使者，屋大维娅有没有她个头高？头发是什么颜色的？脸蛋是胖还是瘦？声音是高还是低？年纪有多大……”

“追问的人多大年纪？”

“克利奥帕特拉大概是三十岁吧。”

“那和我一样，已经是老太婆了。”

女子歪着头哈哈地笑了起来。男子呆呆地望着女子那神秘的酒窝，有点儿不知所措。若是点头，就等于在说谎。若是摇头，又显得太无聊。眼看着那女子洁白的牙齿闪过一线金光并且即将消失，男子最终什么也没有回答上来。小野早就知道，女子今年二十四岁，和自己相差三岁。

美丽的女人年过二十仍未出嫁，又虚度三年，到了二十四岁仍待字闺中，实在让人想不通。“春院徒夜阑，花影醉栏杆，迟日急行尽，抱琴发尤怨”，此为世间迟嫁女子的通常写照。而这个女子却把轻摇拂尘所发出的虚音当作琵琶声，并饶有兴趣地聆听，为之心醉，越发使人感到不可思议。个中原委不得而知，只能从这对男女的对话之中，小心翼翼地揣摩一番，暗中替他们这段若有若无的恋情胡乱地算上一卦。

“随着年纪的增长，嫉妒是不是也会越来越强烈呢？”女子一本正经地问道。

小野又被问得瞠目结舌。诗人理应懂得人的思想，当然应该义不容辞地回答女子的提问。可是，他不可能答得上来自己所不知道的事情。即使是大诗人、文学家，要是没见过中年人的嫉妒，那也是无计可施。而小野只是个有文字造诣的文学家。

“嗯……应该是因人而异吧。”

男子回答得很圆滑，却模棱两可。女子当然不肯善罢甘休。

“假如我成了老太婆……哦，我现在已经是老太婆了，哈哈哈……嗯，我到了那个年纪，会怎么样呢？”

“你……你怎么会嫉妒呢？根本不可能，即使现在……”

“会嫉妒啊。”

女子的声音给和煦的春风添加了一丝寒意。畅游于诗的世界的男子，突然一脚踏空，坠落到了凡间。坠落后才知道，自己只不过是个凡夫俗子，对方正站在高不可攀的山崖上俯视自己。男子甚至无暇去想到底是谁把自己踢落到这里。

“清姬[①]是几岁变成蛇的？”

“是啊，总该是十几岁吧，否则就不合乎逻辑了。我估计是十八九岁。”

“安珍呢？”

“安珍二十五岁左右，不知妥否？”

“小野先生。”

“嗯？”

“你多大来着？”

“我嘛……我……”

“这也需要考虑吗？”

---

① 日本神话中人首蛇身的妖怪。根据《今昔物语》的记载，少女清姬爱上了僧人安珍，遭到背叛后化为人首蛇身，并与安珍同归于尽。

“不，不是……我记得应该是和甲野同岁。”

“对，对，你和我哥哥同岁啊。可是，我哥哥看上去真显老啊。”

“哪里，看你说的。”

“是真的呀。”

“看来，我得请客了。”

“好，你来请。不过，你不是外表看起来年轻，而是精神年轻。”

“哦，我是那样吗？”

“简直就像个小男孩。”

“我好惨啊。”

“很可爱哟。”

女人的二十四岁就相当于男人的三十岁，不懂道理也分不清是非，当然更不明白社会何以动乱、何以安定。她们根本不会知道，在这个古往今来的大舞台无止无休地向前发展的过程中，自己究竟处于何种地位、扮演着何种角色。尽管她们个个能说会道，却不善于处理天下事、国家事以及在大庭广众面前处理事情。对女人来说，最拿手的就是一对一的斗智游戏。当俩人单打独斗时，得胜的必定是女方，失败的必定是男方。在现实生活中，女人像是被饲养在笼中的小鸟，每当啄到一粒小米便会愉快地扑棱翅膀。在笼中小天地里和女子争鸣，无异于自寻死路。小野是诗人，正因为是诗人，他才会把半个头伸进笼子。结局只有一个，小野一败涂地。

“你很可爱哟，就像安珍一样啊。”

“像安珍？太过分了吧。”

男子满脸的不情愿。

“你还不服气？”女子眼角浮现出一丝笑意。

“可是……”

“可是什么？有什么不服气的？”

“我可不像安珍那样总是逃避。”

在对方的穷追之下，男子只有招架的分儿。小男孩本来就不懂得抓住机会下台阶。

“哈哈哈，我可要像清姬那样追你呀。”

男子沉默不语。

“我要是变成蛇，年纪是不是有些大了呢？”

女子的话如同春日里一道突如其来的闪电，瞬间穿透了男子的胸膛。闪电是紫色的。

“藤尾小姐。”

“怎么了？”

谈话的男子与女子面对面地坐着。六张榻榻米大小的房间被庭院浓郁的树丛与外界隔开，马路上过往车辆的声音也变得微乎其微。静寂的尘世中仿佛只有他们两个人，以茶色边缘的榻榻米为界，相隔两尺互相望着，而社会已远离他们身边：救世军正在市内擂鼓游行；医院里腹膜炎的患者正奄奄一息；俄罗斯的虚无主义者正在投掷炸弹；扒手在停车场被抓获；发生了火灾；婴儿即将诞生；新兵在练兵场受到训斥；有人在跳楼自杀；有人正在杀人；藤尾的哥哥和宗近正在攀登睿山。

花香飘进深巷，行将逝去的春影里鲜明地映照出你呼我唤着的男女。此刻，宇宙是属于两个人的宇宙。充满朝气的血液气势磅礴地穿过三千条血管，涌向为爱情而一开一合的心扉，栩栩如生地在天空中描绘出一对雕像般的男女。两个人的命运定格于这危险的刹那，只要身体往东或往西稍微一动，一切就会结束。呼唤需要勇气，被呼唤也需要勇气。俩人之间存在着一道超越生死的难关，惊天动地的爆炸物，究竟该由谁抛出、由谁接住呢？雕像般的俩人的躯体是两团凝固的烈焰。

“您回来啦！”

房门传来招呼声，车轮碾压小石子的声音戛然而止。开拉门的声音响过之后，走廊里面传来小跑的声音。两人紧张的心情放松了下来。

“是我妈妈回来了。”女子依然坐着，若无其事地说。

“哦，是吗？”男子的语气也出奇地平静。只要心中所想的没有流露在外就不算是过错，可以收回的企图，是难以成为法庭证据的。两人不露声色，却心有灵犀，因为彼此默许了对方别有用心的企图，心情显得很自然放松。天下本无事，他们没有做见不得人的事情。假如有人说闲话，那也是对方无理取闹。天下一直都是太平的。

“令堂去什么地方了吗？”

“嗯，她出门买东西了。”

“我待得太久了。”男子站起来之前首先端正了坐姿。由于担心长裤的裤线被弄乱，他平时习惯采取放松的坐姿。为了能迅速支撑身体站起身来，他的双手放在膝头，雪白的衬衫袖口遮住了手背，深灰条纹衣袖下露出闪闪发亮的双排景泰蓝袖扣。

“你再坐一会儿吧。妈妈回来也没有什么事要找我。”女子似乎无意起身去迎接。而男子本来就不想起身告辞。

“可是……”男子边说边从里面衣兜里取出一支粗雪茄。香烟的烟雾能够掩饰很多东西，何况这是埃及的带金色滤嘴的雪茄。趁着吐出的烟雾形成圆圈、山形、云雾状的时候，或许能使即将站起的身体重新坐下，或多或少地缩短克利奥帕特拉与自己之间的距离。

“不急，请再坐会儿吧。”

当一缕烟雾穿过黑色胡须冉冉升起时，克利奥帕特拉果然发出了体贴的命令。

男子默默地重新伸开腿坐下。对两人来说，春日很漫长。

“最近，家里都是女人，显得太冷清了。”

“甲野君什么时候回来？”

“什么时候回来呢？不知道啊。”

“他有信吗？”

“没有。”

“赶上好季节了，想必在京都一定玩得很开心。”

“你也和他们一起去就好了。”

“我……”小野话没说完便住了口。

“为什么没一起去呢？”

“没什么特别的理由。”

“可是，那里对你不是轻车熟路吗？”

“啊？”

小野把烟灰一下子弹落在榻榻米上，因为他说“啊”的时候不小心动了一下手指。

“你不是在京都居住了很久吗？”

“所以你就说我轻车熟路？”

“是啊。”

“正因为太熟悉，反而不想去了。”

“真是不合乎人之常情啊。”

“哪里，没有的事。”小野变得一本正经起来，把埃及雪茄的烟雾深深地吸进肺里。

“藤尾！藤尾！”对面的房间传来呼唤声。

“是令堂吧？”小野问。

“是的。”

“我该告辞了。”

“为什么？”

“令堂找你，应该是有什么事情吧？”

“就算有事情也没有关系的。你不是老师吗？老师上门来给学生上课，谁回来都没有关系吧？”

“可是，我也没教你什么东西。”

“怎么没教呢，教我这些已经足够啦。”

“是吗？”

“你不是给我讲了克利奥帕特拉，以及其他的许多事情吗？”

“如果你喜欢类似克利奥帕特拉之类的，那可是多得很呐。”

“藤尾！藤尾！”母亲不停地呼唤。

“对不起，我暂且失陪一下……过会儿我还有事情向你请教，请在这里等一下。”

藤尾起身离去。六张榻榻米的房间里只剩下男子一人。壁龛下面的台板上摆放着古萨摩[①]香炉，里面残留着不知何时燃尽的香灰，掉落的香灰保持着棒状。看来，最近两天藤尾的房间一直都很安静。女子坐过的八反[②]坐垫在等候主人归来，上面的余温在春风轻拂下微荡。

小野默默地看了看香炉，又默默地看了看坐垫。放在榻榻米上的方格图案坐垫的一角有些上翘，下面似乎压着一个闪光的东西。小野微微歪着头仔细地打量起那发光的东西。觉得是块表，而他却一直没有注意到。也许是藤尾起身时碰动了光滑的绸缎坐垫，使藏在下面的东西露了出来。可是，没有必要把表藏在坐垫底下呀。小野再次向坐垫底下望去，只见一串编成松针状的表链堆在那里，向上折射着微光，而下面的鱼子纹颗粒雕金表框隐约可见。没错，的确是块表！小野感到不可思议。

在所有的色彩里，金色可以说是最纯最浓的。喜好富贵的人一定会喜爱这种颜色，冀求荣耀的人一定会选择这种颜色，享有盛名的人一定会用这种颜色来装饰。如同磁石吸铁那样，这种颜色牢牢地吸引住天下众生。假如有人不为这种颜色所迷倒，那么他就会像失去弹性的橡胶，无法作为一个人立足于世间。小野觉得，金色实在是一种好颜色。

就在这时，从对面房间传来绸缎摩擦的窸窸窣窣声，声音沿着弯曲的外廊逐渐接近。小野连忙移开视线，似乎什么也没有发生似的抬头观看起挂在对面的容斋的画。这时两个身影出现在门口。

藤尾的母亲生着一副溜肩膀，身穿印染着三个家纹的黑色绉绸和服，

---

① 元禄时代（1688—1704）之前的早期萨摩烧。萨摩烧指鹿儿岛县萨摩、大隅地区出产的陶瓷器的总称。万历朝鲜战争时，由武将岛津义弘从朝鲜半岛带回的陶工最早烧制。

② 一种厚质地绸缎，通常织成条纹图案，用于制作防寒棉和服或坐垫。

素色衬领的上面，盘成复古状的发髻闪闪发光。

“哎呀，欢迎光临！”藤尾的母亲颔首打过招呼，坐在了靠近外廊的地方。庭院里虽不闻莺啼声，却也打扫得干干净净不见一丝尘埃。庭院里有一棵偏高的松树大模大样地伫立在那里，那气势看起来和眼前这位母亲同出一辙。

“藤尾一直给您添麻烦……她一定是很任性吧？简直就像个小孩子……唉，您请随便坐……早就想过去向您致谢，可我毕竟上了年纪，这一点还要请您多包涵……这孩子不懂事，只会撒娇缠人，实在让人伤脑筋……不过托您的福，她好像特别喜欢英文……近来似乎也能看得懂一些难懂的书，自己还挺得意呢……她有哥哥，其实也可以让哥哥来教她……可是，嗯……兄妹之间还是教不了啊……”

藤尾的母亲滔滔不绝地说个不停，小野连半句话也插不上嘴，只能随着她的思路向前飞奔，当然不知道最终会到哪里。藤尾则默不作声地翻开先前从小野那儿借的书籍继续阅读：

“女王在坟墓前献上花束并亲吻墓碑，不住地哀叹自己的悲惨人生，然后沐浴，沐浴后再用晚餐。这时，有个卑贱的仆人献上一小篮无花果。女王托使者传信给恺撒①，希望死后能和安东尼合葬在一起。无花果繁茂的绿叶下面，隐藏着一条毒蛇，蛇的口中塞满尼罗河的泥土用以冷却火焰般的信子。恺撒的使者快步上前，推开房门一看……黄金床榻上，横卧着穿戴高贵华丽的女王尸骸。侍女伊拉斯死在女王脚边。另一名侍女查米恩，正吃力地伸手托着女王头上那顶汇聚月夜之露、镶有千粒珠宝的摇摇欲坠的王冠。恺撒的使者问侍女到底是怎么回事。查米恩说，这才是埃及最高统治者的光荣死亡方式！说罢倒下闭目而亡。”

“埃及最高统治者的光荣死亡方式！”这临终的一句，犹如即将熄灭的熏香飘向幽冥的最后一抹轻烟，使整个页面变得模糊起来。

---

① 根据史实，应为女王传信给屋大维。

“藤尾。”不明内情的母亲开口了。

男子终于能够松口气了，把目光投向被叫的人。然而，被叫的人依旧低着头。

“藤尾。”母亲又叫了一声。

女子的视线终于离开了页面。波浪状的厢发[1]围绕着白净的额头，匀称的细鼻梁，略施朱红的嘴唇——顺着嘴唇往下看，是与脸颊末端搭配协调的下巴——下巴的后下方是线条柔和的咽喉——渐渐地，女子的脸凸显在现实世界里。

“什么？”藤尾回应道。她的口气，就像是半梦半醒的人做出半梦半醒的回应。

“哎呀，你可真有闲心。那本书就那么有趣吗？……待会儿再看吧。你太失礼了……你看，她就是这么又任性又不懂事，实在是让人伤脑筋……那本书是向小野先生借的吧？封面可真漂亮啊！一定要好好爱惜书，可不要给弄脏了……”

“我本来就爱惜书嘛。”

“那就好，可别又像上次那样……”

“可是，上次是哥哥不对嘛。”

“甲野君做什么了吗？”小野总算插上一句完整的话。

“其实也没什么大不了的，我们家的两个孩子都很任性，整天像小孩子似的吵个不休……前些天她把哥哥的书……”母亲望着藤尾，似乎在考虑该不该继续说下去。这种带善意的恐吓手段，是长辈对孩子经常用的策略。

“她把甲野君的书怎么了？”小野小心翼翼地问道。

“要我说出来吗？”老妇人笑着欲言又止。看那架势，就像是用玩具

---

① 日本明治时代末期女大学生及女子美术学校学生间流行的一种发型。头发的耳朵以上部分在头顶盘起来，使前发以及两鬓蓬松呈凸出状。

匕首威胁女儿似的。

“我把哥哥的书丢到院子里了。”藤尾不理母亲，直截了当地把答案扔到小野面前。母亲不禁苦笑，小野则张开嘴巴说不出话。

“她哥哥性格古怪，想必你也知道。”母亲委婉地讨好赌气的女儿。

“听说甲野君还没有回来吧？”小野抓住时机，转换了话题。

“他呀，简直就像子弹，有去无回……这也因为他总是说身体不舒服，干什么都磨磨蹭蹭的，所以我就建议他出去旅游散散心，调节一下自己的心情……可是，他找出各种借口推诿，就是不动弹。没有法子，我只好拜托宗近把他带出去。哪里想得到，他却有去无回。唉，年轻人啊……”

“先不说年不年轻，我哥哥可是很特别的哟。他的特别之处，就在于对哲学有超乎寻常的见地。”

“是吗？妈妈对这些不是太明白……话说回来，那个叫宗近的人可是个乐天派，他才像子弹一样，不知射到哪里，让人拿他没办法。”

“哈哈，他可是个既开朗又幽默的人。”

“提到宗近，我想起来了，刚才那个东西放在哪里呢？”母亲睁大眼睛在房间内扫视。

“在这里。”藤尾抬起双膝向旁边挪了一下，将绿色榻榻米上的八反坐垫推向一边，只见金色的鱼子纹颗粒雕金表壳正在环绕成三层的表链中间。

藤尾伸出右手去拿，只听闪光的怀表发出清脆悦耳的金属声，尺余长的表链自掌心滑落，差一点儿就要碰到榻榻米。镶嵌在表链末端的石榴石饰品借助坠落的惯性左右晃动了两三下。第一次晃动，红色的珠子击中了她白皙的手臂，第二次晃动，珠子划了个圆弧轻轻触碰到她的袖口。第三次晃动还未结束，她突然站起身来。

当小野呆呆地注视着眼前变幻莫测、色彩缤纷的光景时，藤尾已经紧贴着小野的面前坐下。

“妈妈。”藤尾转过头。

“我觉得这样看上去更帅。”

说完，藤尾回到了原来的座位。

编成松针状的金表链穿过小野西装马甲胸前的扣眼，在黑色麦尔登呢面料的映衬下，愈发显得光彩夺目。

“怎么样？”藤尾问道。

“果然很般配呀。”母亲回答道。

“究竟是怎么回事？”小野有些摸不着头脑。母亲哈哈地笑了起来。

“送给你吧？”藤尾眉眼间秋波流转。小野默不作声。

“那，还是算了吧。”藤尾再次起身，从小野胸前摘下了金表。

三

一个柳枝无力垂、雨烟吹栏杆的日子。衣架上挂着藏青色西装，在它下面的暗处，乱扔着半翻着的黑色袜子。一个硕大的背囊占据了壁橱旁狭窄的棚架的大部空间，没有绑紧的背囊绳索松垮垮地向下垂着，一旁的牙膏和白牙刷似乎正在说着“早啊”。透过紧闭的拉门的玻璃，可以看见细如银针的雨丝闪着光芒。

“京都这地方，实在是冷啊。”

宗近望着门外对甲野说。他在旅馆的浴衣外面又披了件平纹丝绸棉和服，背靠壁龛的松木柱子随便地盘腿而坐。

“冷倒不怕，就是困得不行啊。”

下半身搭着一条驼绒盖毯的甲野边说边转过头，梳得整整齐齐的湿发被充气枕头挤得看上去就像那双刚脱下的黑袜子。

“你从早到晚都在睡，好像来京都就是为了睡觉似的。”

“嗯，这里真是个舒适的地方。”

“舒适是好事，可你母亲一直在担心你呢。”

“哼。”

“你这是什么态度？为了让你放松一下，不知花费了我多少心思啊。”

“哎，你认识那匾额上的字吗？”

“的确有点儿古怪。是‘僝雨僽风’吗？我从没见过这种字。都是单人旁，大概是说人如何如何的吧？真是的，净写些无聊的字。究竟是谁呢？”

“不知道啊。”

“不知道就算了。倒是这扇纸拉门有点儿意思。虽然一整面张贴着金纸看上去富丽堂皇，但很多地方却出现皱褶，简直就像草台戏班使用的道具。而且，上面还画了三棵竹笋，让人莫明其妙。对吧，甲野，这可是个谜啊。”

“什么谜呢？”

“我也不知道呀。画一些毫无意义的东西，这本身就算是个谜吧？”

“怎么能说毫无意义的东西是谜呢？有具体含义的东西才能称其为谜。”

“不过，所谓的哲学家们却把毫无意义的东西当做谜，费尽心机地去思考。就好像绞尽脑汁地去钻研一盘由疯子发明的象棋残局。”

“这么说，这几棵竹笋大概也是个疯子画家画的。”

“哈哈，既然你明白这个道理，那么就不会有烦恼了吧？”

“世间怎能和竹笋相提并论？”

“喂，不是有个戈耳狄之结的传说吗？你听说过吗？”

“你当我是初中生吗？”

“我可没这么想，只是问问而已。知道的话就说给我听听。”

“你真够烦的！我怎会不知道！”

“所以，你就说出来听听嘛。所谓的哲学家都很会打马虎眼，而且很固执，不管问他们什么问题，都不会老老实实地承认自己不知道答案……”

“也不知到底是谁固执。”

“谁固执都无所谓，你说说看吧。”

“戈耳狄之结是亚历山大时代的故事。”

“嗯，看来你的确知道。然后呢？”

“有个名叫戈耳狄俄斯的农夫向天神朱庇特献了辆牛车……”

“喂，喂，等一下，是这么回事吗？然后呢？”

“你为什么这样说？难道你不知道吗？”

“我知道得没那么详细。”

“闹了半天，原来你自己都不知道呀。”

“哈哈，在学校的时候老师教得没那么细，老师肯定知道得也不是特别清楚。”

“可那个农夫呢，用蔓藤把牛车的车辕和车轭打个结绑在一起，没有一个人能解开它。”

“原来如此，所以就称那个结为戈耳狄之结，是吧。后来亚历山大嫌麻烦就拔刀砍断了那个结。嗯，原来如此。”

“亚历山大可不是因为麻烦才砍断它的。”

“什么原因都无所谓。”

“因为当时亚历山大听到了神谕‘解开此结者将成为东方大帝’，所以亚历山大就一不做二不休……”

“这些我都知道。学校的老师就是这样教的。”

“这样的话，不就得了吗？”

“是啊，我觉得当人遇到某种问题时，必须要有亚历山大那种当机立断的决心。”

“这一点也是可取的。”

“什么可取不可取，这样说也太没劲了吧！戈耳狄之结可是个绞尽脑汁也解不开的死结呀。”

“一刀下去，就能解开吗？”

“一刀下去……即使解不开，也会给自己带来方便啊。”

“方便？这世上没有比方便更可耻的了。”

“这么说，亚历山大是个无耻透顶的人？”

“难道你认为亚历山大是个了不起的人物吗？”

会话到此告一段落。甲野翻了个身。宗近保持着盘腿的姿势翻阅起旅游指南。窗外，雨开始斜着下起来。

蒙蒙细雨使古都愈发寂寥，露着粉红色肚皮在空中穿梭的燕子似乎也感觉吃不消了。下京[①]和上京[②]已被慢慢湿润，雨水汇聚在三十六峰[③]的翠绿之下，刷落友禅染[④]的朱红色，潺潺注入油菜花田。女子在门前一边洗着芹菜一边唱“河上游的你，河下游的我……”当她揭开盖住眉毛的方巾，一眼便可望见大文字山[⑤]。“松虫”和“铃虫”[⑥]在莺鸣鸟唱的丛林中只留下一方坟冢，长着多年的青苔。鬼魅出没的罗生门[⑦]，鬼魅不再出现之后，那门也不知在何时被拆毁了，被渡边纲[⑧]扭下的鬼魅胳膊也下落不明。唯有春雨，一如既往地下个不停。雨滴落在寺町[⑨]的寺院里，落在三条[⑩]的桥上，落在祇园[⑪]的樱花上，落在金阁寺[⑫]的松树上，落在旅馆二楼甲野和宗近两人的身上。

甲野躺着开始写起日记。横订的褐色布封面日记本的边角有些汗渍，他用力地把它折起，翻开两三页，出现了三分之一是空白的页面。甲野从这页开始写起，他信笔写出：

---

① 指京都市三条大街以南的地区。
② 指京都市三条大街以北的地区。
③ 指京都市东山区、鸭川东部南北纵横的东山丘陵。江户初期，效仿中国嵩山三十六峰而得名。
④ 源于江户时代的日本印染工艺，据传由元禄年间（1688—1704）京都的印染师宫崎友禅斋所创。
⑤ 位于京都市左京区如意岳西侧的山峰，海拔446米，以“大”字篝火而闻名。
⑥ 松虫和铃虫是指镰仓时代后鸟羽上皇的两名侍女。二人受僧侣法然弟子的感化而逃离皇宫、削发为尼，而后法然被流放、弟子被处以斩首之刑，两名侍女死后葬于住莲山安乐寺。
⑦ 罗生门即罗城门，日本古代都城的南中央门。
⑧ 渡边纲（953—1025），日本平安时代的武士，源赖光手下四大天王之一，传说曾在罗生门下斩断妖魔的胳膊。
⑨ 京都市内的主要街道，北起鞍马口，南至五条大街，全长4.6公里。
⑩ 京都市内东西走向的主要街道。
⑪ 指京都市中部、以八坂神社为中心的地区。
⑫ 位于京都市北区的鹿苑寺的别称，临济宗相国寺派的总本山。

一奁楼角雨，闲煞古今人。

之后他稍加思索，看来似乎打算添上转句和结句写成一首五言绝句。

宗近扔下旅游指南，咚咚咚地踩着榻榻米走到外廊。恰好外廊上摆放着一张藤椅，孤零零的，似乎等着人来坐。透过稀稀落落的连翘花，可以望见邻家的客厅。拉门关得紧紧的，里面传出阵阵琴声。

忽闻弹琴响，垂杨惹恨新。

甲野另起一行又写了十个字，但似乎不满意，马上又画上删除的横线。接下来，他写起普通的文章：

宇宙是个谜团，破解谜团是每个人的自由。按自己的想法解开谜团并且得出答案不失为一种幸福。倘若怀疑一切，连生身父母也可成为谜，兄弟也可成为谜。就连妻子和孩子，甚至是持有这种观点的本人也可成为谜。人来到这个世上，就是为了解开那些强加于自己的无法解开的谜团。为此，不知要度过多少个不眠之夜，甚至徘徊直至白头。为了解开父母的谜团，必须要与父母融为一体；为了解开妻子的谜团，必须要与妻子同一条心；为了解开宇宙的谜团，必须要与宇宙同心同体。假如无法做到这一点，父母、妻子以及宇宙永远都是谜，都是解不开的谜，这是一种痛苦。本来已经有了父母兄弟这道解不开的谜，又心甘情愿地迎来妻子这个新的谜，这种行为无异于不善于理财却要替他人管理钱财。可能由于迎来妻子这个前所未有的谜，又让这个谜产生其他的谜，这种痛苦就如同替他人理财产生了利息，而这种所得却难以处理……一切疑惑，只有牺牲自我方能解开。然而，问题是如何牺牲自我。死？选择死亡未免过于无能。

宗近一直煞有介事地坐在藤椅上听着隔壁传来的琴声，尽管他既不解平经政①春寒料峭中于御室御所②蒙赐名贵琵琶的逸话，也无欣赏琴体用南部桐③制成、琴首镶嵌着象牙、用莳绘④工艺漆成的名贵十三弦菖蒲形古筝的雅兴。宗近仅仅是漫不经心地听着琴声。

黄色的连翘花随处遮掩着篱笆墙，里面是一个地面布满疏叶卷柏、不足三坪⑤的小院落，一簇业平竹旁摆放着一个布满青苔的花岗岩洗手盆。琴声正是从这个院子里传出。

雨，下个不停。冬天的雨把雨衣冻得发硬，秋天的雨使灯芯变细，夏天的雨令兜裆布蒸腾如洗。至于春天——就如一根扁平的银簪掉落在榻榻米上，使得内侧闪烁着五彩光芒的贝合游戏⑥用的贝壳在撞击下，发出“叮铃铃”“叮铃铃”的声音。宗近听到的琴声正如这种“叮铃铃”的声音。

眼见为形。

甲野又另起一行写道。

耳听为音。形与音皆非事物的本质。领悟不了事物的本质，形与音都毫无意义。当有人捕捉到事物的某种奥妙时，其形与音就会统统

① 平安末期的武将，擅长弹琵琶，曾在仁和寺得到六代住持守觉法亲王赏赐刻有“青山”铭文的琵琶。后来经政战死，寺里为他举办追悼管弦演奏时，传说他显现亡灵，向人们述说冥界的种种苦难。

② 即位于京都市右京区的仁和寺，始建于公元 886 年，此后宇多天皇和各代法亲王均在此出家，逐渐成为皇家寺院。

③ 产自日本岩手县的桐木，在日本被视为制作乐器及家具的高级木材。

④ 日本漆工艺技法，产生于奈良时代，将金、银屑加入漆液中，干燥后做推光处理，显示出金银色泽，极尽华贵，时以螺钿、银丝嵌出花鸟草虫或吉祥图案。

⑤ 日本的土地面积单位，1 坪约为 3.3 平方米。

⑥ 起源于平安时代皇室的一种游戏。参赛者分为左右两组，分别取出各种贝壳从色彩、形状、大小、稀有度等方面进行比较，以决出胜负。

变成新的形与音。这就是象征。象征只是一种权宜之计，使本来空[①]的神秘能被眼睛看到，能被耳朵听到……

琴的节奏逐渐激烈起来。似乎可以看到银甲在雁柱间上下翻飞，就像是在雨滴间穿行。弹至高潮处，厚重的低音和纤细的高音融合交织为一体，此起彼伏地撞击着人的心扉。当甲野写完“听罢无弦琴，方悟序破急”这句话时，靠在外廊藤椅上一直向下望着邻家的宗近朝着房间内喊道：

“喂，甲野，你不要光讲大道理，过来听一下那琴声吧！弹得还真不错啊。”

“嗯，我一直在洗耳恭听。”甲野啪的一声扣上了日记本。

“怎么能躺着听别人演奏呢？我命令你到外廊上来，快点儿出来！”

“什么？我就在这儿听，不用你管。”甲野斜靠在空气枕头上，看上去毫无起身的迹象。

“哎，东山看起来实在美呀！”

“是吗？”

“哎呀，有个家伙在涉水过鸭川[②]。简直就是一幅美丽的画呀！听到了吗？有个家伙在过鸭川呢！”

“过就过呗。”

“是不是有一首‘恰似覆被眠’[③]的什么俳句？到底是在哪里盖着棉被来着？你过来告诉我一下好不好啊？”

“我才不呢。”

“你看，和你扯皮的这么一会儿工夫鸭川的水位已经上涨啦。哎呀，

---

① 佛教用语。指世间万物原本都是虚有的，没有任何实质性的东西。

② 横贯京都市东部的河流，全长约 31 公里。上游被称为加茂川，与高野川合流后始称鸭川。

③ 指芭蕉弟子服部岚雪的俳句：东山群峰连，透迤弛缓入眼帘，恰似覆被眠。

不好了！桥就要塌了！喂，桥要塌了！”

“塌了也没什么大碍。”

“塌了也没什么大碍？晚上看不成都踊[1]也没什么大碍吗？”

“无碍，无碍。”甲野有些不耐烦，他翻了个身，又开始躺着端量起那扇金色纸拉门上画着的竹笋。

“无动于衷的家伙，真拿你没办法。看来，我只能认栽了。”宗近不得不做出让步，走进房间。

“喂，我说！”

“怎么？你真够烦的！”

“你听到了那琴声吧？”

“我不是说过听到了吗？”

“哎，我觉得，弹琴的一定是个女子。”

“那还用说！”

“你觉得她多大年纪？”

“嗯，多大年纪呢？”

“你这个态度真让人扫兴。想让我告诉你，就痛痛快快地说出来嘛。”

“我才不说呢。”

“不说？你不说那就由我来说吧。她，可是个梳着岛田髻[2]的女孩呀。”

“客厅的窗户开着吗？”

“没有，窗户关得紧紧的。”

“这么说，你又在给人家乱冠雅号了吧？”

“雅号也可以成为真正的名字啊。我看到那个女孩了。”

---

① 京都祇园每年4月1日至4月30日，在歌舞排练场举行的传统舞蹈大会。

② 起源于江户初期的发型，多见于未婚女孩。

“怎么看到的？”

“你看，想听了吧？”

“不听也无所谓呀。比起听你说那种事，还是研究这些竹笋更有意思。也不知为什么，躺着看这些竹笋，竹笋会显得很矮。”

“大概是因为你的眼睛横过来了的缘故吧。”

“明明只有两张贴纸，却画了三棵竹笋，到底是为什么呢？”

“可能因为画得太差劲，就免费多画了一棵？”

“可竹笋的颜色为什么如此苍白呢？”

“会不会是个谜呢？暗示吃了它会中毒。”

“或许就是谜。你都能解谜了，有两下子啊！”

“哈哈，我就是偶尔解着玩儿罢了。对了，我刚才一直想解开那个未婚女孩的谜，可你毫无兴趣地阻止我，这可有失哲学家的体面啊。”

“你想解就解好了，没必要搞得煞有介事，哲学家可不能因此而向你低头。”

“好，那我就先献丑解解这个谜，然后再让你向我服输……本来呀，那个操琴者……”

“嗯。”

“我看到她了。”

“这句话你刚刚说过。”

“是吗？那我就没什么可说的了。”

“没有就算了。”

“不，这样不好。我还是说吧。昨天，我洗完澡在外廊上光着膀子乘凉……你很想听对吧……我漫无目的地眺望着鸭川东岸的景色，正感到惬意无比时，无意间低头望了隔壁一眼，只见那女孩子拉开一扇拉门，靠在上面向院子里张望呢。”

“她是美女吗？”

“嗯，是个美女。虽然不如藤尾小姐，但似乎比系子漂亮。”

“是吗？”

“你这个回答未免太不近人情了吧？就算应付我，也得说句‘太可惜了，我看到就好了’之类的话。”

“太可惜了，要是我看到就好了。”

“哈哈，就是嘛，我刚才叫你到外廊上来，就是想让你看看。”

“可是，拉门不是关着吗？”

“也许过一会儿会打开。”

“哈哈，换做小野的话，可能会一直等到拉门拉开为止。”

“是啊，早知道这样，带小野来看看就好了。”

“京都就适合他那种人居住。”

“嗯，京都简直就是为小野量身打造的。我叫他一起来，他却找出各种借口百般推诿，到底没有来。”

“他说春假要学习，对吧？”

“怎么可能在春假里学习呢？”

“像他那个样子，任何时候都不可能学进去。文学家本来就是浮浮躁躁，这点很不好。”

“你这话听起来可有些刺耳啊。要知道，我也可以划分到浮浮躁躁的一类里面。”

“不，我的意思是，一般搞文学的人只会呆呆地沉醉在朦胧的迷雾之中，根本就没有拨开迷雾探求事物本质的决心。”

“可以说，他们是迷雾的醉鬼。那么，哲学家总是愁眉苦脸地思考一些无聊乏味的事情，应该称作盐水的醉鬼吧。”

“像你这种明明爬睿山却一直爬到若狭的人，应该是阵雨的醉鬼啦。”

“哈哈，真不可思议，大家都成了醉鬼。”

此时，甲野漆黑的脑袋终于离开了枕头。一直被富有光泽的湿发压着的空气枕，因里面的空气弹力而膨胀，在榻榻米上微微移动了一下位置。

驼绒盖毯也滑落下来，里子往外翻出了一半，露出胡乱缠在腰上的平纺窄腰带。

“看上去就是一个不折不扣的醉鬼。”跪坐在枕边的宗近忍不住做出评价。甲野伸开撑起瘦弱身体的胳膊肘，用手掌撑起上半身扫视着自己的腰部。

“的确像个醉鬼。你也是一反常态，怎么坐得这么端正？”甲野抬起细长的单眼皮，白了宗近一眼。

“这证明我很正常呀。”

“你的坐姿是正常。”

“精神也是正常的呀。”

“穿着棉袍跪坐，就如同明明醉了，却得意扬扬地说自己还没醉。真是可笑至极。醉鬼就应该有醉鬼的样子。”

“是吗？那我就不客气了。”宗近马上改为盘腿的坐姿。

“还好你没有固执己见，这一点实在令人佩服。世界上最可笑的事情，莫过于愚者自以为是智者。”

“‘从谏如流’这句话说的就是我这样的人啊。”

“喝醉了还能保持这种状态，那就没有任何问题。”

“那狂妄自大的你又作何解释呢？你本来就是个明明知道喝醉，却不肯盘腿坐或跪坐的人吧？”

“嗯，我算是街头苦力①吧。”甲野的笑容里带着凄凉。

喋喋不休的宗近突然严肃起来——每逢看到甲野这种带着凄凉的笑容，宗近便会不得不严肃起来。数不清的面孔、数不清的表情中，必定会有一种能够深深打动人心。这种表情，既不是面部肌肉一起抽搐颤抖，也不是头上毛发尽竖，更不是泪腺决堤造成涕泗滂沱。这些都无聊至极，犹

① 街头苦力：明治末期至大正初期，站在陡坡下道路两旁等待帮忙推车的力工。通常集中在东京九段坂的坡下。

如壮士百无聊赖地挥剑斩向地面。这与本乡座[1]的戏剧同出一辙，越是肤浅动作越多。甲野的笑容可不是舞台上的那种笑。

那难以捕捉的感情波动，通过纤细如丝的管道，艰难地从心底流淌出来，在尘世间留下一抹稍纵即逝的阴影。它与世间随处可见的表情不同，当它显露出来、意识到身处尘世间时，便会立即返回心灵深处的院落。在它返回之前，捕捉到它的人才是胜者。假如没有捕捉到它，那么将会一生都无法了解甲野。

甲野的笑容，既清淡又柔和，甚至带有一丝冷意。随着那笑容的绽放、变化、消逝，甲野的一生被鲜明地刻画出来。只有理解这瞬间含义的人，才称得上是甲野的知己。把甲野置于暴力纷争之中作评价，即使是其父母，所得结论也未必准确。即使是其兄弟也只是外人。把甲野置于暴力纷争的境地来对其性格进行描述，那只是低俗小说的一贯做法。暴力纷争之类的事，本来不应该出现在二十世纪。

春天的旅游悠闲惬意，京都的旅馆安静舒适。俩人相安无事，互相开着玩笑。这期间，宗近了解了甲野，甲野也了解了宗近。人生便是如此。

“街头苦力？”宗近边说边用手指揉搓着驼绒盖毯的流苏边。

“做一辈子街头苦力吗？”

宗近又一次提到街头苦力这个字眼。他并没有抬头看甲野的脸，语气像是在发问，又像是在自言自语，又像是说给驼绒盖毯听。

“做街头苦力，我可是有心理准备的。”甲野总算直起腰，把脸转向宗近这一侧。

“假如伯父在世就好了。”

“什么呀，老爷子活着的话，或许会更麻烦。”

“也许是吧——”宗近把句尾的“吧”字拖得长长的。

“也就是说，把家业托付给藤尾，就万事大吉了。”

---

① 本乡座：位于东京都本乡的剧场，由奥田登一郎始建于 1873 年。

“那么，你打算怎么办？”

“我做街头苦力好了。”

“你真的要做街头苦力？”

“嗯，反正继承家业也是街头苦力，不继承家业也是街头苦力，结果都是一样的。”

“可是，那样不行！首先，你应该替伯母想一想。”

“我母亲……”甲野表情异样地望着宗近。

倘若心存疑虑，连自己都会被自己欺骗，自己之外的人就更不用说。在这个逐利的世界上，人们都戴着一副使自己免遭损失的面具，其厚深不可测。好友的这番涉及母亲的话，究竟是发自面具内，还是面具外呢？连自己都不免感到身体的某个角落隐藏着欺骗自己的魔鬼，所以即使对方是最好的朋友、是父亲那边的亲戚，也不能粗心大意地向他泄露秘密。难道宗近在试探我，想弄明白自己对继母的真实看法？从宗近的为人看，倒不至于这样，但也不能完全打包票，假如他就是存心试探我，套出真相后会不会改变态度呢？宗近表里如一，性格直率，难道他从继母的口气里觉察到了什么并对此深信不疑吗？根据他平日的所作所为看来，应该是这样的。他不太可能是替母亲出面，向自己那阴暗得可怕的内心深渊抛下一块重物探测深浅，这种行为也太卑鄙。然而，人越是正直就越是容易被别人利用。即便是宗近不屑为了母亲做出此等卑鄙行为，但出于对我的一片好心，说不定他会表面顺从已让我失望的母亲，而把那个令大家都不愉快的结果，提前在家庭内部公开。总之，还是少说话为妙。

两人沉默了片刻。邻家在继续弹琴。

“听这琴声，应该是生田流①吧？”甲野转换了话题。

“好冷啊，我得去加件狐皮坎肩。”宗近的回答也跑了题。两人你说

① 生田流是古筝演奏的流派之一，由生田检校始创于 17 世纪末，主要流行于关西地区，与关东地区的山田流并称近代古筝演奏两大流派。

你的，我说我的。

身着棉袍的宗近敞着怀从装饰棚架上取下那件奇特的坎肩，正当他倾斜着身体穿进一只胳膊时，甲野开口了：

“那件坎肩是手工缝制的吗？”

“嗯，皮是从中国回来的朋友送的，面儿是系子给我缝的。”

“是真货，缝得不错嘛。好啊，阿系小姐勤快，这一点跟我们家藤尾大不一样。”

“是挺好的，她要是嫁人我还真有点儿犯难。”

“没有来说媒的吗？”

“说媒？”宗近看了甲野一眼，似乎有些不愿意谈这个话题，“有是有……”可含含糊糊地说一半就停下了。

“阿系小姐要是出嫁了，伯父也会舍不得吧。”

甲野转换了话题。

“舍不得也没有办法，反正这一天迟早会来的……还是说说你吧，你不打算娶媳妇吗？”

“我嘛……嗯……我养活不起啊。”

“所以嘛，你就听你母亲的话，继承家业……”

“那可不行！不管母亲怎么说，我都不愿意！”

“奇怪，你可真怪啊。就因为你没有处理好自己的终身大事，藤尾小姐才嫁不出去啊。”

“她不是嫁不出去，是不想嫁。”

宗近沉默下来，抽动着鼻子。

“又要给我们吃海鳗。每天都是海鳗，搞得一肚子都是鱼刺。京都这地方实在是无聊啊，我们还是差不多就回去吧。”

“回去也好。不过，只是因为海鳗的话，不回去也罢。看来，你的嗅觉很敏锐啊，闻到海鳗的气味了吗？”

“当然闻到了，厨房从早到晚都在烤海鳗啊。”

“假如老爷子的感觉像你这么敏锐的话，也许就不会死在国外啦。看来，老爷子的嗅觉不太灵啊。”

“哈哈。对了，伯父的遗物已经送回来了吗？”

“估计是送回来了。公使馆的佐伯先生应该替我们带回来……估计也没什么东西……就是一些书籍吧。”

“那块怀表，会怎么样呢？”

“是啊，你是说那块老爷子在伦敦买的一直引以为豪的怀表吧。估计它也会被送回来。藤尾从小就把它当做玩具来玩，只要一拿到它就不肯放手。她最喜欢的就是表链上的石榴石。”

“仔细一想，那块表可有年头了。”

“应该是吧，那可是老爷子第一次留洋时买的。”

“把它作为伯父的遗物送给我吧。”

“我也这么想呢。”

“伯父上次出国之前就跟我说好，等他回来就把那块表当做毕业礼物送给我。”

“我也记得。可没准儿现在藤尾又把那块怀表当玩具玩呢……”

“藤尾小姐和那块表就分不开了吗？不过没关系，无论如何我要定它了。”

甲野默默无语地望着宗近的眼睛，就那么一直望着。午餐时间到了，果然有海鳗。

四

甲野的日记中有这样几句：

观色者不观形，观形者不观质。

小野是一个观色度日的人。

甲野的日记中还有这样几句：

生死因缘无了期，色相世界现狂痴。

小野是一个栖身于色相世界的人。

小野诞生于阴暗的地方，甚至有人怀疑他是私生子。自从他身着窄袖和服去学校的那一天起，就时常被小伙伴们欺负。他所到之处，连狗也朝他吠叫。小野年幼丧父，无家可归的他在外面饱尝艰辛，不得不靠别人的周济度日。

水底的藻类，总是漂荡在阴暗处，根本不会懂得白帆驰过、阳光明媚的岸边的美好。它随着波浪忽左忽右地漂荡，随波逐流，只要不做抵抗便会相安无事。等到养成习惯，就不会把波浪放在心上了。它无暇去思考波浪究竟是什么东西，当然更不会把波浪为什么总是不停地折磨自己当做问题来看待。即使意识到这个问题，也没有能力改变现状。一切都是命运在作祟，它令藻类生长在阴暗处，于是藻类便生长在阴暗处，它令藻类早晚不停地漂荡，于是藻类便早晚不停地飘荡着——小野，曾经就是水底的藻类。

在京都，小野得到了孤堂先生的照顾。先生为他定制了絣织①和服，并为他支付每年二十元的学费。先生还经常教他读书。他逐渐学会了在祇园的樱树下漫步徘徊，仰望知恩院②的御赐匾额时也明白了它的珍贵。终于，小野可以自己养活自己了。水底的藻类脱离淤泥，浮出了水面。

东京是一个令人目眩的花花世界。昔日的元禄③时代能够维持百年寿命的事物，到了明治④时代或许存世三天就要夭折。别处的人都是用脚后跟走路，而东京的人则是用脚尖走路，有人倒立，有人横着走，性急的人甚至会飞着走。小野把东京逛了个遍。

逛遍东京之后，他眼里的世界发生了天翻地覆的变化。无论如何揉搓眼睛，变化是不容置疑的。之所以感到不可思议，是因为世界变得糟糕了。小野无暇顾及这些，朝着目标不断前进。朋友称他为才子，教授夸他前途无量，而房东则“小野先生，小野先生”地叫个不停。小野无暇多想，只是埋头前进。终于有一天，他得到了天皇陛下的御赐银表⑤。浮出水面的藻类绽放出白色的花朵，然而它却没有意识到自己并没有扎根。

世界是五彩缤纷的世界。品味这些色彩，就能够品味整个世界。随着自身的功成名就，世界的色彩会鲜明地映入眼帘。当色彩鲜艳得胜过锦缎

---

① 絣织是染织结合的一种纺织技法，源自印度，后经东南亚传入日本琉球。这种和服给人以质朴的印象，多为日常生活中着用。

② 日本京都市东山区的寺院，为净土宗的总本山。由法然上人的弟子于公元 1234 年创建，在京都的寺院中规模最大。

③ 日本江户时期，东山天皇的年号，自 1688 年起，至 1704 年止。

④ 明治天皇的年号，自 1868 年起，至 1912 年止。

⑤ 在明治维新至二战期间，帝国大学、学习院、商船学校以及陆军士官学校等军校的毕业典礼上，成绩优异者会得到天皇赏赐的银质怀表。被视为至高的荣誉，得到赏赐者被称为“银表组”。

时，人生才有意义，生命方显珍贵。小野的手帕，时常散发出白色向日葵[①]的气味。

世界是五彩缤纷的世界。形状不过是色彩的残骸。一味地品评残骸而置其绝美内涵于不顾的人，恰似只在乎酒器的方圆，却不知该如何对待里面泛着泡沫的美酒的人。无论研究得多么透彻，酒器终究是吃不进肚子里面的。而酒不喝的话，很快便会挥发消散。追求形式的人，正如捧着深不见底的道德的酒杯局蹐在街头。

世界是五彩缤纷的世界，即虚幻的空华[②]，也可说它是镜花水月。所谓真如[③]实相，不过是在世间无栖身之地的畸形之徒，为了在黑甜乡里驱散心中无处发泄的积怨而做的一场白日梦。盲人摸鼎，正因为看不见色彩，而极力想弄清楚它的外形。没有手臂的盲人连摸都不敢摸。弃耳目不用而追求事物本质的人，其所作所为不正是像没有手臂的盲人一样吗？窗外的柳树抽出翠绿的嫩芽。小野的书桌上插着鲜花，他的鼻梁上架着一副金丝框眼镜。

绚烂至极而后趋于平淡，这就是大自然的规律。人的一生可以说都生活在绘画之中，我们降生时被称为赤坊[④]，被人穿上红色的婴儿服。当我们逐渐老去，四条派[⑤]的淡水彩画变成云谷流[⑥]的粗犷水墨画时，最终落得与棺木相伴的可悲结局。回首往昔，可以看到母亲、姐姐、糖果和鲤鱼

---

① 法国香水名，1892 年上市。作为日本进口的首款香水，夏目漱石在小说《三四郎》中也曾提及。

② 佛教用语。比喻纷繁的幻想和假象。

③ 佛教用语。指世间万物普遍存在的、永恒不变的本质。

④ 由于婴儿出生时身体泛红，日语中称婴儿为“赤坊”。

⑤ 日本画的一个流派，由居住在京都四条的吴春（松春月溪）创立，活跃于江户后期至明治期间，在圆山派的写实性画风中融入南画的风格，作品多为富有诗意的花鸟、风景题材。

⑥ 日本画的一个流派，由雪舟的弟子云谷等颜继承师父衣钵而创立，活跃于桃山至江户期间，有 300 余年的传统，画风粗犷豪迈，作品多为以山水、人物为题材的水墨画。

旗[①]。越是向前追溯，人生越是奢华。然而，小野的情况却有所不同。他违背自然法则，斩断自身的根部，从阴暗的淤泥中漂浮到阳光照耀下的明亮岸边——生于洞穴底部的他一步步地到达繁华的尘世，足足花费了二十七年。透过往昔岁月的节点窥视他二十七年的历史，越是往前越是阴暗。不过，途中有一抹隐约可见的红色。刚到东京时，小野对这抹红色十分眷恋，尽管记忆中充满悲伤、痛楚，他还是不分昼夜地回首往昔，不时以泪洗面，沉浸在对往昔的回忆之中。而如今——那抹红色距他越来越远，颜色也几乎消逝殆尽。渐渐地，小野懒得再去窥视过去的节点了。

满足于现状的人，不会再去窥视过去的节点。就算现在不如意，还可以创造未来。如今，小野的人生充满玫瑰色，正如一支含苞欲放的玫瑰。小野没有必要创造未来。对他来说，未来就是使玫瑰花蕾全面盛开。用他那得意的视孔观测未来的节点，可以看到玫瑰已经绽放，似乎一伸手就能够摘到。小野的耳畔响起一个声音："快点儿把它摘下来！"于是他决定写博士论文。

因为写出论文而成为博士，还是为了成为博士而写论文，只有问博士本人才会搞清这个问题。不过，对小野而言，当下必须要写论文。而且不是普通论文，必须是博士论文。在学者当中，以博士的色泽最为光鲜。每当小野通过视孔窥探未来，就会看到燃烧着的"博士"两个金色文字。文字的旁边有一块从天而降的金表，金表下面的红色石榴石仿佛是一颗跳动的心脏，黑眸流转的藤尾在一旁伸出纤弱手臂向他招手。所有这些，构成了一幅绝美的画卷。诗人的理想，就在于成为画中之人。

据传，古时有个名叫坦塔罗斯[②]的人，因作恶多端而受到残酷的惩

---

① 日本始于江户时代的习俗，为庆祝 5 月 5 日男孩节，有男孩的人家在门前悬挂用纸、布制作的鲤鱼形旗帜，祈祷男孩早日成材。源于中国鲤鱼跳龙门的故事。

② 坦塔罗斯是希腊神话中众神之父宙斯之子。

罚。他的身体被浸泡在齐肩深的水中，结满诱人果实的树枝就悬在他的头上。坦塔罗斯口渴了，他想喝水，水却向后退去。坦塔罗斯肚子饿了，想吃果实，果实却离他而去。坦塔罗斯的嘴巴挪动一尺，对方就挪动一尺；若向前挪动二尺，对方就退后二尺。别说三尺四尺，即便前行千里，坦塔罗斯依旧什么也吃不到、什么也喝不到。或许，直到今日他仍在不停地追赶着水源和果实——每当小野通过视孔窥探未来，就会感觉自己是在重蹈坦塔罗斯之覆辙。不仅如此，有时藤尾会摆出一副傲慢的态度，对他视而不见；有时会把细长的双眉紧蹙在一起对他冷眼相待；有时那颗石榴石会猛烈地燃烧起来，火焰中出现一个转瞬即逝的女人身影；有时“博士”这两个文字会逐渐变得模糊暗淡、支离破碎；有时怀表会从遥远天际像陨石般地坠落下来，“啪”的一声摔个粉碎——小野是个诗人，他可以描绘出种种不同的未来。

小野坐在书桌前用手托着下巴，注视着面前彩色玻璃小花瓶中盛开的山茶花。像往常一样，他期待从花丛中找到自己的未来。在他设计好的几种模式里面，今天的最为糟糕。

——女子说，我想把这块表送给你。小野伸出手说，请把它送给我吧。女子啪地打了小野手心一巴掌，说，真遗憾，已经有人要了。小野说，那就不要表了，可是你……女子说，我？我当然和表在一起，说罢扭头快步离去——

小野万万没有料到，自己描绘出的未来竟会是如此结局，他抬起有些发酸的下巴，打算重新描绘一次。正在此时，纸拉门“哗啦”一声开了。“有您的信”，女佣进来搁下一封信退了下去。

当小野看到信封上用子昂体①书写的收件人“小野清三先生”这几个字时，双肘不禁一用力，原本趴在书桌上的身体一下子弹了起来。窥视未

① 子昂体：即“赵体”，创始人为中国元朝书法家赵孟頫（1254—1322），字子昂。

来的媒介物山茶花也随之一颤，一片深红色花瓣悄无声息地飘落在罗塞蒂[1]的诗集上。完美的未来，已经处于破碎边缘。

小野的左手放在书桌上面，那封信就在他的手掌上，他歪着头远远地望着，实在没有勇气把它翻过来。即使不翻过信封，他也能猜得到寄信人是谁。正因为知道寄信人是谁，他才没有勇气翻过信封。假如信封背面的寄信人正如他所猜测的那样，想反悔都来不及了。曾经听过一则乌龟的故事，乌龟只要一伸头就会挨打。既然这样，那还不如把头缩在壳内不露出来。即使摆脱不了随时都会被打的命运，但乌龟还是想能躲一刻就躲一刻。如此说来，目前的小野就是一只尽量拖延事实审判的“学士龟”。乌龟迟早要探出头，小野也必须要翻过信封了。

小野呆望着信封，过了一会儿，他的手心开始发痒。贪享片刻安宁之后，为了让平静下来的思绪更加平静，应该翻转信封确认一下了。小野下定决心，在书桌上把信封翻了过来。信封背面的“井上孤堂”四个字清晰地呈现在眼前。小野感觉，写在白色信封上的饱含墨汁的粗体草书文字，犹如一排尖针，刺向自己的双目。

小野以多一事不如少一事的样子把双手从书桌上移开，只是他的脸仍然对着桌上的信封。不过，他感到膝盖和书桌之间的一道一尺宽的沟壑，切断了他与信件之间的联系。小野从书桌上挪开的双手软软地垂着，似乎要从肩膀上脱落下来。

把信拆开呢？还是不拆开呢？假如这时有人让小野拆信，他就会向对方解释为何不拆信，这样也会使自己心里踏实。然而，说服不了别人的话，那么也就无法说服自己。练柔道的人只有在大庭广众之下摔倒对方，才能证明自己是柔道家而非浪得虚名。苍白无力的辩论正如软弱无力的柔

---

① Dante Gabriel Rossetti （1828—1882），英国画家兼诗人。19 世纪英国拉斐尔前派重要代表画家。本文中出现的白色信封、粗黑墨迹，以及飘落在罗塞蒂诗集上的深红色花瓣，是作者利用这种色彩搭配表达挣扎于东方与西方、过去与未来之间的小野的内心世界。

道。此时，小野非常希望京都的老朋友能够来此一见。

二楼的学生拉起了小提琴。小野近来也正想学习小提琴，可是今天却丝毫没有这种心情。那个学生的无忧无虑令人羡慕。

——山茶花的花瓣又落下一片。

小野拿起小花瓶，拉开纸拉门走到外廊上。他把花丢到院子里，然后倒掉花瓶内的水。花瓶仍然在手中，其实刚才他差一点顺手把花瓶也丢掉。小野手持花瓶，一动不动地站在外廊上。院子里有一棵扁柏，有围墙，对面是二层房屋，一把雨伞晾晒在雨后还未干透的院子里，环状花纹伞的黑色边缘粘着两片花瓣。院子里还有很多东西，不过看上去都非常死板，没有任何意义。

小野迈着沉重的步伐回到房间内。他没有坐下，而是站在书桌前。往昔的节点忽然呈现在眼前，那些历史看起来显得异常遥远、黑暗。忽然，黑暗之中燃起一点光亮，逐渐向他接近。小野快速弯下腰拿起那封信，一下子把它拆开。

敬启者：

值此柳暗花明之美好时节，衷心恭祝贵体健康。鄙人身体硬朗无恙，小夜子亦平安无事，敬请释念。去年岁末曾函告吾等将移居东京，后因琐事繁多而未能按计划成行。时至今日，诸事皆已处理妥当，近日即可启程，拜望知悉。鄙人自二十年前离京之后，仅两度赴京且只逗留五六日，对故乡消息已全然不晓。此番重返，一切均已生疏，必会给你增添诸多麻烦。

多年居住的老旧宅院，有邻家莺屋希望转让与他，虽另有他人也提出请求转让，但最终决定让与邻家。其他大件家私等物均打算在本地卖却，避免迁居时之拖累。唯小夜子爱用之琴，依本人希望将一并带往东京。女子之恋旧之情，还望怜察为盼。

如你所知，五年前小夜子被招至京都前，始终在东京求学，她迁移东京之心急切难耐。至于其未来之路，本人已大致同意目前之安排。恕不赘述，容抵达面会后再行详议。

恰逢博览会[①]举行之际，想必贵地已人满为患。原想启程时尽量搭乘夜行快车，但因快车是为有紧急情况者准备，我们或中途停留一两天，慢慢赴京。待时日确定后另行告知。不一。

小野读完信，依旧呆立在书桌前。还未折起的信纸从他右手无力地垂下，写有“清三先生……孤堂”字样的信纸末端碰到蓝色开司米桌布上，叠成波浪状的两三层。小野顺着手中的半截信纸，逐渐往下看，目光最终到达把桌布染成一块白色的另外半截信纸上。此时，他不得不把视线转向罗塞蒂的诗集。掉落在诗集封面的两片红色花瓣映入了眼帘。望着这抹红色，小野忽然想看一看摆放在书桌右角的彩色玻璃小花瓶，然而，小花瓶不知去向，前天插的山茶花也不见了踪迹。小野失去了窥视美好未来的媒介物。

小野在书桌前坐下来。他无力地折起恩人的来信，信纸散发出一股奇怪的气味，有点儿陈旧、发霉的气味。这是一种过去的气味。这种气味，是他努力想摆脱掉的过去，在犹豫之中又被一种细若游丝的缘分所牵引，与现在勉强联结在一起。

回顾自己半生的辛酸，越回顾越是阴暗。既然嫩芽已经长成茁壮的树干，再用尖锥刺向脉络不通的枯枝末端，以穿透幸运与记忆的生命，就显得毫无必要甚至可以说残忍。门神雅努斯[②]拥有两张面孔，可以同时看清过去与未来。还好，小野只有一张面孔。当他背对过去时，眼中看到的只有美好前程；而当他转身面对过去时，唯有呼啸着的北风。如今，他好不

① 指明治四十年（1907）3 月 20 日至 7 月 31 日在上野公园举办的东京劝业博览会。

② 雅努斯（Janus）是罗马的门神，也是罗马的保护神。具有前后两张面孔或四方四张面孔。雅努斯是起源神，执掌着开始和入门，也执掌着出口和结束，同时他又被称为“门户总管”，他永远象征着世界上矛盾的万事万物，所以他的肖像被画成两张脸，有“双头雅努斯”的说法。

容易才脱离那个寒冷的地方，可是来自那个地方的严寒又紧随而至。迄今为止，他一心只想着忘掉过去，只想着全身心地投入温暖、鲜艳的美好未来中，尽可能一步步地远离过去。自己曾经历的过去静静地镶嵌在死亡的过去之中，尽管他忐忑不安，担心它会复苏，但仍然心存侥幸、一天天地逐渐远离它。当他回头看到过去的全息景观虽连绵不断，却纹丝不动时，便放下心来。然而，就在他认为一切都已成为历史，用过去的视孔再度窥视时——竟然发现有东西在活动！自己逐渐远离过去，而过去却在逐渐接近自己。过去如同一簇照亮暗夜的灯笼之火，越过前后的静寂、左右的枯朽，摇曳着一步步地逼近。小野不安地在房间内转起圈来。

天无绝人之路。有道是物极必反，大自然的规律并非一成不变。小野在房间内走了还不到半圈，女佣便在纸拉门处探进头来：

“有客人来了。”女佣笑着说。小野感到不解，女佣为何从早到晚笑个不停，说“早上好”时笑，说“您回来啦”时也在笑，说“饭做好了”时还在笑。逢人便笑，一定是内心有求于对方。这个女佣确实在期盼从小野那里得到某种回报。

然而，小野只是兴味索然地望了女佣一眼。女佣感到很失望。

“请客人进来吧？”

“哎，嗯……”小野的回答有些含糊不清。女佣再次感到失望。女佣经常对小野笑是因为小野和蔼可亲。在女佣眼里，态度冷淡的房客一文不值。小野非常明白女佣的这种心理，正因为如此，以前他博得了女佣们的好感。小野就是这样的人，连女佣对他的好感也不肯轻易失去。

过去有位哲学家曾说过，同一空间容不下两种事物。假如此时小野的大脑中同时存在着和蔼与不安，将有悖这位哲学家的理论。和蔼退却，不安便会升起，女佣来得太不是时候。虽说和蔼消退，不安才会升起，但只有虚伪的哲学家才会认为和蔼是表象、不安是本质。其实，关于谁入主小野大脑的问题，可以说和蔼是在协商的基础上把大脑暂时出租给了不安。话虽如此，可毕竟小野让女佣撞见了尴尬场面。

“可以请客人进来吗？”

“嗯，这个嘛。”

“就说您不在家？”

“是谁呀？”

“浅井先生。”

“原来是浅井。”

“就说您不在？”

“这个嘛。”

“就说您不在家吗？”

“怎么办才好呢？”

“怎样都可以。”

“那，就见见吧。”

“我让客人进来。”

“喂，等一下！喂。”

“什么事？”

“啊，没事。你去吧。”

人，有时候想见朋友，有时候又不想见朋友。打定主意时，就不会有任何烦恼。不想见面的话，说自己不在家就可以了。在不伤害对方感情的前提下，小野还是有勇气使用“不在家”这一招的。然而，令人难堪的是既想见又不想见、犹犹豫豫下不了决心时会成为女佣的笑柄。

走在大街上，时常会与对面的人相遇。如果双方瞬间擦肩而过，然后各走各的，那就只是路人而已。然而，有时双方会不约而同地向右或者向左避让。当一方意识到错误时，又会向相反方向避让，与此同时，另一方也会同样意识到错误而向相反方向避让，于是大家就会险些相撞。“哎呀，糟糕！”一方心里这样想着，又会躲向另一侧，然而，另一方此时也会这样想，并采取同样的行动。双方都想避让对方，却总是一再搞错方向，就如挂钟的钟摆一样左右摇摆不定。最终，双方都不禁想骂对方是

“优柔寡断的家伙”。原本受欢迎的小野差一点儿就被女佣认为是“优柔寡断的家伙”。

此时，浅井走进了房间。浅井是小野在京都就认识的老朋友。他把紧紧攥在右手中有些走样的褐色帽子扔在榻榻米上，随即盘腿坐了下来：

“天气真好啊！”

“天气是不错。”小野完全忘记了天气的事。

“去看过博览会没有？”

“没有，还没去。”

“去看看吧，太有意思了。我昨天去的，还吃了冰淇淋呢。”

“冰淇淋？嗯，昨天的确很热啊。”

“我打算再去吃一顿俄式料理。一起去如何？”

“今天吗？”

“嗯，今天也可以。”

“今天，有些……”

“不能去吗？用功过度会生病的呀。你是想尽快取得博士学位，再娶个漂亮媳妇吧？真不够意思！”

“哪里，没有的事。我正发愁呢，一点儿都学不进去。”

“你脸色不好啊，不会是神经衰弱吧？”

“是吗？我就是觉得心里不舒服。”

“我说得没错吧。你还是快去吃一顿俄式料理，好好滋补一下，别让井上家小姐担心。”

“为什么？”

“为什么？井上家小姐不是要来东京吗？”

“是吗？”

“别装了，你肯定已经得到了消息。”

“你得到了消息吗？”

“嗯，得到了。你没得到吗？”

“不，我也得到了……”

“什么时候得到的？”

“就是刚才。”

“你马上要跟她结婚是吧？”

“怎么会有那种事呢？”

“不打算结婚？为什么？”

“不为什么，就是因为情况变得和以前不一样了。”

“什么情况？”

“算了，这种事以后有机会慢慢再说吧。井上先生于我有恩，只要是力所能及的事，为了先生我愿意全力以赴。可是结婚这种事，并不是像想的那样说结就结啊。”

“可是，你们不是有婚约吗？”

“这个嘛，我很早以前就想告诉你……其实我一直都在同情先生。”

“这个，我想倒是。”

“哎，我原本打算等先生抵达之后再慢慢向他解释。这种事由对方一厢情愿地决定，我也感到很不好办啊。”

“怎么会是一厢情愿呢？”

“看信的内容，似乎已经定下来了。”

“井上先生也太古板了。”

“他很固执，不会轻易改变自己的决定。”

“最近先生家的经济状况也不太好吧？”

“不太清楚，应该不会太差吧。”

“对了，现在几点钟？你帮我看一下表。”

“两点十六分。”

“两点十六分吗……这就是那块御赐的表？”

“嗯。”

“你可真幸运。我要是也能弄一块就好了。有了这东西，大家对你的评价就是不一样。”

“也不是绝对的吧？”

“不，绝对是这样。毕竟是天皇陛下打了包票啊。”

“现在你打算去哪里呢？”

“哦，今天天气不错，打算出去逛逛。一起去如何？”

“我还有点儿事要做……不过，可以陪你一起出门。”

与浅井在门口作别后，小野向甲野府走去。

五

刚抬脚走进山门，来自古老世界的苍绿便从道路两旁向肩头袭来。形状不一的天然石材排列整齐，错落有致地铺成一条近两米宽的小径。走在小径上的，只有甲野和宗近两人。

顺着笔直细长的小径远眺，只见尽头处石径的上方有一座寺庙。屋顶的厚木板自左右两侧层层蜿蜒向上，两个巨大的斜坡汇聚在一道险峻的屋脊处。屋脊上还有一个小屋顶，伸着两面小斜顶雄踞在那里，估计是为了通风或者采光而建造的。甲野和宗近站在侧面，以绝佳的角度一起抬头仰望这座宏伟的寺院。

“光彩夺目啊。”甲野手持手杖停下脚步。

“虽说那座殿堂是木结构的，但看上去很结实。”

“或许是因为它的那种外形构造就不容易毁坏。亚里士多德所说的形式[①]莫过于此。”

“搞得真复杂啊……亚里士多德姑且不谈，我总觉得这附近的寺院都有一种奇妙的感觉，太不可思议。”

“这和船板墙[②]、御神灯[③]之类的情趣不同，这可是梦窗国师[④]建造的呀。”

“仰望那座殿堂，之所以感觉怪怪的，就是因为我变成了梦窗国师。哈哈，关于梦窗国师，我也略知一二。”

“正因为可以成为梦窗国师或大灯国师[⑤]，才值得在此地逍遥漫步。

仅仅参观游览，就会显得乏味无比。”

“要是梦窗国师也化作屋顶存活到明治时代就好了，这比那些庸俗的铜像不知要好上多少倍。”

“就是嘛，真是一目了然啊。”

“你说什么？”

“这还用问，我是说寺院内的景色呀。丝毫没有扭曲的地方，到处都通透明朗。”

“这就像我一样啊。怪不得一走进寺院，我就感觉心情舒畅无比。”

“哈哈，也许是吧。”

“假如那样的话，也是梦窗国师像我，而不是我像梦窗国师。”

“你怎么想都无所谓……来，歇一会儿吧。”甲野说着，在莲池上的石桥栏杆上坐下。

栏杆的下半段雕刻着大的三盖松⑥，三寸厚材质的镂空图案面对水面。石头上淡绿色的苔斑开始萌生，似乎要深入到夹杂着灰色的紫色石栏的内部。桥下饱受去年风霜的枯莲生出黄色的嫩茎，欢快地在三月春色中起舞。

宗近取出火柴、香烟，“嗤”的一声点燃后，把燃剩的火柴扔进莲池内。

“梦窗国师可不会做这种事。”甲野的双手小心翼翼地放在杖头支着的下颌下面。

“所以呢，他比不上我。他应该多向宗近国师学学。”

---

① 亚里士多德在《形而上学》中通过论述本体与本质、形式与质料、潜能与现实之间的关系，系统地阐述了他的“本体论”。这里面的形式与美学中的“形式”毫无关系。本文中的说法可能是作者的笔误。

② 日本的一种时尚，用木船的废旧船板建造的院墙。

③ 日本手艺人、文化人等为辟邪而在门前悬挂印有“御神灯”字样的灯笼。

④ 梦窗疏石（1275—1351），南北朝时期临济宗的高僧，在京都嵯峨建造了天龙寺。

⑤ 宗峰妙超（1282—1337），镰仓后期临济宗的高僧，在京都建造了大德寺。

⑥ 指枝叶重叠成三层的松树。

“你当国师，还不如去当土匪呢。”

“土匪当外交官有些说不通吧，不管怎么说，我可要正大光明地常驻北京了。”

“专门研究东亚的外交官？”

“是研究东亚的治国之策。哈哈，反正像我这样的人不适合西洋。你觉得怎么样？或者是我经过努力，有没有可能成为像你家老爷子那种人？”

“像老爷子那样死在国外可就糟了。”

“没关系，我的后事就交给你了。”

“净给我找事儿。”

“可我也不是白死呀，我是为了国家的利益而死，让你为我做这些事情，不过分吧？”

“我连自己的事情都忙不过来呢。”

“你呀，就是太任性。你的脑子里面根本就没有日本这个字眼。”

之前两人的对话一半认真一半玩笑，而此时玩笑逐渐消散，话题变得认真起来。

“你考虑过日本未来的命运吗？”甲野用力拄着手杖，稍微向后方挺了挺身体。

“命运由神去考虑吧，人只要做好分内的工作就可以了。你就看看那场日俄战争吧！”

“偶然治愈感冒，就误以为自己会长命百岁。”

“你是说，日本会好景不长吗？”宗近逼近一步。

“那不是日本和俄罗斯的战争，是种族与种族之间的战争。”

“那是当然。”

“你看看美国，看看印度，看看非洲！”

“照这个逻辑，因为伯父死在了国外，所以我也会死在国外吧。”

“事实胜于雄辩，反正任何人都难免一死。”

“死和被杀，那可是两码事。”

“人通常是在不知不觉之中被杀死的。”

甲野似乎厌倦一切，用手杖前端在桥面“咚”地敲了一下，感到恐惧似的缩起肩膀。宗近一下子站起身来：

“你看那边，看那座殿堂。那不是一个名叫峨山[①]的和尚光凭一只碗，到处托钵化缘重建的吗？而且他死的时候，也就五十岁上下。人若是没有干劲，连倒下的筷子也扶不起来。”

“与其看正殿，还不如看那边。”甲野一动不动地坐在栏杆上，用手指着相反的方向。

仿佛把世界环切成两半的紧闭的山门，“唰”的一声向左右敞开——女人、孩子、穿红披绿者鱼贯而入。京都的人们为嵯峨[②]的春色所倾倒，络绎不绝地拥向岚山[③]。

“就是那里。”甲野说。两人再度步入色相世界。

从天龙寺[④]门前向左是释迦堂，向右是渡月桥[⑤]。京都这地方，连地名都很美。两人浏览着街道两旁商家摆放在门前的各式各样的土特产品，拖着奔波七日仍不知疲倦的双腿前往车站。路上的行人都是京都人。为了不使人们错过赏花时期，二条[⑥]车站每隔半个时辰便会发一列专车，将刚刚抵达的红男绿女悉数送进岚山的花海中。

“好美啊！”宗近早已将国家大事抛在脑后。只有京都才配得上打扮得光彩照人的女子，国家大事怎比得上京都女子的光彩呢。

“京都人从早到晚都在跳都踊，好清闲自在啊。”

---

① 桥本峨山（1852—1900），临济宗僧人，京都人，曾重建毁于战乱的天龙寺。

② 嵯峨是京都市右京区大堰川东岸的地名。有天龙寺、大觉寺、广泽池等古迹。

③ 岚山是京都市西郊的名胜地，为平安时代以来著名的观光游乐场所。

④ 天龙寺位于京都市右京区嵯峨，临济宗天龙寺派的总本山。山号“灵龟山”，京都寺院五山之首，开山祖师是梦窗国师。

⑤ 渡月桥位于京都市岚山山麓，横跨大堰川，全长155米，相传由龟山上皇命名。

⑥ 日本京都市的地名、车站名。

“所以我说京都是为小野量身打造的。”

“不过，都踊确实很好看啊。”

“的确不错，实在是大饱眼福。”

“不，我觉得她们一点儿魅力都没有。女人过度依赖装扮，打扮到那个程度，反倒会使自己失去女人的味道。”

“说的也是，京都人偶[①]把这种审美观表现得淋漓尽致。不过，人偶只是模型，倒也不会令人生厌。”

“如此说来，那些略施淡妆、到处活动的家伙就危险了，因为她们非常有女人味。”

“哈哈，那种女子对任何哲学家来说都很危险吧。不过都踊却不一样，对外交官也不能构成任何危险。我非常赞同你的看法。好在我们是来安全的地方游玩。”

“人的本性，若总是第一义[②]占据上风就好了。可糟糕的是，通常人都是第十义在肆意妄为。”

“我们俩属于第几义呢？”

“我们俩嘛，都比较出类拔萃，应该不会在第二义或第三义之下。”

“就凭这德行？”

“虽然你说话让人摸不着头脑，但还是蛮有趣的。”

“谢谢你了。可是，第一义又是如何体现出来的呢？”

“这个嘛，第一义必须流血才会体现出来。”

“那岂不是危险？”

“当你用鲜血洗刷掉愚蠢的想法时，第一义便会跃然显现出来。因为人就是如此浅薄。”

“用自己的血？还是别人的血？”

---

① 日本京都出产的高级人偶。京都自古以来就是人偶的代表性产地，江户时代开始，人偶制造得到了迅速发展。

② 佛教用语。指至高无上的真理。

甲野没有回答，而是把目光转向商店里陈列的抹茶茶碗。摆满三层货架的茶碗，无一例外都是一副粗制滥造的模样，看上去就像是手工捏制的。

“像那种粗制滥造的玩意儿，就算用血洗也无济于事吧？”宗近依旧纠缠不休。

“这个嘛……”正当甲野拿起一个茶碗观看时，宗近冷不防用力拽了一下他的袖子。茶碗掉在地面摔成碎片。

“就是像这样。”甲野望着地面的茶碗碎片说。

“喂，摔碎了吗？碎就碎了吧。你看这边，快！”

“怎么了？”甲野跨过门槛，回头向天龙寺的方向张望，映入眼帘的只是那些络绎不绝的京都人偶的背影。

“怎么了？”甲野又问了一遍。

“已经走了，太可惜了。”

“什么走了？”

“那个女子呀。”

“哪个女子？”

“隔壁的那个。”

“隔壁？”

“就是弹琴的那个呀，你最想见的那个女子。本来想让你看看她，你却在那儿把玩那些无聊的破茶碗。”

“那真是太可惜了。哪个是她呢？”

“哪个？已经看不到了呀。”

“没看到那个女子固然可惜，可这个茶碗也落得如此悲惨结局，责任都在你那里。”

“得了吧。那种茶碗洗也白搭，它不过是个累赘，不打碎它的话就不会有好运。我最讨厌的东西就是喝茶人使用的茶具，它们看上去都是那么令人不舒服。真恨不得把天下的茶具搜集在一起全部砸个粉碎，要不我们顺便多摔几个茶碗再走吧？”

“哼……一个大概多少钱呢？”

二人付过茶碗钱，来到车站。

京都的火车把欢呼雀跃的人们送进花海，再从嵯峨返回二条。不返回的火车则穿过群山驶向丹波①。二人买了开往丹波的车票，在龟冈②下了车。乘船观赏保津川的激流，向来是以此站为起点。即将奔流而下的河水在眼前缓慢流动，颇有些碧波荡漾的味道。河岸开阔，岸边已长出乡村孩子经常采摘的笔头菜。船夫把船靠在岸边等待游客。

“好奇怪的船啊。”宗近说道。船底是一块平整的木板，船舷距水面不足一尺，烟具盘被随意放在船舱的红绒毯上。两人拉开适当的距离坐下。

“你们能不能再往左边坐一坐，别担心，水不会溅上来。”船夫说。船上共有四名船夫，最前面的人手持近四米长的竹篙负责船头，随后的两人在右侧划桨，站在左侧的人也是手持竹篙。

船桨“嘎吱嘎吱”地响着。为了便于双手用力握紧，粗糙的樫木船桨的把手部分缠绕着粗藤蔓，前端一尺余长削制成圆形。握桨的手关节隆起、皮肤黝黑，布满松树细枝般的青筋，仿佛在为划桨运足浑身的力气。被藤蔓勒住柄颈的船桨不屈不挠地挺着脖颈，每当船夫划动一次，便会与藤蔓、船舷摩擦，发出“嘎吱嘎吱”的响声。

河岸涌起两三层波浪，急不可待地把悄无声息的河水不断地送向前方。拥挤在一起的河水争先恐后地向前涌去。头上方，春色中群山耸立，屏风般地把山城环绕在内。河水走投无路，只能流进山与山之间。照在帽子上的阳光转瞬即逝，原来船早已驶入山峡。保津川激流就是从这里开始。

---

① 日本旧国名之一，相当于现在的京都府中部和兵库县中东部。
② 京都府中部、龟冈盆地南部的市。观赏保津川景致的起点。

“好戏就要开始了！”宗近隔着船夫的身体，望向不远处山岩与山岩之间的缝隙。河水轰然喧嚣起来。

“是啊。”不等甲野从船舷探出头来，船早已驶入激流之中。右侧的两名船夫吆喝了一声停下双手，船桨顺着水流贴在了船舷上，而站在船首的船夫只是横握着竹篙。船身倾斜着，如飞矢般顺流而下，坐在船底的屁股下面发出急促的“哒哒哒哒”的声响，正当两人担心船底会不会破裂时，船已经驶出了激流险滩。

“你看那里。”宗近指着后方说。甲野向后望去，只见百余米长的白色泡沫长龙奔腾翻滚、彼此撕咬着，争先恐后地抢夺着射进山谷的缕缕阳光下的万颗水珠。

“实在是壮观啊。”宗近看上去无比惬意。

“与梦窗国师相比，哪个好呢？”

“比起梦窗国师，还是这个更不得了。”

船夫一副漠不关心的样子，既不理会峭壁上被松树挡住的巨石是否会崩落，也不以激流中划船为苦，熟练地划着船桨、撑着竹篙驾船前行。激流险滩接踵不断，每绕经一个，便有新的山景扑入眼帘。石头山、松树山、杂木林山……还未待游客细数，湍急的水流又驱赶船只跃入下一个奔湍。

前方现出一块巨大的圆石。为了避免青苔纠缠附体，它在春寒中裸露着紫色的身躯，一任水波击打，飞沫冲身。在碧绿被搅乱的河水中，那架势似乎在说：“小船放马过来！”小船以不可阻挡之势，朝着巨岩径直猛冲过去，汹涌奔流的河水被巨岩撕成无数碎片，遮住前方视野。被激流冲刷成斜坡的河底到底有多深呢？对船上的乘客来说，他们难以预料波浪将带来的结果。船会不会在巨岩上撞个粉碎？会不会被卷入激流，坠入深不可测的河底？……小船只是一个劲儿地向前疾驶。

“要撞上了！”就在宗近抬起屁股的那一刻，紫色巨岩已经逼近船夫黑色的头顶。船夫在船首“嗨！”的一声鼓足了劲，小船以行将粉身碎骨之势钻进波涛吞噬的巨岩腹下。船夫掉转横握的竹篙高高举过肩膀向巨岩戳去，随着“畜生！”的一声怒吼，小船滴溜溜地打了个转，向斜下方滑落。船身与巨岩之间，相距不足一尺。

“比起梦窗国师，还是保津川漂流更有趣啊。”宗近一边坐回去一边说道。

渡过所有险滩之后，对面出现一艘逆流而上的空船。船夫的手中既没有竹篙也没有船桨，他只是凭借着斜勒在藏蓝布衣肩头上的一根纤绳，不时伸出手用力摁住岩石棱角，顺着狭长的山谷吃力地把空船拉向上游。水流湍急的岸边几乎没有立足之地，船夫时而跃上石面，时而爬上巨岩，时而把腰弯得以至于脚上的草鞋几乎陷没，他那松弛垂下的双手指尖几乎浸在因受阻而形成漩涡的河水中。有些岩石在船夫们长年累月的猛力踩踏下，自然而然地被磨出脚窝，形成了便于船夫拉纤的踏脚石阶。岩石上到处摆着长长的竹竿，据说是为了拨开被岩石挂住的纤绳、使之能快速滑动而准备的。

“激流总算平稳了一些。”甲野眺望着两侧河岸说道。岸边的峭壁看不到可以立足的地方，顶端远远地传来“咚咚”的砍柴声，可以看到有个黑影在上面晃动。

“简直就像只猴子。”宗近伸长脖子向峰顶张望，他的喉结越发凸显出来。

“任何事情都是熟能生巧啊。”甲野也手搭凉棚望着峰顶。

“这样工作一天，能赚多少钱呢？”

“是啊，能赚多少呢？”

“我们在下边问一下看看吧？”

“水流太急了，丝毫也不能分心啊，船根本就停不下来。如果没有这种水流平缓的地方，真的会受不了啊。”

“我想再来一次。刚才用竹篙戳那块巨岩使小船改变行进方向的感觉实在是妙。真想向船夫借船篙，亲自试一下。”

“你试的话，我们俩如今都已进入天堂了。”

“看你说的，简直是妙不可言。比看京都人偶可美妙多了。”

“因为大自然的表现形式都是基于第一义。”

“这么说，大自然应该是人类的榜样吧。”

“不，人类才是大自然的榜样。”

“看来，你骨子里还是喜欢京都人偶啊。”

“京都人偶没什么不好，它很接近大自然，从某种意义上来说属于第一义。可麻烦的是……”

“什么麻烦呢？”

“所有的事情都很麻烦吧？”甲野搪塞了过去。

“有时感觉麻烦也没有办法，因为失去了榜样。”

“因为有了榜样，所以乐于在激流中漂流，对吧？”

“你是说我吗？”

“是啊。”

“这么说，我是属于第一义的人啦。”

“在激流中漂流时算是第一义。”

“漂流过后就是凡人了？喂喂！”

“因为大自然翻译人类之前，人类首先要翻译大自然，所以归根结底榜样还是属于人类啊。在激流中漂流之所以感到痛快，是因为你内心的痛快感以第一义的方式表现出来，然后过渡到大自然上。这就是第一义的翻译和解释。”

“那么，所谓肝胆相照，就是因为彼此都表现出了第一义对吧？”

“可以这么理解。”

“你有过肝胆相照的情况吗？”

甲野沉默下来，注视着船底。老子曾说过“知者不言，言者不知”。

“哈哈，原来我和保津川是肝胆相照的关系啊。妙哉！妙哉！”宗近拍了几次手。水流或聚或离地在杂乱无章的岩石丛中迂回流淌，半透明的碧绿光琳波[1]描绘着幼蕨般的曲线，悠闲地绕过岩石边缘。渐渐地，河流接近京都了。

“绕过那个石矶就是岚山。”船夫一边说一边将长长的竹篙插进船舷。在船桨“嘎吱嘎吱”的响声中，小船仿佛滑行般地驶出了深渊。两岸的岩石向后退去，眼前豁然开朗，小船在大悲阁[2]山下靠了岸。

两人在松树、樱树以及成群结队的京都人偶之间向上攀爬。他们钻过如帷幕般连成一片的衣袖，经过松林来到渡月桥时，宗近又用力地拽了一下甲野的袖子。

大堰川波光粼粼，繁花倒影清晰可见。桥头一棵需两人合抱的红松前有一间苇帘低垂的茶铺，有一个梳着岛田髻的女子正在里面歇息。花影前那张白皙的瓜子脸配上如今少见的旧发型，显出一副弱不禁风的模样。她腼腆地低垂着眼眸，注视着当地的特产——团子。她身披一件浅色花绫外褂，双膝端庄地并拢在一起，里面衣裳的颜色无可辨别。不过，她领口处隐约露出的衬领，一下子就吸引了甲野的目光。

“就是她。”

“她？”

“她就是那个弹琴的女子呀，那个穿黑外褂的一定是她老爷子。”

“是吗？”

“她可不是京都人偶，她是东京人。”

“你怎么知道？”

“旅馆的女佣说的。”

身后传来肆无忌惮的狂笑声，三五个手持酒葫芦的醉汉挥舞着胳膊挤了上来。甲野和宗近侧过身体，让这伙不可一世的家伙走了过去。眼下正值色相世界最盛之时。

---

① 尾形光琳（1658—1716），京都人，江户中期的画家、工艺家，琳派的集大成者。由他创造的波浪装饰图案称为光琳波。

② 日本京都岚山千光寺内的观音殿。

六

一张无忧无虑的圆脸，衣领处时隐时现的浅绿色兰花正在向肌肤吐着幽香，并向衣服主人的胸前弥漫。系子就是这样的女子。

为别人指示事物时，需要使用手指。假如向掌心收拢起四根手指，只用剩下的食指指示目标，目标就会很明确，不会使人产生误会。但如果同时伸出五根手指指示目标，即使方向正确，也会让人感到不确定。系子就属于那种同时伸出五根手指的女子。尽管不能因此而说她是错误的，但确实有点怪。伸出的手指太短，会被认为美中不足，而伸出的手指太长，则会被认为过分完美。而像系子这种同时伸出五根手指的女子，既不能说她美中不足，也不能说她过分完美。

如果为别人指示的手指细瘦、指尖纤细，那么对方的注意力就会逐渐转移至指尖，从而形成一个焦点。藤尾的手指，正如刺破红色指甲的尖锐缝衣针，令看到它的人双目刺痛。不得要领的人过不了桥，过于精明的人则从栏杆上过桥，而走栏杆，则有落水之虞。

藤尾和系子，在六张榻榻米的房间内上演着五指对针尖的战争。所有的对话都是战争，女子之间的对话更是充满了火药味。

“好久没见到你了呀，你来得正好。”藤尾以主人的身份开了口。

“因为要照顾父亲，每天都很忙，所以一拖就这么长时间……”

“你还没去参观博览会吗？”

“还没呢。”

“向岛[1]呢？”

“我暂时哪儿都不能去。”

每当系子回答时，眼角便浮现出笑意。藤尾暗想，整天待在家里竟然还能如此心满意足。

“你有那么多事情吗？”

“不，也不是什么要紧的事……”

系子回答时，总是话说一半便止住。

“总不出门对身体可不好呀。春天可是一年只有一次哟。”

“是啊，我也是这么想的……”

“说是一年一次，但假如死了，不就只有今年这一回了吗？”

“呵呵，死了就不划算了。”

尽管两人在对话中都提到了“死”这个字眼，但对它的理解大相径庭。上野是去浅草的必经之路，同时也是去日本桥的必经之路。藤尾想把对方带到坟墓的另一侧，但对方居然不知道坟墓还有另一侧。

“等过些日子哥哥娶了媳妇，我会出门到处走走的。”系子说道。贤妻良母型的女人说话总离不开家庭。藤尾不屑地想，有的女人觉得自己生来就是为了服侍男人，实在是可悲。

藤尾认为自己的眼睛、衣袖以及喜欢的诗、歌谣，与锅、炭盆之类的东西并非一个层次。它们往来于美丽的世界，并留下美丽的影子。一旦被冠以“实用”这个称号，女人——美丽的女人就会失去本来的面目，蒙受巨大的屈辱。

“阿一先生打算什么时候娶媳妇呢？”藤尾的语气有些轻佻。系子回答之前先仰起脸望了望藤尾。战争逐渐开始了。

“随时都可以，只要有人肯嫁给他我们就欢迎。”

这回轮到了藤尾，她在回答前凝视着系子。黑眸子中的缝衣针仅限于

---

① 日本东京墨田区地名，位于隅田川东岸，当时为东京的赏樱胜地。

不时之需，轻易不会出现。

“呵呵，无论多么出色的媳妇，对他来说应该都很容易娶进门吧。”

“要是真那样就好了。”系子有意无意地将了对方一军，藤尾必须要退守一步。

“有没有中意的人呢？假如阿一先生下定决心要娶，那我就会好好地帮他物色一下。”

虽然藤尾不知道抛出的粘竿够不够长，但小鸟的的确确已经逃走了。不过，她还想进一步确认一下。

“好啊，请帮他物色一下吧。以我姐姐的身份……”

关键之处，系子的话说得有些过了头。二十世纪的会话是一门巧妙的艺术，你不说对方就不会明白，说得过分又会被对方怪罪。

“你才是姐姐呢。”藤尾“唰”的一声割断对方试探着抛过来的绳索反掷了回去。

“为什么？”系子没弄明白是怎么回事，她歪着头问。

射箭没射中靶子是因为射箭人粗心大意，然而明明射中却装出一副无所谓的样子，则是心理阴暗。对女人来说，心理阴暗比粗心大意更令人恼火。藤尾咬了咬下嘴唇，对争强好胜的她来说，既然到了这种地步，是不会就此善罢甘休的。

“你难道不想做我的姐姐吗？”藤尾若无其事地问。

“哎呀……”系子现出一副茫然的表情。对手在心中暗骂一声“活该！”冷笑着结束战斗。

甲野和宗近两人共同探讨而得出一条处世名言——偏离第一义者与肝胆相照无缘。此时，他们的妹妹却在肝胆的外廓激战不已。这场战争的目的是想把对方拉进肝胆之内？还是想把对方逐至肝胆之外？哲学家对二十世纪的对话做出的评价是——这是一场肝胆相斥的战争。

正在此时，小野来了。小野因被过去所困扰，在寄宿的房间内不停地徘徊。他不知在房间内转了多少圈，却找不到解决问题之策。于是，他见了昔日的老友，尝试着调解过去与现在之间的关系。调解看似成功又似乎未成功，小野依然处于不安的状态。当然，他没有勇气壮着胆子面对紧追而来的东西。无奈之下，小野只能跑来向未来求救。俗话说背靠大树好乘凉，小野打算躲在未来这棵大树之下。

小野踉踉跄跄地跑来了。然而遗憾的是，踉踉跄跄的理由很难解释清楚。

“出什么事了？”藤尾问道。小野还没有订制好用以遮掩内心担忧的印有家徽的“从容”的和服。那位哲学家曾说，二十世纪的人都应该准备两三件印有家徽的“从容”的和服。

“您的脸色看起来很糟糕啊。”系子说道。小野万万没有料到，原以为能依靠的未来竟然掉转矛头想挖出过去。

“已经两三天都睡不着觉了。”

“是吗？”藤尾说道。

“怎么了？”系子问道。

“最近在写论文……喂，是这样吧？”藤尾的一句话中，既有回答也有询问。

“是的。”小野顺水推舟地回答。目前的小野，只要有人召唤，无论什么船他都会搭乘。谎言正如渡口的船只，只要有船人就会搭乘。

“是吗？”系子随口答道。如何写论文与贤妻良母型的女子没有任何关系，贤妻良母型的女子所关心的只是对方脸色不好。

“您都毕了业，还这么忙啊。”

“他在毕业时得到了御赐银表，今后还要靠完成论文争取金表呢。”

“真不错啊。”

“喂，小野先生，我说得没错吧？”

小野微笑不语。

“所以嘛，您根本不可能和我哥哥还有她哥哥钦吾先生一起去京都玩……我哥哥这个人呀，逍遥自在惯了。要是他也有睡不着觉的时候就好了。”

“呵呵，不过总比我哥哥强吧。”

“钦吾先生不知要比我哥哥强多少呢。”系子无意中脱口而出，说完才发觉不妙，把白纺绸手帕在膝盖上慌乱地揉搓成一团。

“呵呵。”

藤尾门牙上的金牙套闪着光芒，从张开的双唇间露了出来。敌人彻底掉进自己的圈套，藤尾又一次奏响了凯歌。

“京都那边还没有音讯吗？”这回轮到小野发问。

“没有。”

“总该来个明信片之类的呀。”

“不是说就像子弹有去无回吗？”

“谁说的？”

“就是上次，我妈妈不是这么说过吗？说他们两人就像子弹那样……系子，她还说宗近先生是颗大大的子弹。”

“谁说的？伯母吗？子弹就够了，还是大大的子弹啊。所以说他要是不快点成家，就会让人放不下心来，不知飞到哪里去呢。”

“那就快点帮他物色一个吧。你认为呢，小野先生？就让我们俩帮他找个好的吧！”

藤尾意味深长地望着小野。目光碰到一起的刹那间，小野的一双眼睛不禁颤抖起来。

“好，那就给他介绍个好人吧。”小野取出手帕，轻轻地擦拭着稀疏的唇髭。手帕散发出一股幽香。据说香味太浓就会显得庸俗。

“您在京都有很多熟人吧？您就介绍个京都人给阿一先生吧。不是说京都有很多美女吗？”

小野拿手帕的手停了下来。

“其实，没那么漂亮……等甲野君回来，问问他就明白了。”

“哥哥才不会聊这种事呢。”

“那就问宗近君吧。”

“我哥哥说京都的美女非常多。”

“宗近君以前也曾去过京都吗？”

“没有，这次是头一回。不过，他来信了……”

“哎哟，那就不能称他为子弹了。他来信了？”

“嗯，只是明信片而已。他寄来一张京都都踊的明信片，在边上写着京都的女人都很漂亮。”

“是吗？真的那么漂亮吗？”

“到处都是雪白的面孔，实在让人不可理解啊。不过在现场看的话，也许真的很美。”

“在现场看也是雪白的面孔挤在一起而已。漂亮是漂亮，但都是面无表情，看上去很乏味。”

“另外，他还写了些别的事。”

“什么呢？这可不像他的懒散风格啊。”

“他说隔壁的琴弹得比我要好。”

“呵呵，阿一先生对琴的评价可不靠谱啊。”

“他一定是在挖苦我，因为我琴弹得不好。”

“哈哈，宗近君也太会捉弄人了。”

“而且，他还说那人比我漂亮。真是讨厌！”

“阿一先生就是这么个直来直去的人啊，在他面前我也得甘拜下风。”

“不过，他可是夸了你呢。”

“哦？他怎么说的？”

“他说那个人比我漂亮，但不如藤尾小姐。”

“哎哟，真难为情。”

藤尾那看似得意又似轻蔑的眸子里放出光彩，她突然把头转向后方，秀发掀起如烈马鬃毛般的波澜，其中唯有紫罗兰贝雕簪头发出可爱的璀璨如星的光芒。

此时，小野和藤尾的目光再度相遇。系子蒙在鼓里，依旧问个不休：

“小野先生，三条那儿是有家叫茑屋的旅馆吗？”

在藤尾那深不可测的黑眸中小野感到茫然，他把自己的一切都托付给了未来，而此时却如同旋转门板[①]那样，“咣当”的一瞬间就又回到了过去。

为了逃离紧追不舍的过去，小野躲进了紫烟缭绕的袖香炉的烟影中，他无暇品味那朦胧的情调，甚至谈不上有这种念头，就在目光与目光相撞的瞬间，他连梦都没做成，自己竟然被抛向了过去的世界。这正是：草中有蛇，踏青需谨慎。

“茑屋怎么了呢？”藤尾问系子。

“嗯，明信片上说钦吾先生和我哥哥就是住在茑屋旅馆的，所以我就想问问小野先生，那到底是个什么样的地方。”

“小野先生您知道吗？”

“是三条吗？三条的茑屋……是啊，印象里好像是有……”

“这么说，不是什么有名的旅馆吧？”系子天真无邪地望着小野的面孔。

“是的。”小野有些窘迫地答道。

“就算没有名，有什么不好的呢？在里间可以欣赏琴声……尽管我哥哥和阿一先生没有这份雅兴。要是小野先生，一定会喜欢上的。在春雨绵绵的安静日子里，舒舒服服地躺着倾听旅馆隔壁美女的琴声，这是多么富有诗意，多么美妙啊！”这一次，藤尾开了口。

小野一反常态地沉默不语。他甚至连看都不看藤尾，只是茫然地望着壁龛里的棣棠。

---

① 日本歌舞伎的表演道具，一张门板的两面分别装饰有服装不同的人偶形象，演员的面孔由门板预留的孔穴探出，门板旋转时演员可迅速变换角色。

"是挺好的啊。"系子替小野答道。

不懂诗的人，没有资格参与讨论兴趣方面的话题。假如为了从贤妻良母型的女人那里得到"好啊"之类的赞赏，那么先前就没有必要把"春雨""里间""琴声"等挂在嘴上。藤尾有些愤愤然。

"想象一下，脑海中就会浮现出一幅有趣的画啊。那该是个什么样的地方呢？"

贤妻良母型的女人为何会提出这种问题呢，这实在令人捉摸不透。藤尾不想多事，唯一能做的就是沉默不语。而小野则必须要开口了。

"你觉得该是什么样的地方才好呢？"

"我？我嘛……嗯……最好是二楼的里间……有外廊，能隐约望见加茂川[①]……从三条可以望见加茂川吗？"

"嗯，有些地方可以望见。"

"加茂川的岸边有柳树吗？"

"是的，有。"

"那些柳树，远远地望去似乎笼罩着一层烟雾。再往上是东山[②]……是东山吧？美丽的圆顶山……那座山，就像绿色的供品年糕，云遮雾绕。云霞之中，隐约可以看见五重塔……那座塔叫什么名字呢？"

"哪座塔？"

"哪座塔？东山的右角不是能看到一座塔吗？"

"我记不得了。"小野歪着头说。

"有，一定有的。"藤尾说道。

"可是，那琴声是从隔壁传来的啊。"系子在一旁说道。

女诗人的幻想被这句话击得粉碎。贤妻良母型的女人生来就是为了破

---

① 横贯京都市东部的河流，全长约 31 公里。与高野川合流注入桂川，其合流处以下被称为鸭川。鸭川是京都重要的风景胜地。

② 日本京都市东部的丘陵山地，以海拔 474 米的如意岳为中心平缓的山峰连绵不绝，素有东山三十六峰之称。山麓有银阁寺、知恩院等古迹。

坏这美丽的世界。藤尾不禁微微皱起眉头：

“你可真性急。”

“不是啊，我是觉得有趣啊。那，五重塔怎样了呢？”

五重塔根本就不会怎样。这世上有些人只需观赏一下生鱼片便把盘子拿回厨房里，而希望五重塔会怎样的人从小便接受实用主义的教育，不把生鱼片吃进肚子里是不会罢休的。

“那么，就不说五重塔了。”

“有意思啊，五重塔太有意思了！对吧，小野先生？”

惹人不高兴时，要区别对方情况道歉，这是人之常情。触怒女王时，用锅、釜、滤酱筛子之类的供品无法使其心情好转。当务之急，就是把那毫无意义的五重塔避之唯恐不及地安置在云霞之中。

“五重塔就到此为止吧！你想把它怎么样呢？”

藤尾的眉毛抽动了一下。

“你不高兴了？都是我不好。五重塔真的很有趣啊，这绝不是奉承话。”

系子几乎要哭出来。

刺猬是这样的——越是抚摸，它的刺就越是竖立起来。看来，在局面失控之前，小野必须要出手了。

再提五重塔无疑是火上浇油，而琴声则为自己所忌讳。小野陷入沉思，究竟该如何调解两人才好呢？使话题偏离京都对自己来说是好事，但毫无因由地转移话题就会像系子那样受到蔑视。小野必须要顺着对方的话题，又要避免自己受到伤害，逐步找出解决问题的办法。这对银表得主小野来说，似乎是个很棘手的问题。

“小野先生，你明白我的意思吧？”藤尾先开了口。系子因不明事理而被排斥在外。小野之所以想充当和事佬，就是因为不想看到两个女人在自己面前不愉快地唇枪舌剑。既然锦衣柔眉做白刃之战的两人，有一方不把另一方当回事，小野就没必要出手。至于是否有必要热情地把被排斥者重新纳入谈话圈，那要看被排斥者是否纠缠不休。只要她不声不响，无论是被排斥还是被蔑视，暂时与自己都没有任何利害关系。小野已经没有必要替系子考虑了，他只要跟上先开口的藤尾的节奏就不会有问题。

“我当然明白……诗的生命比事实更真实。不过，世间有许多人还不明白这些。”小野的这番话并非瞧不起系子，他目前所关心的只是稳定藤尾的情绪。而且他的回答堪比真理，只是这种真理会使弱者更加难过。为了诗，为了爱，小野敢于做出这样的牺牲。道义没有在弱者头上生辉，孤立无援的系子有些不安。藤尾总算心情变得舒畅起来：

“那么，我就接着说给你听听吧？”

俗话说，害人亦害己。小野无论如何都得答应。

“好。”

“站在二楼，可以看到下面有三块不规则摆放的踏脚石，再往前是一个带木框的井台，旁边密密麻麻地盛开着雪柳，每当吊桶触碰到花枝，花瓣便会扑簌扑簌地似乎要飘落到井中……”

系子默不作声地听着。小野也默不作声地听着。花季微阴的天空逐渐暗了下来，厚重的乌云重叠在一起，阴沉沉地笼罩住三月阳春，天渐渐地昏暗下来。距防雨拉窗五尺开外的一段竹篱笆墙的旁边，并排生长着色彩奇异的玉兰花。透过树丛仔细望去，只见不时有两三条断断续续的雨丝闪过。眼看着雨丝斜落下去，却转瞬即逝，它既不像是从天而降，更不像是落入大地，生命仅存在于一尺之间。

俗话说，居移气[①]。藤尾的想象就如天空一样，变得越发深浓。

“你隔着二楼的栏杆看过雪柳吗？”藤尾问。

“没有看过。”

“在下雨的日子里……哟，好像下起雨了。”藤尾向院子里张望。天

---

① 出自《孟子·尽心上》：“居移气，养移体，大哉居乎！夫非尽人之子与？”指地位和环境可以改变人的气质，奉养可以改变人的体质。

空越发阴暗起来。

“接下来呢……雪柳的后面是建仁寺[①]的围墙，从里面传出了琴声。”

琴终于出现了。系子暗想，原来是这样。小野则在心里叫苦不迭。

“隔着二楼的栏杆，可以清楚地看见下面邻居家的院子……顺便说说院子的布局好吧？呵呵。”藤尾高声地笑了起来。冰冷的雨丝“唰”的一声从玉兰花上掠过。

“呵呵，你们不想听吗……天暗下来了。和煦的天气看来要变脸了。”

密布在头顶的乌云，无声地化作条条细丝。一条细丝“唰”地横穿过树丛，另一条细丝紧接着“唰”地追了上来。眼看着一条条细丝穿过同一个地方，雨脚变得密集起来。

“哎呀，真的下了起来！”

“雨下大了，我先失陪啦。你话还没说完，实在是失礼。不过你讲得实在是有趣。”

系子站起身来。谈话在春雨中结束了。

① 日本京都市东山区的寺院，临济宗建仁寺派的总本山，建于1202年。

七

燃烧的火柴瞬间就会熄灭，华美的锦缎尽头会露出素色。两个青年的春兴已然不在。身着狐皮坎肩闯天下者与身揣日记怀百年之忧者，一起踏上了归程。

京都的天色渐渐地暗了下来，古寺、古社、神森、佛丘都不紧不慢地消失在慵懒的黄昏中。留下的，唯有高高地挂在天空中的星星，它们若隐若现地闪烁着，似乎马上就要昏昏欲睡地融入天空中。而在这一切寂静之后，过去开始蠢蠢欲动。

人在一生中会经历一百个世界。有时进入泥土的世界，有时摇曳于风的世界，有时又会在血的世界中接受血雨腥风的洗礼。一个人的世界如同在方寸之间揉成的团块，与其他清浊混杂的团块层层相连，从而演绎出千人千态的现实世界。个人的世界以各自的因果交叉点为中心，或向左或向右地勾勒出属于自己的圆周。以愤怒为中心画的圆迅疾如飞，以爱情为中心画的圆在天空中留下烈焰的痕迹。有人拖着道义的绳索在活动，有人则在暗中布下奸谲的圈套。前后、左右、上下，来自四面八方的世界纷乱交错，犹如共乘一舟的秦越之客。甲野和宗近在享尽三春行乐之兴后踏上返京的路程，而孤堂先生和小夜子则是为了唤醒沉睡的过去而前往东京，两个截然不同的世界被八点出发的夜车偶然交错在了一起。

当自己的世界与自己的世界交错时，有的人会剖腹，有的人会自毁。当自己的世界与他人的世界发生交错时，双方都会土崩瓦解，碎片四溅，或者是轰然相撞后冒着热气消失得无影无踪。只要生涯中发生一次如此惨烈的交错，即使没有站在谢幕的舞台上，也会自然成为悲剧的主人公。只有此时，上天赐予的性格才会以第一义的方式表现出来。被八点出发的夜车交错的世界虽并非那么惨烈，但假如仅仅是擦肩而过的缘分的话，他们似乎也就没有必要在星空下的春夜里、在连地名都带着寂寞的七条①街上邂逅。小说可以雕琢自然，而自然却不能成为小说。

两个世界不离不弃、如梦如幻地在二百里路程的火车内交错在一起。对二百里路程的火车来说，无论是载牛载马，还是把谁运送至东方改变他的命运，这一切都无所谓。钢铁车轮无所畏惧地轰隆隆地转动着，义无反顾地冲向黑暗。无论是归心似箭的面孔，还是依依不舍的面孔，抑或是对旅途奔波满不在乎的面孔，火车对他们一视同仁，权当他们是一个个泥制人偶。尽管黑暗之中看不清楚，火车一直不停地冒着黑烟。

沉睡的夜色中，人们纷纷提着灯笼向七条聚集。当人力车夫放下车把时，从车上走下的黑影一下子变亮，进入候车室。黑影陆陆续续地从黑暗中出现，挤得车站里水泄不通。而黑影离去的京都，想必此时变得寂静下来。

京都的鲜活都汇聚在七条这里，为了把汇聚于此的一两千个鲜活的世界在天明之前悉数运送到灯火通明的东京，火车不停地吐着黑烟。黑影开始溃乱起来——由一大团分解成一个个黑点，黑点四处移动。过了片刻，车厢门“当啷”地发出巨大的声响关闭了。月台一瞬间变得空无一人，乘客似乎被一把大扫帚统统扫走。从车窗内望去，月台上只留下孤零零的大钟。车后远远地传来发车的哨音，火车咣当一声启动了。甲野、宗近、孤堂先生、可爱的小夜子同乘这一列火车。他们根本不知道彼此的世界会形成怎样的关系，只是在黑暗中摸索前行。一无所知的火车轰隆轰隆地前进，一无所知的四人各自带着自己的世界进入暗夜之中。

“真挤啊。”甲野环顾车厢说道。

---

① 日本京都市东山区的地名、车站名。

“嗯，估计京都人都乘这趟火车去参观博览会吧。人可真多啊。”

“是啊，候车室里简直是人山人海。”

“如今，估计京都变得冷清了。”

“哈哈，是啊。京都实在是个幽静的地方。”

“住在那儿的人也会外出，实在是不可思议啊。或许他们也有各种事情要办吧。”

“再怎么幽静，总会有生死吧。”甲野边说边把左腿放到右腿上。

“哈哈哈哈，生死就是他们要办的事情吗？住在茑屋隔壁的父女，估计就是这类人吧。平时小心翼翼地生活，一点儿声音也没有。这种人去东京实在是不可思议啊。”

“也许是去参观博览会。”

“不，据说他们要搬家。”

“哦，什么时候？”

“不知道。女佣没说那么详细。”

“那个女孩迟早会嫁人吧。”甲野似乎是在自言自语。

“哈哈，应该是吧。”宗近笑着把行囊放到行李架上坐了下来。甲野侧着脸透过玻璃窗望着外面。窗外漆黑一片，火车轰隆轰隆地鸣叫着，如利箭般在黑暗中穿行。此时，人类显得异常渺小。

“真快啊。时速有多少英里呢？”宗近边说边在座位上盘起腿来。

“外面太黑了，看不出到底有多快。”

“就算外面黑，不也能感觉到快吗？”

“看不见参照物，不清楚啊。”

“就算看不见参照物，也能感觉到快。”

“你能感觉到吗？”

“嗯，能感觉到。”盘腿而坐的宗近装腔作势地调整了一下腿的位置。谈话再次中断，火车逐渐加快了速度。对面的行李架上，不知谁的礼帽没有摆平，圆帽顶不停地颤动着。列车员不时在车厢内穿行。乘客大都相向而坐，注视着对面乘客的面孔。

“总之就是快啊。喂！”宗近又开口了。

“怎么了？”甲野的眼睛几乎要闭上。

“总之啊，就是快！”

“是吗？”

“嗯，你听……快吧？”

火车轰隆轰隆地疾驶。甲野仅仅报以一笑。

“还是特快坐着舒服，不然的话简直没有乘坐的感觉。”

“是不是又超过了梦窗国师呢？”

“哈哈哈哈，因为特快是基于第一义而活动。”

“这和京都的电车大不一样吧？”

“京都的电车？快别提它了。那简直就是第十义以下啊，真不明白它怎么能够上路行驶。”

“因为有人坐嘛。”

“因为有人坐？……真是笑话。据说那还是世界上第一条有轨电车呢。”

“不会吧？说它是世界第一，未免太差劲了。”

“不过，假如在铺设方面是世界第一的话，那么在不求进步方面也称得上世界第一。”

“哈哈哈哈，这与京都倒是很协调啊。”

“是啊，那可是电车里面的名胜古迹，是电车中的金阁寺。真是‘十年如一日’啊，可惜这句话本应用于赞赏。”

“不是还有‘千里江陵一日还’的诗句吗？”

“应该说‘一百里程垒壁间’①。”

---

① 为纪念西乡隆盛战死，日本幕末至明治时代教育家西道仙（1836—1913）写下汉诗《城山》：“孤军奋斗破围还，一百里程垒壁间。吾剑既折吾马毙，秋风埋骨故乡山。”城山为西乡隆盛兵败自杀之地，位于鹿儿岛县。

“那是描写西乡隆盛[①]的。”

“是吗？所以觉得有些别扭嘛。”

甲野沉默起来，一言不发。会话又中断了。火车依旧轰隆轰隆地疾驶。两人的世界在黑暗中摇曳着逐渐消失。与此同时，另外两人的世界，则在一丝照耀着漫漫长夜的闪烁灯光下逐渐出现。

“小夜子”这个名字，取自出生时天空中斜挂着一轮皎洁的明月。母亲去世后，父女两人在京都的住所勤俭度日，算来已经为母亲挂过五回盂兰盆节[②]的灯笼。想到今年秋天可以在久违的东京燃起迎魂火[③]祭奠母亲的亡灵，小夜子从衣袖中伸出白皙的双手，习惯性地重叠在一起。她那纤弱的肩头承载着无尽的哀愁，所有的尤怨似乎都轻柔地滑入情感的下摆之中。

紫色代表骄矜，黄色代表深情。二百里铁路把东西两地的春天联系在一起，小夜子的一缕心愿之丝上系着对爱的向往，在长夜中穿行，头上的纸发饰不停地颤动着。过去的五年就如一场梦。这场梦只是用饱蘸颜料的画笔随意挥毫，浓墨重彩地画就，深深地印在记忆中，每当回顾当时的情景，就越发能感觉到它鲜明如初。小夜子的梦要比生命清晰。春寒之中，她把这美妙的梦抱在怀中呵护着，随着在暗夜中行驶的一列火车奔向东方。火车载着梦想不停地向东驶去。而带着梦想的人则紧紧地抱住这团炽热之物，似乎怕不小心将它失落。火车疾驶着，穿过翠绿的原野，穿过云雾缭绕的群山，穿过星光璀璨的夜晚向前疾驶。怀揣梦想的人抱着它向前奔驰，逐渐把它从无尽的黑暗中切割开来，抛入现实之中。随着火车的疾驶，梦想与现实之间的距离逐渐地缩短。小夜子的旅程将在鲜明的梦想与鲜明的现实交会并融为一体时结束。夜色依旧深沉。

---

① 西乡隆盛（1828—1877），日本政治家，明治维新三杰之一。是尊王攘夷运动及倒幕运动的重要人物。1873 年因对新政不满而返乡，1877 年因西南战争兵败自杀。

② 日本的习俗，每年 8 月 13 日至 8 月 15 日（有些地区为 7 月）举行的祭奠祖先的法事。

③ 日本的习俗，盂兰盆节时燃烧去掉皮的麻茎来迎送祖先的亡灵。

坐在旁边的孤堂先生倒是没有什么特别的梦想，他捋着下巴上日渐斑白的稀疏胡须回忆着往事。然而，尘封二十年的往昔，并不是那么容易就会出现。滚滚红尘中似乎有什么东西在晃动，甚至无法分辨是人是狗、是草是木。当人的过去模糊到分辨不出是人是狗、是草是木时，才会真正成为过去。人越是留恋无情抛弃自己的往昔岁月，便越是分辨不出人狗草木。孤堂先生用力地捋了一把他那花白的胡须。

“你是几岁来京都的呢？”

“退学之后马上就来了，应该是十六周岁的春天吧。”

“那么，今年是……”

“第五年了。”

“是啊，已经五年了。时间过得真快，回想起来仿佛就是眼前的事。”孤堂先生又捋了一把胡须。

“刚来京都时，您不是带我去了岚山吗？妈妈也一起去的。”

“对，对，当时我们去得太早，樱花还没开。和那时相比，岚山也发生了很大变化呀。当时好像还没有团子这种土特产。”

“不是呀，当时已经有团子了。我们不是在三轩茶屋的隔壁吃了吗？”

“是吗？我都记不清了。”

“您再想想，当时小野先生总是挑绿色的团子吃，您为此还笑话他了呢？”

“哦，想起来了，那时小野在场。你妈妈身体也好，可没想到就这么早早地走了，人生真是变幻无常啊。估计小野现在也完全变了，毕竟五年没有见面了……”

“不过，他身体健康，这可比什么都强。”

“是啊，来京都后他身体好了许多。刚来的时候脸色苍白，不知为何整天都是一副忐忑不安的样子，习惯之后才渐渐放松下来……”

“他生性柔顺。”

“是柔顺，简直柔顺过了头啊……不过，他以优异的成绩毕业并获得了银表，真不赖……我也算是为他操尽了心。就算他天生聪颖，可如果不加以管教的话也是不行啊，谁知道最终他会走上哪条路呢。”

“就是嘛。”

鲜明的梦想画着圈，萦绕在小夜子的心头。梦想并没有破灭，它从五年前的如浮雕般深刻的记忆中脱离出来，飞至近在咫尺的身旁。女子凝眸于近在眼前的梦境，左右前后、上上下下地打量着它那令人目眩的光彩。沉醉在梦想之中的人，浑然忘记了年迈父亲的苍髯。小夜子沉默了片刻。

“小野会到新桥接我们吧？”

“我想他一定会来。”

梦想又跃动起来。小夜子按捺不住自己的心情，任由梦想在夜色中摇曳、驰骋。老人的手离开胡须，不久便进入了梦乡。无法辨别人狗草木的往昔世界，在不觉间也垂下了黑色的帷幕。而小夜子则怀抱着一个鲜明的世界进入了梦乡，任由它在娇小的胸膛内不安分地跃动、旋转，如烈火般地照亮黑暗。

长长的火车冲破黑暗的包围，迎着逆风向前疾驶。火车尾部猛力鞭打着紧追而来的地狱之神，终于进入了拂晓之国，迎接它的是前方漫山遍野升腾起来的袅袅青烟。茫茫原野无休无尽，不断向上逼近天空，小夜子感到无比奇怪，她抛开未完的残梦，把目光投向半空，才发现原来已经天光大亮。

神话时代，金鸡遨游长空啼叫，抖翅须臾五百里遥，在茫茫云海向下界翻涌的太虚之中，浮现出皑皑的万古积雪。白雪以力压八州①原野之势排山倒海四处奔泻，山峦腰部以下都被埋在一片苍茫之中。白雪发威似的横贯天空，当白色告一段落时，只见数条不规则地叠在一起的紫色、蓝色皱褶，斜着掺杂在白色之间。抬头顺着移动的云影望去，从苍茫的山麓，

① 日本的古称，亦指关东地区。

再到紫色、蓝色皱褶间闪电状的白色缝痕，直至抵达顶端的银白色世界。此时，令人猛然睁开睡眼。皑皑白雪把明亮世界中的所有乘客都吸引住了。

“喂，看到富士山了！”宗近溜下座位，“哗啦”一声放下车窗。晨风掠过辽阔的原野，吹进车厢。

“嗯，我早就看到了。”甲野把头缩在驼绒盖毯内，语气出乎意料地冷淡。

“是吗？你没有睡吗？”

“睡了一会儿。”

“瞧你，怎么把那玩意盖在头上……”

“冷啊。”甲野缩在盖毯内答道。

“我饿了。也不知现在能不能吃饭？”

“吃饭前一定要洗脸……”

“你说得对。你说的话从来都是对的。还是再看看富士山吧。”

“比睿山好多了。”

“睿山？提它做什么？不过是京都的一座山而已。”

“你也太小瞧它啦。”

“哼……怎么样，瞧，富士山多雄伟！人也应该像这个样子才对。”

“我觉得你可做不到能像它那样稳重。”

“我最多能达到保津川的层次吧。不过，保津川也比你强啊。你充其量就是京都的电车。”

“京都的电车也是能开动的，有什么不好？”

“如此说来，你是根本动不了啊。哈哈，快掀掉盖毯起来吧！”说完宗近从行李架上取下行囊。车厢内变得嘈杂起来。驶入明亮世界的火车在沼津①站停车休息——可以洗脸了。

---

① 位于日本静冈县东部的市。是静冈县东部的中心都市。

车窗内露出半张清瘦的面孔，晨风吹拂着黑白相间的稀疏胡须。

“喂，来两份盒饭。”孤堂先生右手握着几枚银币，左手接过盒饭的同时将银币递了过去。女儿则在车厢内沏茶。

“是什么呢？”孤堂先生取下饭盒盖子，几粒白色的米粒粘在盖子内侧。饭盒内有一段淡褐色的山药，旁边黄色的荷包蛋被压得扁扁的，痛苦地把头扎在米饭之间。

“我现在不想吃。”小夜子连筷子也没碰，放下了盒饭。

“哎。”先生接过女儿递过来的茶，望着放在膝上的盒饭里插着的筷子，“咕嘟”喝了一大口。

“马上就要到了吧。”

“嗯，没多远了。”山药开始向胡须那边移去。

“今天天气真好啊。”

“碰到这种天气真走运，富士山看上去真漂亮啊。”山药又从胡须回到盒饭里。

“不知小野先生是否为我们找好了住处。”

“嗯，应该……应该找好了。”先生一面说话一面吃饭。早餐还在继续。

“我们去餐车吧。”隔壁车厢内，宗近把米泽绸外褂的领子合上说道。甲野站了起来，一身西装的他显得细高瘦长。甲野跨过搁在过道的手提皮箱时，回头提醒道：

“喂，小心别绊倒。”

甲野推开玻璃门跨进隔壁车厢，准备径直穿过通道。在他走到车厢中间时，宗近在后面用力拉了一下他的西装后摆。

“饭有些凉了呀。”

“凉倒没关系，就是太硬了……像爸爸这样一把年纪的人，吃硬东西胃就会不舒服。”

“喝口茶吧……我帮您倒一杯吧？”

两个青年默默地走进了餐车。

小世界杂乱纷纭，不分昼夜地往来交错，他们都想走到天涯尽头，然而却可望而不可即。在这无奈之中，他们仍像不知疲倦的蚕一样，吐出细丝，之后结茧。四人的小世界在这冰冷的夜车上以路人的身份偶然交汇了。当白昼扫落星辰，干净地剥下天空的面具，使一切都无法藏匿之时，车窗内四个人的小世界交错在一起。走过去的那两个小世界此时正隔着白色桌布吃火腿煎蛋。

“喂，她在车上呀！”宗近说。

“嗯，是在车上。”甲野一面看着菜单一面答道。

“看样子他们真的要去东京。我们昨晚在京都车站好像没碰见他们。”

“没有，我根本就没有留意这些。”

“我也没想到他们就在隔壁车厢……真是人生无处不相逢啊。”

“相逢得有些过多了……这火腿太油腻了。你的那份也这样吗？”

“嗯，都差不多。就像你我之间的那点儿不同一样。”宗近掉转叉子，把一大块火腿塞进嘴里。

“我们怎么能跟猪相提并论呢？”甲野有些沮丧地嚼着嘴里油腻的火腿。

“猪又能怎么样，我就是觉得不可思议。”

“听说，犹太人不吃猪肉。”甲野突然偏离了话题。

“犹太人姑且不谈，那个女子呀，我觉得她有些不可思议。”

“因为相逢的次数多了？”

“嗯……喂，服务员，来杯红茶！”

“我要咖啡，这猪肉简直太难吃了。”甲野再次避开女子的话题

“我们相遇过几次了？一次，两次，三次……已经相遇过三次了！”

“如果写小说，正好可以此为因由展开故事情节。不过，我们相遇这么多次，竟什么都没发生……”甲野说完，喝了一大口咖啡。

“正因为相遇这么多次却什么都没发生，我们才会与猪为伍吧？哈哈……不过，事情不好说，没准儿你会爱上她……”

“是啊。”甲野在一旁打断了对方的话。

“就算不是这样，我们都遇见了这么多次，说不定以后就会发生什么关系。”

“和你吗？”

“不，不是那种关系。我说的是男女关系之外的关系。”

“是吗？”甲野用左手托着下颚，把右手中的杯子端在鼻子面前，心不在焉地望着前方。

“我想吃橘子。”宗近说。甲野沉默不语，过了片刻，他不动声色地说：

“那个女子也许是去嫁人的吧？”

“哈哈，要不要我去帮你问问？”宗近虽这么说，却没有过去打招呼的意思。

“嫁人？就是那么想嫁人吗？”

“所以呢，你不问问人家怎么会知道呢？”

“你妹妹，她是怎么想的呢？她也很想嫁人吧？”甲野一本正经地问了个莫名其妙的问题。

“系子吗？那丫头简直就像个孩子。不过她很惦记我这个哥哥，帮我干这干那，还帮我缝制了狐皮坎肩。别小瞧那丫头，她的裁缝手艺很高明的。我让她缝个肘垫给你吧，怎么样？”

“是这样啊……”

“不要吗？”

“哦，倒不是不要……”

肘垫一事不了了之，两人结束了早餐。经过孤堂先生所在的那节车厢时，先生正在面前摊开《朝日新闻》看着，小夜子则夹起一块荷包蛋塞进小嘴。四个小世界各自活动，又一次在火车内擦肩而过，他们似乎对自身未来的命运感到不安，又似乎深信不疑，就这样在对未来世界不可预测的矛盾中，他们到达了新桥①站。

“刚才跑过去的不是小野吗？”走出车站时，宗近问道。

“是吗？我没留意。”甲野答道。

四个小世界汇聚于车站，不久便各奔东西。

① 东京都港区的地名，明治五年（1872）日本首条铁路的起点为新桥站。

廊鸦雀无声。浅葱樱在呼唤夕阳落下，春光在慢慢流逝。

藤尾终于抬起了头。

“他回来了吧？”

母女的目光蓦然撞在一起，真实全隐藏在这一瞥之中。当忍耐不住许久的寂寞之后，终于口吐真言。

“哼！”

长旱烟袋啪的一声敲掉燃尽的烟灰。

“不知他是怎么打算的？”

“怎么打算的？那个人心里想什么，连我这个做母亲的也猜不透啊。”

云井[①]烟无所顾忌地从高挺鼻梁的双孔中喷出。

“这么说，他还是那副老样子吧。”

“还是老样子，一辈子都不会改变啊。”

母亲的那根神经质青筋慢慢地浮现了出来。

“他为什么那么讨厌继承家业呢？”

“怎么会呢，他只是嘴上说说而已，正因为如此才可恶啊。他那样说就是故意让我们难堪……真的想放弃财产和其他东西的话，自己找份工作干不就得了。整天从早到晚懒懒散散的，从他毕业到现在都已经过去两年了。就算是学哲学的，也应该能自己养活自己吧。真是个磨叽的家伙，妈妈每次看到他气就不打一处来……”

“看来，他根本就没有明白我们的暗示呀。”

“怎么可能呢，就算明白，他也会一直装糊涂。”

“太可恨了！”

“就是嘛。他要是还这么下去的话，你的事情也就不好办了……”

藤尾没有回答。一切罪恶都由爱情而生。藤尾暗下决心，要为爱情做

---

① 江户末期的旱烟品牌，使用水府烟叶，并冠以名妓“云井”之名。

出任何牺牲。母亲继续说：

“你今年不是已经二十四了吗？有几个女孩子二十四岁还没出嫁呢……我一和他商量要把你嫁出去，他就会反对，说以后要让你来照顾我。既然这样，就应该找份工作自己养活自己才是呀，可他却每天只会把自己关在房间里睡大觉……而且还跟旁人说要把财产全让给你，自己出去流浪之类的话。别人还以为我们嫌他碍事，要把他赶出去呢，简直太不像话了！”

“他向谁说了这些话呢？”

“据说他去宗近父亲那儿的时候，说过这些话。”

“他太没有男子汉的气概了。还是快点儿把系子小姐娶过来才好呢。”

“谁知道他有没有这个想法啊？”

“哥哥的心思实在让人捉摸不透，不过系子小姐倒是很想嫁给哥哥。”

母亲拿下响个不停的铁壶，拿起炭斗加炭。布满茶垢的裂纹釉萨摩烧茶壶表面，描绘着两三道蓝色波纹，雪白的樱花随意散落在上面。壶里早已变凉的精心配制的宇治绿茶①经过一天的浸泡，早已黏糊糊地涨成一团。

“沏点儿茶吧？”

“不用了。”藤尾将味道已然变淡但余香尚存的茶水倒入与茶壶同色的茶碗中，茶水刚倒入碗底时还看不出什么，待茶水接近茶碗边缘时终于变成了深黄色，浓茶表面泛起一层泡沫，许久消散不去。

火盆中的灰烬堆得很高，母亲把佐仓炭②表面的白色灰烬完全拨掉，再把还在燃烧的红色炭芯捡到一起，然后又挑了些大小适中的黑炭放进热

---

① 日本京都府宇治市出产的高级绿茶。

② 日本千叶县佐仓地区出产的高级木炭，多用于茶道烧水。

度渐衰的火盆中央，新炭噼啪噼啪地燃烧起来——室内的母女二人，一直置身于温暖和煦的春光之下。

本作者讨厌没有情调的对话。恶语相加不能给猜疑不和的黑暗世界带来一丝精彩，因为那不是诗人的情怀，不会以绝美的笔锋将赏心悦目的春色刻画于纸端。假如离开鲜花、琴声的春天，把那些无半点气韵可言的粗俗词句罗列在一起，就如同让笔端沾满淤泥，实在没有心情再拿起它了。鄙人之所以描写宇治茶、萨摩茶壶和佐仓炭，不过是忙里偷闲，使读者暂时得到解脱，享受弹指间的欣慰而已。然而，自古以来地球就在那里旋转。明暗交替，不舍昼夜。简短地描述母女郁郁寡欢的另一面，是本作者必须要履行的义务。因此，写完品茶、添炭之后，笔锋还须回到母女两人的对话之中。而且，必须要写得比前面有趣才行。

“要说宗近，这个阿一可真没正形。没什么真才实学却喜欢夸夸其谈……就这样，他还自以为很了不起呢。”

马厩和鸡舍比邻而建。据说母鸡对马的评价是：它既不会报晓也不会生蛋。母鸡的话很有道理。

“他没通过外交官的考试，却丝毫都不觉得害臊。换成一般人，至少会再加一把劲儿吧。”

“他就是颗子弹呀。”

母亲脱口而出的这句评价，让人不明所以。藤尾笑了，光滑的面颊泛起波纹。藤尾是个理解诗意的女子。有一种子弹形的糖果是用黑砂糖揉搓制成，而兵工厂的子弹是用铅熔铸而成。不管怎么说，子弹就是子弹。母亲是一本正经的，她不明白女儿为何发笑。

“你对他是怎么想的呢？”

没想到，女儿的笑容竟令母亲起了疑心。俗话说“知女莫若母”，然而事实并非如此。假如彼此心意不通，即使是母女，想法也会相去十万八千里。

“怎么想的呢……我对他根本就没有什么想法。”

母亲柳眉倒竖、目光犀利地望着女儿。当然，藤尾对母亲的态度心知肚明。正因为如此，她才故意不慌不忙地等待母亲先开口。有时，母女之间也要讲究策略。

“你愿意嫁过去吗？”

“宗近家吗？”女儿反问道。之所以要确认一下，是因为她想把弓拉满再放箭。

“嗯。”母亲轻声回答。

“我才不愿意呢。”

“你不愿意吗？”

“当然不愿意呀……像他那种无聊的人。”藤尾斩钉截铁地说道。把竹笋切成圆片，估计就是这般干脆。藤尾柳眉上扬，似乎在说“这个话题就此打住”，但她那紧绷的嘴角似乎又隐藏着什么，只不过在转瞬间消失了。母亲附和着说：

“我也不喜欢像他那种没有前途的人。”

无聊和没有前途是两个概念——铁匠师傅“叮”地敲击一下，徒弟就得“当”地重击一下。然而，师徒两人锻造的是同一把剑。

“干脆，趁这当儿，一口回绝他吧？”

“回绝？可是我们有过约定吗？”

“约定？没有约定。不过你爸爸曾说过要把那块金表送给他啊。”

“那，又能怎么样呢？”

“你曾经把那块表当做玩具，总是喜欢摆弄上面那颗红色的珠子……”

“然后呢？”

“然后嘛……你父亲就在大家面前半开玩笑地和他说：‘这块表和藤尾很有缘，但我还是想把它送给你。不过不是现在，而是在你毕业之后送给你。可是，藤尾或许会舍不得它而跟随着一起去你家，你同不同意呢？’”

“您至今仍把这些话当做定亲的暗示吗？”

“听宗近父亲的口气，好像就是这个意思啊。”

“真是胡闹！”

藤尾的话掷地有声。母亲随即附和道：

“是胡闹啊。”

“那块表，就归我了。”

“它还在你的房间里吗？”

“我把它收藏在文卷匣里。”

“是嘛，你那么喜欢它吗？可你又用不上它呀。”

“无论如何，我都要它。”

表面为泥金芦雁图案的文卷匣放在高处，藤尾仿佛看到匣底的表链端头的石榴石正在燃烧、放出异彩向她招手。藤尾霍地站起身来。庭院里的浅葱樱依然清晰可见，似乎在竭力挽留即将随黄昏消逝而去的白昼。高挑的身姿穿过外廊之后，藤尾转过身来，消瘦的侧脸映在纸拉门内侧：

“我可以把那块表送给小野先生吧？”

纸拉门内侧没有任何回应——母女的春天到此为止。

同一时刻，宗近家中却是一幅灯火通明的景象。煤油灯从灯罩中发出柔和的白光，仿佛使静夜回到了白昼，通体刻着蔓藤花纹的白铜油壶，炫耀般地展示着它那不逊于夜色的光泽。在灯火的映照下，每张面孔都充满欢笑。

“啊哈哈哈！”首先听到的就是笑声。在这灯火周围进行的所有对话，最适宜的开场白似乎就是“啊哈哈哈”。

“这么说，你们连相轮樑①也没看到吧？”有人高声问道。说话的人是位老者，他红润的双颊向下垂着，以至于下巴被挤压得叠成了两层。他不时地抚摩着几乎掉光头发的秃头。宗近的父亲就是因为时常抚摩头而变

---

① 佛学术语，相轮塔的俗称。

秃的。

“相轮樑是什么呢？”宗近在父亲面前也是坐没坐相。

“啊哈哈哈，真不明白你们为什么要爬睿山？”

“我们好像在途中没看到这么个东西。甲野，对吧？”

甲野的暗色条纹和服衣襟合拢在一起，外面穿一件黑色外褂，端端正正地坐在茶杯前。听宗近这么一问，满面笑容的系子把脸转向了甲野。

“好像没看到相轮樑啊。”甲野的双手始终没有离开膝盖。

“途中没有吗……不知你们是从哪儿爬上去的……吉田吗？”

“甲野，那地方叫什么名字来着？就是我们上山的地方。”

“我也不清楚。”

“爸爸，反正我们经过了一座独木桥。”

“独木桥？”

“对……甲野，我们经过了独木桥是吧……听说再走一会儿就到若狭地区了。”

“能这么快就到若狭吗？”甲野马上否定了此前说过的话。

“可是，这不是你说过的吗？”

“开玩笑而已。”

“啊哈哈哈，到达若狭那可就不得了啦。”老人看起来十分开心。系子也笑得圆脸上的双眼皮眯缝了起来。

“你们是不是像以前的信使那样光埋头赶路了？这样可不行……睿山范围广阔，分东塔、西塔、横川三个区域，为了修行有人甚至每天往返于这三个地方。像你们那样仅仅爬上爬下的话，爬哪座山不都是一样吗？”

“是这样的，我们就是把它当做普通的山来爬的呀。”

“啊哈哈哈，那你们爬山就是为了让脚掌磨出水疱呀。”

“确实磨出了水疱，这都是托他的福。”宗近笑着向甲野望去。如此一来，哲学家也不能再保持严肃的面孔。灯火摇曳起来。系子用衣袖掩住嘴巴，等强忍住笑容之后，才抬起头把目光转向水疱的制造者。在目光移动之前，首先转动头部。即使是贤妻良母型的女子，也懂得在必要时使用这种趁火打劫的手段。甲野佯装不知，随即问道：

“伯父，这东塔和西塔，指的是什么呢？”

“它们都属于延历寺①管辖。你可以这么想，广阔的山中寺院这儿一块那儿一块地聚集在一起，因此就把它们分成东塔、西塔等三个区域。”

“总之，就像大学里有法律系、医学系、文学系一样吧。”宗近故作高深地在一旁插嘴道。

“对，你说得对。”老人随即赞同。

“正如有一首和歌说的那样‘东向临修罗，西面近古都，横川深邃处，居者最心舒’，横川是个最清寂的地方，因此很适合在那里做学问……从刚才提到的相轮樑还得向里面走五十町②的距离才能到那里。”

“你看，我们一无所知地走过了吧？”宗近又向甲野搭话。甲野却一言不发，毕恭毕敬地听着老人的解释。老人得意地继续说道：

“对了，谣曲《船弁庆③》里也曾提到过这些……‘也就是住在西塔旁的武藏坊弁庆’……弁庆就曾居住在西塔。”

“原来弁庆是学法律出身的呀。像你这样的只能读横川的文科……爸爸，你说睿山的校长应该是谁？”

“校长？”

“睿山的……就是创建睿山寺院的人。”

“你是说睿山的开山祖师？睿山的开山祖师是传教大师④啊。”

“把寺院建在那种地方，这不是刁难人吗？太不方便啦。古代的人真是匪夷所思。甲野，你说是吧？”

甲野让人摸不着头脑地回应了一句：

---

① 位于滋贺县大津市天台宗的总本山，山号比睿山。

② 日本旧时距离单位，1 町为 60 间，约 109 米。

③ 船弁庆是日本的能乐剧目，取材于《平家物语》。讲述的是源义经一行在海上遭亡灵袭击，弁庆将其击退的故事。

④ 传教大师（767—822），日本天台宗开祖最澄的谥号。近江滋贺人，俗姓三津首。

“我跟你说，传教大师就是生于睿山山脚的。”

“原来如此，这么一说我就明白了。甲野你也明白了吧？”

“明白什么？”

“坂本[①]有一根木桩，上面写着‘传教大师诞生地’。”

“就是在那里出生的。”

“哦，原来如此。甲野，你也看到了吧？”

“我没有留意。”

“因为他的注意力都集中在水疱上了。”

“啊哈哈哈！”老人又笑起来。

观者不拘所见。古人视“想”为至高无上。逝水如斯而不舍日夜，反复地写下一个又一个“真”字，不过是徒劳无益，殊不知刚写好“真”字便随着奔流不息的波浪杳然逝去，世事皆然。堂冠名法华，石冠名佛足，楪冠名相轮，院冠名净土，都不过是记载了名称、年代、历史便以为万事大吉，这种想法无异于怀抱尸骸充当活人。见者并非为名而见，观者并非为见而观。至上者脱离形而入普遍之念——甲野登睿山却不知睿山，根源就在这里。

过去已然消逝。姑且不论古人擂击大法鼓、吹响大法螺、竖起大法幢以守护王城鬼门[②]，事到如今仍想把桓武天皇[③]时代的中堂供奉着长眠佛陀、宝盖布满蛛网的古伽蓝挖掘出来，加以无谓的评价洗刷其千古污泥，实乃一昼夜拥有四十八小时的闲人所为。时不我待，有道是：有为天下落眼前，双臂劈风鸣乾坤——正因为如此，宗近爬了睿山却对其一无所知。

不过，唯有老人是太平的。他娓娓不倦地解释着有关睿山的一切，似

---

① 日本滋贺县大津市的地名，位于睿山东麓。

② 鬼门指阴阳五行的东北方位。叡山位于日本古都平安京（现京都府）东北方，历来被称作平安京的鬼门。

③ 桓武天皇（737—806），日本第五十代天皇，公元781年至806年在位。

乎深信天下兴废、不分昼夜地改头换面都源于睿山刹那的指挥。老人原本是出于一片好心而对青年讲这些，然而青年却有些不太情愿。

“你说不方便？人家就是为了修行，才特意选择那座山修建寺院的。如今的大学都设在生活便利的地方，每个人都很奢侈，太不应该了。明明是学生，却整天都把西式糕点、威士忌什么的挂在嘴边……”

宗近表情古怪地望着甲野，甲野却一本正经。

“爸爸，据说睿山的和尚在夜晚十一点左右都去坂本吃荞麦面。”

“啊哈哈哈，哪有的事儿。”

“哎哟，是真的呀！甲野，我说得对吧……再怎么不方便，人还是想吃自己喜欢吃的东西。”

“那都是些游手好闲的和尚吧？”

“如此说来，我们是游手好闲的书生喽？”

“你们比游手好闲还要恶劣。”

“我们更加恶劣倒没什么……到坂本可是整整要走上二里山路呀。”

“嗯，应该有这么远吧。”

“而且是夜晚十一点钟下山，吃过荞麦面，还要登山返回。”

“是啊，那又能怎样？”

“这可不是游手好闲的人能办得到的事呀。”

“啊哈哈哈。”老人挺起大肚子笑了起来。声音大得连煤油灯灯罩都为之一震。

“即便如此，那以前是不是曾经有过刻苦修行的和尚？”甲野问道。看他的神情，仿佛忽然间想起了什么。

“现在也有这样的和尚啊。正如世上认真的人仅占少数一样，认真的和尚也是不多的……不过，现在也并不是说一个也没有，毕竟那座寺院年代久远。最初它叫做‘一乘止观院’，过了很长一段时间才更名为‘延历寺’。据说从那时开始，就制定了一条奇特的戒律，要求和尚必须在山中隐居十二年。”

“荞麦面就想都别想了。”

“那还用说……毕竟一次也不能下山。”

“就那样在山中逐渐变老，不知道他们为的是什么。”宗近自言自语地说道。

“他们是在修行啊。你们整天也不要游手好闲，多少向他们学一学吧。”

“那可不行啊。”

“为什么？”

“为什么？我不是做不到，只是让我过那样的日子，就等于违背了您的命令。”

“我的命令？”

“您不是每次见到我就不停地动员我早日娶个媳妇吗？如果我从现在开始到山里隐居十二年，到了要娶媳妇时，估计已经直不起腰了。”

举座大笑起来。老人微微抬起头，向后抚摩着秃头。他那下垂的双颊抖动起来，似乎要掉落下来。系子低头强忍着笑，憋得双眼皮微微泛红。甲野紧绷的嘴唇也松懈下来。

“唉，修行归修行，可是不娶媳妇也不行。毕竟两个人都没有成家，真令人伤脑筋……钦吾，你也该成家了。”

“咦，怎么突然……”

甲野心不在焉地答道。他暗想，与其娶媳妇还不如去睿山隐居十二年。甲野的心思没有逃过系子的眼睛，她忽然感到弱小的胸口变得沉重起来。

“可是，你母亲一直对你放不下心吧？”

甲野没有做任何回答。眼前这位老人也把自己母亲当做了普通的母亲，然而世上没有一个人能够看透母亲的心思。假如无法看透母亲的心思，他们便没有理由同情自己。甲野似乎感觉自己渺然悬于天地之间，独自一人苟存于世界的末日。

“你再这样磨磨蹭蹭的话，藤尾姑娘也很难办吧？女孩子和男孩子不同，错过了谈婚论嫁的年龄的话，会很难嫁出去的呀。”

受人敬重、受人爱戴的宗近的父亲，依然在替母亲和藤尾说话，甲野一时间无言以对。

“阿一也得抓紧时间娶个媳妇，我已经上了年纪，说不定什么时候就会有个意外发生。”

甲野想，老人这是在用自己的想法揣度母亲的心思。尽管父母这一称谓都是相同的，但他们的心思却是截然不同。然而，甲野却无法解释这一切。

“因为我没通过外交官的考试，所以目前还不想考虑终身大事。”宗近在一旁插嘴道。

“去年是没考上，今年的结果还不知道吧？”

“是，还不知道。不过，看样子还是不行啊。”

“为什么？”

“都是因为我比游手好闲还要恶劣吧。”

“啊哈哈哈！”

今晚的会话，始于“啊哈哈哈”，又以“啊哈哈哈”结束。

九

真葛原[1]的女郎花[2]开放了，花儿敏捷地穿过芒草，小心翼翼地挺起不甘沦落的高挑身材，优雅地躲避着秋风的吹拂，在阵阵秋雨中迎接冬季的到来。漫长的冬季终于到来，花枝在纷纷飘落的寒霜中变成茶色、黑色，在朝夕之间维系着那纤弱的生命。历尽艰辛迎来第五个漫长的冬季，在一个寒冷的夜晚，孤寂的花儿开始抽出花骨朵，绽放于姹紫嫣红的春天花海之中。春风吹拂之下，天地间万物竞相萌动复苏，纷纷披上一身富贵之色，而女郎花则似乎来到一个不属于她的世界，纤弱的枝头悄然绽放出一片金黄，提心吊胆地轻吐着春天的气息。

一直以来，她都怀着比宝石还要光亮的美梦。她的注意力全部集中在无尽黑暗中的那颗钻石上，为此她倾注了全部的身心，甚至无暇顾及身边的任何事情。当她怀抱着光亮的宝石在暗夜中奔行二百里，再把它从黑暗的口袋中取出时，宝石在现实的光线中竟失去了几分昔日的光辉。

小夜子是属于过去的女子。小夜子能拥有的，也只是过去的梦。过去的女子带着过去的梦，与现实之间隔着两道屏障，两者根本没有相逢的机会。假如它偶然偷偷地来到现实之中，就会响起狗叫声。小夜子甚至会想，或许这里不是自己该来的地方。她感觉自己所拥有的梦就如不该拥有的罪恶，越是把它藏在包袱中，就越发令路人生疑。

回到过去如何？一滴油既然已经混入水中，就不会轻而易举地再返回油壶里面。无论情愿与否，都必须和水一起向前奔流。放弃梦想如何？假如能够放弃的话，那么在它出现于现实之前就已经放弃了。况且你若放弃它，它就会主动朝你扑过来。

当自身的世界一分为二，分开的两个世界各自形成一体之时，便会产生令人痛苦的矛盾。很多小说都擅长描写这类矛盾。小夜子的世界在撞上新桥车站那一刻起便出现了一条裂痕，以后只能任其破裂。小说从现在开始揭幕，主人公的悲惨生活绝无仅有。

小野也是如此。被他抛弃的过去竟然拨开旧梦的浮尘，从历史的废墟中钻出陈旧的头，在他吃惊的一瞬间，倏地站起身子走过来。小野很后悔抛弃过去时没有斩草除根，如今只能束手无策地任由其擅自获得新生。枯萎的秋草错误地来到反复无常的季节，在温暖的春日中复苏，实在是一件可悲的事情。赶尽杀绝复苏之物有悖诗人的作风，既然被追上了，无论如何都得体悯一下对方。小野生平从未做过负心之事，以后也不可能去做。为了不做负心之事，同时也为了对得起自身，小野暂时躲到未来的衣袖后面。紫色的气味很浓郁，这令小野心里有了依靠，正当他想凭借此气味击退步步逼近的过去的幽灵时，小夜子到达了新桥。小野的世界也产生了一道裂痕。就像同情小夜子那样，作者也很同情小野。

“你爸爸呢？”小野问道。

“他出去了。”不知为何，小夜子显得有些羞怯。自从搬入新家的第二天起，父女俩组成的家庭就进入了春忙季节，她甚至无暇梳理被汗水浸湿的头发。在诗人看来，连她那身在家穿的棉衣也透着寒碜——对镜凝扮妆，玻璃瓶浮蔷薇香，轻浸结云鬟，琥珀梳解乌丝畅——小野随即想起了藤尾。他感到内心有个声音在说：就因为这样，所以必须要抛弃过去啊！

“很忙吧？”

---

① 日本京都市东山区、圆山公园东部一带的区域，周围有青莲院、知恩院、双林寺、八坂神社等古迹。

② 即败酱草，是日本文化中“秋之七草”之一。

“连行李都还没有打开呢……”

“我也想过来帮忙，可是昨天和前天都有活动……”

经常受到邀请参加各种活动，说明小野在他的圈子里已经有了一定的声望。然而，小夜子想象不出他所在的圈子究竟是什么样，只是觉得对自己来说它高高在上，可望而不可即。小夜子低下头，望着放在膝上的右手中指戴着的那枚闪闪发光的金戒指——当然这枚戒指比不上藤尾的戒指。

小野抬起目光，环视了一下房间。低矮的天花板已经褪色泛白，板材上有两处明显的节孔，周围有被雨水浸过的痕迹，屋顶到处挂着蛛网般的吊尘。左数第四根细木梁的中间位置横插着一根杉木筷子，长的那一端明显地向下弯曲着，估计是以前的房客曾经把冰袋用绳子吊在筷子上为胸口降温。用来隔断房间的两扇烫金花纹纸的拉门上面，有规律地点缀着数十个英国风格的锦葵几何图形，黑色的边缘似乎是想效仿豪宅，却显得庸俗不堪。所谓的院子仅为连贯两间房屋的外廊，而且七扭八歪的，宽度甚至还不及和服的腰带。院子有棵不足一丈高的扁柏，在春日里无聊地撑着去年坚硬的叶子，干瘦的树后是一面齐腰高的围墙，站在这边可以清晰地听到隔壁的说话声。

尽管房子是小野帮助孤堂先生找的，可实在是太简陋了，小野从心里讨厌这座房子。小野暗想，以后买房子的时候，一定要选竹篱笆旁种着玉兰花，叶兰的影子洒落在松苔上、崭新的毛巾随春风飘荡的房子——小野听说，藤尾将要继承家里的房子。

“托您的福，我们才能住进这么好的房子……”不善恭维的小夜子说。假如她从心里认为这房子好，那就太可怜了。据说，曾经有人在普通的烤鳗鱼店请客，被请者餐后答谢道“托您的福，我头一回吃这么香的烤鳗鱼”，请客的人从此以后就一直瞧不起对方。

在某些时候，“怜爱”和“蔑视”是同一个意思。小野实在瞧不起发自内心感谢他的小夜子，然而他也没有觉察到小夜子有一些招人怜爱的地方。这都是因为紫色在作祟——紫色会使人变得疯狂。

“我想你们一定希望找到比这更好的房子，可是找了很多地方，偏偏就是没有合适的……”

小野话音未落，小夜子马上打断了他的话：

“不，这已经很好了，爸爸也很满意呢。”

小野暗想，这话说得也太小家子气了。小夜子却浑然不知小野的心思。

小夜子向后缩着瘦削的脸颊，抬眼偷偷地打量着小野。与五年前相比，他的变化太大——眼镜变成了金边的，久留米絣[①]变成了西装，寸头变成了油光光的长发——髭须更是令他一下子步入绅士之列。不知从何时起，小野竟蓄起了黑色的髭须。他已经不是从前的那个书生。每当他转动肩膀，崭新的领口上的饰针便会粲然生辉。御赐的银表，此时正躺在深灰色高档马甲的口袋里面。至于他更想得到的金表，则是小夜子那弱小的心灵做梦也想不到的。小野完全变了。

五年来，那个比生命还要鲜明的梦整日整夜地萦绕在脑海中，梦中的小野可不是这个样子。五年已经成为过去。东西分袂后，暮云锁离愁，相思关口闭，会面日渐疏。分别这么多年，小夜子也明白小野不可能一点儿都不变。在风中她想象着小野的变化，在雨里她也想象着小野的变化，月圆月缺、花开花落她无时无刻不在想象着小野的变化。不过，走下月台时她还是在心中暗暗祈祷，希望小野的变化不要太大。

反观小野迄今为止的变化历程，就会发现他并非像发奋学习的三国时期的吴国吕蒙那样值得称赞。他的变化，仿佛是将褪色的过去强行按住，在对方抵达新桥车站的前夕，才仓促地制造出一个辉煌的现在。小夜子无法接近小野，即使伸手也无法触及。小夜子恨自己，恨想改变也改变不了的自己。她觉得小野就是为了疏远她才发生了变化。

---

① 日本福冈县久留米市出产的棉纺织物，由井上传（1788—1869）发明，作为庶民的日常和服面料而流行。

小野去新桥车站接他们父女，又雇车把他们送到了住处。而且，还在百忙之中抽出时间租了间小屋供父女两人落脚。父亲认为小野仍然像以前那样热情，小夜子也这么想，然而她无法接近小野。

刚一走下月台，小野就主动帮她拿行李。本来小小的手提包算不上什么行李，自己拿就可以，可小野硬是把它和盖毯一起拿过去快步走在了前面。望着小野迈着急促碎步的背影，小夜子恍然大悟。小野之所以匆忙行走，似乎并不是前来迎接远道而来的父女，更像是为了赶上落后于时代的父女并超过他们。所谓符契，就是两个相似物件双方各执其一，日后以两者能够合二为一作为信用凭证。小夜子的梦想比挂在天空中的太阳还要珍贵，如今从经过五年光阴的香气四溢的“时光”口袋里将其取出置于现实之中，本以为不会有太大的出入，不料仔细比较之下，现实却早已远远地躲到了一边。小夜子手中的符契失效了。

小夜子起初还认为，由于自己刚从过去的洞穴中出来，所以觉得小野刺眼，习惯的话就会好些。然而，随着时间的流逝，见过一次、二次，又见过三次、四次之后，小野却变得越来越彬彬有礼。小野越是彬彬有礼，小夜子就越是无法接近他。

小夜子向后缩着线条柔和的细长下巴，抬起目光偷偷地打量着小野——眼镜变了，髭须变了，发型变了，装扮也变了。唉——看到这一切的变化，小夜子在心底轻轻地发出一声叹息。

“京都的樱花怎样了？已经凋谢了吧？”

小野突然把话题转到了京都。安慰病人时，要说和疾病有关的话题。诗人只是出于一片同情之心，才顺着那即将松懈的记忆缰绳，回到他不愿提及的过去。忽然之间，小夜子与小野的距离近了许多。

“应该凋谢了吧。离开京都之前，我去了一趟岚山，那时花已经开了八成左右。”

“是吧，岚山的花期比较早，能赶上就好。你和谁一起去的？”

赏花的人多如夜空中的繁星，然而能陪自己一起去赏花的天地之间只有父亲。这个人不是父亲的话——小夜子在心中也没能说出另一个人的名字。

“果然是和你父亲一起去的？”

“是。”

“有意思吧？”小野随口问道。小夜子的内心莫名地涌现出一股凄凉。小野又问道：

“和以前相比，岚山变化很大吧？”

“是。大悲阁温泉等地方都重新修建了，很漂亮……”

“是吗？”

“小督局①的坟墓在那里，你知道吧？”

“是，我知道。”

“现在那一带都是小茶馆，变得非常热闹。”

“变得一年比一年俗气了，还是以前那样好。”

难以接近的小野和梦中的小野忽然重合在了一起。小夜子吃了一惊。

“您真的认为以前……”小夜子话说了一半，故意把目光转向院子。院子里什么也没有。

“我和你们一起去玩的时候，那里可没有这么多人呀。”

小野果然是梦中的小野。小夜子把向院子望着的目光转到对面，金丝框眼镜和微黑的髭须立即映入眼帘。对方仍然不是过去的那个人。小夜子极力克制着，默默地不说一句话，不让那些怀旧的话题通过喉咙倾泻而出。过于忘乎所以，拐弯时就会碰壁。斯文优雅的绅士淑女之间对话，也时常会在心里碰壁。小野再次开口：

“你和以前一样，一点儿都没有变啊。”

“是吗？”小夜子无精打采地回应道，既像是肯定对方的说法又像是在怀疑自己。假如自己变了的话，就没有必要如此担心。然而自己已是芳

---

① 小督局（1157—？），平安末期中纳言藤原成范的女儿，高仓天皇的爱妃。

华虚度，年龄渐增，她怨恨起已穿得松垮的条纹和服和用旧的琴。如今，那把琴仍罩着琴套竖放在壁龛里面。

“我变化很大吧？”

“变得更有风度，简直认不出来了。”

“哈哈，你过奖了。以后我还会不断变化，就像岚山那样……”

小夜子不知该如何回答才好。她低着头，双手一直放在膝盖上。她那小巧的耳垂斯文地从鬓发末端钻了出来，面颊和脖颈的交会之处有一道仿佛用画笔勾勒出的模糊曲线。这是一幅美妙的画，遗憾的是坐在对面的小野看不到这些。诗人偏好的是感性美。如此线条粗细均匀、光线明暗适度、色彩美妙绝伦的好画难得一见。假如小野能够在一瞬间捕捉到眼前这幅画的美妙之处，也许他会猛然转过身去，以至于高帮皮鞋的鞋跟都陷入地里，然后逆着五年的时光纵身猛扑过去。可惜，小野只是坐在小夜子的对面。在他眼里，小夜子不过是个没有诗意的无聊女子。这时，小野仿佛看到一只衣袖在眼前如波浪般翻滚，当深紫色掠过眉宇间时，香气扑鼻而来。小野忽然意识到，自己该告辞了。

“我会再来的。”小野把西装前襟合上。

“爸爸马上就会回来。”小夜子轻声地挽留道。

“我还会再来。老师回来时，请代我向他问候。”

“那个……”小夜子语塞，再说不出什么。

对方直起腰要站起来，似乎已经等不及“那个”的下文。小夜子感到对方在制止她别再往下说。无法接近的人离她越来越远，现实就是这么残酷。

“那个……爸爸他……”

不知为何，小野的心情变得沉重起来。女子越发难以开口了。

“我会再来拜访！”小野站起身来。他连自己想说的话都不愿意听，就这样不近人情地说走就走，没有任何留恋和同情。小夜子从门口回到房间内，惘然若失地在外廊旁边坐了下来。

雨似下非下，从天空尽头射出的一抹春光透过淡淡的云霭，普照着下方。头顶上的那片天空被薄云笼罩着，虽说看上去即将放晴，但也给人带来几分忧郁。不知从何处传来了琴声。而小夜子的琴，连灰尘都没有来得及拂去就被装进了琴套，此时正孤单地挤在两个花布包袱之间靠在墙上。什么时候才能把它从黄色的琴套中取出来呢？从琴声可以推断演奏者琴艺高超，银甲在雁柱间穿梭往复，时压时拨，轻快而又深沉的琴音搅乱了春色。听着听着，小夜子不禁想起了恍如昨日的那个雨天——雨滴宛如白昼的萤火虫般滴滴答答地落在竹篱笆的连翘花上，父亲则在一旁抱怨“一大早就开始下，真闷啊”。缎子的衣袖容易向手腕滑落，小夜子绗好后，把穿着细长丝线的针插在红色的针扎上，然后站起身来。长长的古桐木琴体微微隆起，十多根琴弦呈“︿”字形，小夜子熟练地按压、弹拨，仿佛要将它唤醒。记得当时的曲目叫《小督曲》①。当忧郁的白昼被她上下翻飞的手指揉得支离破碎时，父亲说“辛苦了”，并亲自给她倒了一杯茶。京都是属于春季、细雨和古琴的京都，其中犹以古琴与京都最为相配。看来，喜欢弹琴的小夜子还是适合居住在幽静的京都。小夜子犹如一心想要冲破黑暗的乌鸦，从古都飞出来一看，却被眼前的漆黑世界所吓倒，正想再飞回去时，已经是天光大亮。早知如此，当初就不应该学弹古筝，而应该学弹钢琴。英语也没有坚持下来，基本忘得差不多了，父亲说女孩子没必要学那种东西。小夜子听从生活在旧时代的老辈人的话，却远远地落在小野身后，已经无法再追赶上去。老辈人的人生所剩无几，万一他们先走一步，而自己又落在新人后面的话，自己今后就会数着日子等死，生命就会糊里糊涂地处在危险之中……

纸拉门“哗啦”一声被拉开，老辈人回来了。

“我回来了。今天的尘土真是太大了。”

---

① 《小督曲》是以平家物语为题材的古筝曲，山田流四大名曲之一。由山田检校作曲，横田岱瓮作词。

“是吗？今天可是没有风呀。”

“是没有风，可路面太干燥……东京这地方实在令人讨厌，京都可比这里好多了。”

“可是，当初您不是每天都说要早点搬到东京去吗？”

“说是说了，可是到了一看，根本就不是那么回事。”老人在外廊边缘拍打完袜子又回到房间内坐下。

“用茶碗了呀，有客人来过吗？”

“是。小野先生来过了……”

“小野？那真是……”老人一边说一边小心地解开他带回来的那个用细绳打着十字结的大包裹。

“今天呀，原本打算乘电车去买坐垫，可是却忘了转车，真是糟糕透了。”

“哎哟，哎哟。”女儿同情地微笑着，又问道：

“那您最终买到坐垫了吗？”

“嗯，只是买了坐垫回来。就是因为没转车，结果弄到这么晚才回来。”老人从包裹中取出仿八丈绢①的黄条纹坐垫。

“您买了几个？”

“三个。嗯，三个暂时应该够用了。来，你坐试试看。”老人递给小夜子一个坐垫。

“嘻嘻，爸爸您先坐吧。”

“我坐，你也坐试试看。怎么样，还不错吧？”

“棉芯好像有点儿硬呀。”

“反正棉芯是……没办法，一分钱一分货嘛。就是为了买这个，才害得我没赶上电车……”

---

① 八丈绢是日本东京伊豆八丈岛出产的一种平纹绢织物，根据颜色分为黄八丈、黑八丈、红八丈等。

“您不是说没转车吗？”

“是啊，没转车……明明事先拜托过乘务员的，可他竟没有告诉我，把我气得干脆走着回来了！”

“把您累坏了吧？”

“没事儿。虽说一把年纪了，可是腿脚还算灵便……只是害得我胡须和身上沾满了灰尘。你瞧！”老人并拢右手的四根手指，代替梳子在下巴底下梳了一下，果然有些浅黑色的东西掉在腿上。

“因为您不洗澡，才会这样吧。”

“胡说，这是灰尘。”

“可是今天没有风呀。”

“没有风也起灰尘，真是莫名其妙。”

“可是……”

“可是什么？你出去试一试就知道了。看来，东京的灰尘多得会吓死人呀。你在东京的时候也这样吗？”

“是的，灰尘很厉害。”

“也许一年比一年厉害了，今天明明没有一点儿风。”老人抬头向窗檐外望了望。春天的阳光在微阴的天空中时隐时现。依然能够听到琴声。

“哎，有人在弹琴……弹得还真不错。那是什么曲子呢？”

“您猜猜看。”

“我来猜猜！哈哈哈哈，爸爸可听不出来啊。一听到琴声我就会想起京都。京都很幽静，是个好地方。像爸爸这种跟不上时代的人不适合待在东京这种喧闹的地方，东京比较适合像小野或你这种年轻人居住。”

看来，跟不上时代的父亲是为了小野和自己而特意搬到充满灰尘的东京来的。

“那我们回京都去吧？”小夜子不安的脸上浮现出笑容。在老人看来，女儿这样说是出于一片孝心，担心自己适应不了这里的环境。

“哈哈哈哈，真的想回去吗？”

“回去不也是挺好的嘛。”

“为什么？”

“不为什么。”

“可我们不是刚到这里吗？”

“刚到也没关系呀。”

“没关系？哈哈，不要开玩笑……”

女儿低下了头。

“你说小野来过了？”

“是。”女儿依旧低着头。

“小野……小野他……”

“诶？”女儿抬起头来。

“小野……他来过了吧？”老人望着女儿的脸。

“是，来过了。”

“然后呢？嗯，他没有说什么吗？”

“没说什么……”

“什么都没说？他等我回来就好了……”

“他很忙，临走时说下次会再来。”

“是吗？这么说他来这里并非是有什么事情。原来如此……”

“爸爸。”

“什么？”

“小野先生变了！”

“变了？哦，是变得非常体面了。在新桥看见他的时候，简直都认不出来了。嗯，这对我们彼此都好。”

女儿又低下了头——看来实在的父亲没有完全明白自己的意思。

“他说我和以前一样，一点儿都没有变化……可就算我没变……”

犹如赤脚踩上鸣响的琴弦，后面那句话的余韵在孤堂先生的脑海中嗡嗡作响。

“就算没变什么意思啊？”老人催促道。

“我不知道。”女儿小声地答道。老人百思不得其解。

“小野说过什么吗？”

“没说什么……”

同样的问答又重复了一次。就像是踩水车，无论怎么踩它只会在原地无休无止地转动下去。

“哈哈，不要在意那种小事。春天就是使人感到郁闷。像今天这种天气，连我都感觉不舒服。”

秋天才会使人感到郁闷。张冠李戴有时会弄巧成拙，安慰人反倒变成捉弄人。小夜子默不作声。

“要不你弹弹琴吧？就当是解解闷。”

女儿闷闷不乐的表情缓和了许多，她把目光转向壁龛。壁龛的黑色墙壁上没有画轴，显得空荡荡的，竖放在角落中的古筝套着黄色琴套，在春色中显得格外醒目。

“嗯，还是不弹吧。”

“不弹？不弹就不弹吧……我说，小野他呀，最近就是太忙啦。听说他马上就要提交博士论文了……”

小夜子连银表都不想要，就算取得一百个博士学位对目前的她来说也毫无用处。

“所以他就沉静不下来嘛。做学问的人都是那个样子，你也不必太担心。他就算想多坐一会儿也没工夫坐呀，这也是没办法的事。诶？你说什么？”

“他竟那么……”

“嗯。”

“急着……”

“啊。”

“回去……”

“就那么回去了？你觉得他不用那么着急回去？这也是没有办法呀，他正一门心思做学问呢……所以我才想让他抽出一天时间和我们一起去参观博览会。你和他说了没有？”

“没有。”

“没有说？为什么不说呢？明明小野都来了，当时你在干什么呢？就算是女孩子，该开口也要开口呀。”

从小就被教育不能多嘴多舌，现在又被责怪不会说话。所有的过错都在小夜子身上，她的眼睛开始发热。

“好了好了，我会写信问他的……你不用难过，我不是怪罪你……对了，晚饭做好了吗？”

“米饭倒是有。”

“有米饭就足够，菜什么的就不需要了……我雇的那个阿婆说是明天就可以来帮忙了……等过些日子，习惯了的话，无论是东京还是京都，住在哪里都是一样的。”

小夜子走进了厨房。孤堂先生则动手解开放在壁龛里的包袱。

十

神秘的女人将要闯入宗近家。神秘女人所到之处，波浪会化作山峰、煤团会化作晶亮的水晶。禅宗认为柳绿花红、麻雀喳喳、乌鸦哑哑。而神秘女人非得说麻雀哑哑、乌鸦喳喳。自从神秘女人来到人世，世界一下子变得纷乱复杂起来。神秘女人把接近她的人放入一口锅内，用杉木筷子在其中随心所欲地来回搅拌。假如你不甘心成为锅中的芋头，那么就不应该接近神秘女人。神秘女人犹如一颗光芒四射的钻石，甚至让人无法判断光芒来自何处。从右侧望去左侧在发光，从左侧望去右侧在发光，她的拿手好戏就是从众多的切面反射出各种不同的光芒。神乐[①]的假面有二十余种，发明这种假面的就是神秘女人。神秘女人将要闯入宗近家。

宗近家这位直率、愉快的大和尚，做梦也想不到天底下竟然有这种搬弄是非、不停地搅拌锅底的女人。檀木书桌上面摆放着唐刻本的法帖，“炊烟自信浓国升起，升起……”——大和尚端坐在厚实的坐垫上，挺着大肚子正在哼唱谣曲《钵之木》[②]。神秘女人越来越近了。

悲剧《麦克白》[③]中的女巫把捞来的世间杂物都放进一口锅内。里面有连续三十一日蛰眠于阴山背后，夜间偷偷喷毒的蟾蜍，也有黑脊下隐藏着火红色腹部的蝾螈胆，还有蛇眼和蝙蝠爪——所有的东西都在锅内咕嘟咕嘟地煮着。女巫则围着热锅不停地转圈，她那枯槁干瘦的手中握着一根不知几代锈迹斑斑的诅咒世人的铁火箸，熬成浆糊般的混合物的锅内正咕嘟咕嘟地冒着气泡——相信读者一定都会觉得很恐怖。

不过，那只是戏剧。神秘女人不会做出那种令人毛骨悚然的事。她生活在大都市，时代又是二十世纪，更何况是大白天找上门来。可以说，锅底涌现出来的是亲切，锅面漂荡起伏着的是笑意，用以搅拌的筷子可以取名为热情，就连锅本身也做工精细。神秘女人只是不紧不慢地搅拌着，连动作都像表演能乐那般优雅，难怪大和尚毫无恐惧之心。

"哎呀，天气终于暖和了。来，请坐。"大和尚伸出大手掌指向坐垫。而女人则故意跪坐在入口处，双手斯文地撑在地面上。

"别来无恙……"

"请到坐垫上坐……"大手掌依然向前伸着。

"好久没来拜访您了，因为家中没人脱不开身，想来也来不了，结果一直拖到现在……"神秘女人说到这里停顿了一下，大和尚正想开口时，她又接着说：

"实在是对不起！"乌黑的头一下子贴在了榻榻米上。

"哪里，不必客气……"光凭大和尚的这句话，是很难以让神秘女人抬起头来的。有人说，礼数过于繁琐的女人令人感到不舒服；也有人说，郑重地向对方施礼的女人反而会使人感到麻烦；还有人说，人的诚意与鞠躬行礼的时间成正比。说法有多种多样，大和尚是属于"感到麻烦"这一类。

乌黑的头贴在榻榻米上，唯有声音从口中传了出来：

"府上各位可都安康……钦吾和藤尾承蒙关照，总是给您添麻烦……日前又蒙馈赠佳品，本该早日登门致谢，只是近来太忙……"

说到此处，乌黑的头终于抬了起来。老头子也松了一口气：

"哪里，也是别人送的东西……不成敬意。啊哈哈哈，天气终于暖和

---

① 广泛流行于日本民间、主要在节日和民间风俗活动中祭神、敬神时表演的民间歌舞艺术形式。

② 日本的谣曲之一。讲述了北条时赖周游诸国的归途，病卧于大雪中，幸得佐野源左卫门救助，并焚烧珍藏的梅、松、樱木钵供其暖身的故事。

③ 莎士比亚四大悲剧之一。此处的情节为第四幕第一场。

起来了。”老头子突然把话题转向气候，他望着院子继续问道：

“府上的樱花如何呀？现在正盛开吧？”

“或许因为今年天气暖和，比往年开得早一些，四五天前正是观赏的好时机，可是前天的大风把花几乎都吹落了，已经……”

“赏不了花了？那种樱花实在罕见。它叫什么来着？嗯，浅葱樱。对对，那种颜色十分罕见。”

“它的花瓣带点儿绿色，傍晚的时候，还真感到有些可怕呢。”

“是吗？啊哈哈哈。荒川①那儿有一种绯樱，浅葱樱就比较罕见了。”

“大家都是这么说的，说尽管重瓣樱花种类有很多，但绿色的几乎见不到……”

“根本就没有呀。听喜爱樱花的人说，樱花有一百多种呢……”

“哎哟，是吗？”女子故作惊讶地说道。

“啊哈哈哈，樱花你也不能小瞧它。我们家的阿一前些日子从京都回来，说去了岚山赏花，我就问他看到了什么花，他只会说看了单瓣樱花，其他的事情一无所知。现今的年轻人真是不思进取，啊哈哈哈……这是岐阜的柿子羊羹，也不是什么好东西，请尝尝吧。”

“谢谢，请不必费心……”

“不是特别好吃，只是稀罕而已。”宗近老人伸出筷子从盘子里夹起一片去掉包装的羊羹，拿在手里独自大口地吃起来。

“说到岚山……”甲野的母亲开口说道：

“前些日子钦吾又给你们添麻烦了，他说托你们的福才能游览这么多地方，他很开心。您也知道那孩子就是那么任性，想必给阿一先生也添了不少麻烦吧？”

“哪里哪里，反倒是阿一得到了钦吾的关照……”

---

① 关东地区的河流，发源于甲武信岳，流经埼玉县中部注入东京湾，全长 173 公里。

“您过奖了，钦吾可不是个会照顾别人的人呀。都这么大年纪了，却连一个真正意义上的朋友都没有……”

“专注于学问的人都是这个样子，很难随随便便地和人交往，啊哈哈哈！”

“我是个女人，根本就不懂这些。只是看他整天都闷闷不乐……如果不是阿一先生带他一起出去，恐怕谁也不愿意搭理他……”

“啊哈哈哈，这方面阿一正好相反，他跟谁都合得来。就连待在家里的时候，也总是逗他妹妹玩……唉！也很令人伤脑筋呀。”

“哪儿的话，阿一先生既开朗又直率，这是多么好呀。我经常对我们家藤尾说，哪怕只有阿一先生的一半，要是钦吾能再开朗些就好了……不过这一切都是因为他的病造成的，事到如今发牢骚也没有用。正因为他不是我亲生的孩子，我才担心大家会对我有什么看法……”

“你说得有道理。”宗近老人一本正经地答道，然后顺手砰地磕了一下烟灰缸，把银制旱烟袋丢在榻榻米上，余烟从烟锅中冒了出来。

“怎么样呢？从京都回来后，他好些了没有？”

“托您的福……”

“前些日子他来我家时，和大家在一起天南海北地闲聊，看上去一副兴高采烈的样子。”

“哦——”甲野的母亲故作一副钦佩的样子。“我实在拿他一点儿办法都没有啊。”这句话的语尾拖得很长，一副一筹莫展的样子。

“唉，真是的。”

“迄今为止，为了他的病我不知操了多少心。”

“不如让他快些结婚吧，改变一下心情对他或许是件好事。”

神秘女人总是把自己的想法让别人说出来。因为亲自下手就要承担出错的风险，所以她总是静静地等待对方滑入圈套，当然需要她暗中备好使对方滑倒的烂泥。

“关于结婚一事，我从早到晚都在劝他……可是无论怎么劝，他就是不听。您看我都这么一把年纪了，而且甲野他爸就那样突然在国外身亡，我实在是放不下心来呀，所以如今只想早日把他的终身大事定下来……说真的，迄今为止娶媳妇的事不知已和他说过多少遍，可是每当我提起这件事就被他不问青红皂白地拒绝……”

“其实，上次见到他时，我也曾和他提及这件事。我和他说‘你再这样固执下去，只会使你母亲更为你操心，她也怪可怜的，还是抓紧时间成家立业让她放心为好’。”

“实在是太感谢了。”

“哪儿的话，其实我们彼此都在担心，我家里也有两个不知如何是好的累赘呢，啊哈哈哈，真是没办法，不管多大都让人操心啊。”

“我觉得您这边都不是问题，我呢……如果他总是以疾病为借口不娶媳妇，万一我有个三长两短，实在没脸去九泉之下见我的老伴啊。唉，他为什么那么不听话呢？每当我找他说话，他就说他的那种身体实在继承不了家业，不如让藤尾招个上门女婿来照顾我。他还说，财产什么的一分钱都不要。我要是亲生母亲的话，完全可以对他放手不管，可是您知道我们不是亲母子，要是真的做出这种不近人情的事，我还有什么脸面见人呢？我实在是一点儿办法都没有了。”

神秘女人注视着和尚，和尚则挺着大肚子陷入了沉思。烟灰缸当地响了一声，紫檀盖子被小心翼翼地盖上。旱烟袋被放在一边。

“原来如此……”

和尚一反常态地轻声说道。

“尽管如此，但我这个做继母的如果强制性地要求他做这做那，也许会发生一些难对人言的纠纷……”

“嗯，确实很难办啊。”

和尚从手提烟草箱的小抽屉里取出一块黄色的棉抹布，仔细地擦拭起了烟草箱的鲸须提手。

“假如你不好开口的话，干脆就由我来和他好好谈谈吧？”

“真是让您费心了……”

“那么，就试试吧。”

“也不知结果会怎样，他现在的精神状态已经脱离常轨，再和他提这种事的话……”

“怎么会呢，这些我都明白，我不会说那些让他不高兴的话。”

“可是，万一我来这里求您出面的事被他知道了的话，以后他一定会和我大动干戈的……”

“真难办呀，他竟然变得如此神经质。”

“现在和他说话都得小心翼翼的……”

“嗯……”和尚把双臂交叉抱在胸前。由于衣袖有些短，粗大的胳膊肘都露了出来。

神秘女人把人带进迷宫，让人发出“原来如此”“嗯”的赞同声，又让烟灰缸“当”地响起，最后又让人把双臂交叉抱在胸前。二十世纪最忌讳的就是“疾言”和“遽色”。理由是什么呢？我们咨询了某位绅士和某位淑女，绅士和淑女异口同声地答道：因为“疾言”和“遽色”最容易触犯法律。——神秘女人如此小心谨慎，就是因为怕触犯法律。和尚则一边说“嗯……”一边把双臂交叉抱在胸前。

“如果他坚持要离开这个家……我当然不能坐视不管……可他要是无论如何都不听我劝的话……”

“上门女婿？招上门女婿的话……”

“不行啊，那样的话事情就麻烦了……这事得考虑周全，要不万一出点儿差错，可就麻烦了。”

“嗯，那倒也是……”

“就是考虑到这一点，所以在他病情好转、能够照顾好这个家之前，我暂时不能把藤尾嫁出去。”

“说得也是。”和尚歪着单纯的头又问道：

“藤尾小姐多大了？”

“过了年就二十四岁了。”

“时间过得真快呀！我感觉前一阵子她才这么高。”和尚把大手掌伸至齐肩高的位置，扭头从下方望着手掌。

“别提了，她只是个子长得高而已，什么事情也指望不上啊。”

“……算起来应该是二十四了。因为我们家的系子刚好二十二岁。”

再这样下去的话，对话就要跑题了。神秘女人必须要使话题重新回到正轨。

“您也得为家里的系子小姐和阿一先生操心，可我却在这种时候来向您说这些无聊的话，想必您一定会以为我是个不通人情的女人……”

“哪里哪里，瞧您说的。其实我也正想和您好好地谈谈这件事呢……我家的阿一最近一直在嚷嚷着要当什么外交官。虽然结婚不是一两天就能定下来的事，但早晚还是要娶媳妇的……”

“就是嘛。”

“所以呢，这个，藤尾小姐……”

“嗯。”

“藤尾小姐的话，大家都很了解她的为人，我也能安心，当然阿一也不会有不同意见……我觉得他们两人很般配。”

“嗯。”

“您做母亲的，不知是怎么想的呢？”

“蒙您如此抬举我家那不懂事理的女儿，实在是不胜荣幸，只是……”

“这不是个好想法吗？”

“真要那样的话，也是藤尾的福气，我也可以放心了……”

“您要是不满意，这事就先不谈，满意的话……”

“当然没有不满意的地方。对我们来说这是求之不得、再好不过的事。只是钦吾让我为难。阿一先生可是宗近家继承人的贵重之身，虽然还不清楚他是否看得上我们家藤尾，但假设他娶了藤尾，藤尾嫁过去之后，钦吾还是像现在这个样子的话，那我真不知该如何是好……”

“啊哈哈哈，你真是杞人忧天啊。只要藤尾小姐出嫁，钦吾先生自然而然地就会改变想法，他一定会承担起责任的。你就听我的吧。”

“真的如您所说吗？”

“再说您也知道，老先生在世的时候曾经应允过这件事。如此一来，九泉之下的人也会安心的。”

“您想得这么周到，实在是太感谢了。唉，要是我老伴还活着的话，我也不用一个人如此……如此操心了……”

神秘女人的话语中逐渐充满了悲伤。疲于世俗的笔原本不喜欢此类悲伤，勉强把有关神秘女人的话题描述至此，笔锋已经再不肯向前行进一步了。上帝创造了白昼、黑夜，又创造了海洋和陆地，到了第七天万物造齐之后，便宣布休息。把神秘女人描绘得淋漓尽致的笔，必须进入另一个阳光明媚的世界拂尽悲伤。

阳光明媚的另一个世界里面，生活着兄妹两人。尽管六张榻榻米大小的南向夹层房间已经足够明亮，但纸格子拉窗依然大敞，令人心旷神怡。窗外信乐烧[①]的花盆里，一棵二尺高的松树盘根错节，在外廊投下了弯曲的阴影。六尺宽的白底纸拉门零星点缀着秦汉瓦当拓片纹样，门的拉手处则是烟波千鸟翔的图案。旁边充当壁龛的三尺来宽的地方没挂挂轴，只是在花筐内随便地扔着一枝花。

系子在壁龛前使用五彩丝线飞针走线地做着针线活，针线盒放在窗边，两个拉开的抽屉里塞满各种线头。房间内寂静无比，假如没有哥哥的大嗓门，似乎可以听得见一针一线追赶春天的细弱声音。

俯卧是阳春三月的最佳姿势，只需卧倒便能独享天下春色。哥哥用尺子不停地敲打着门槛。

“系子，还是你的房间好，你瞧多亮啊。”

---

① 日本滋贺县甲贺市信乐地区出产的陶器，奈良时代开窑。

“我们换换吧？”

“嗯，跟你换房间似乎也没有什么好处……不过，这个房间对你来说实在太奢侈了。”

“反正也没有人住，奢侈一下又有何妨？”

“当然没有问题，只是有点儿奢侈而已。而且这屋子里的摆设……有些好像不太适合你这种妙龄女孩吧？”

“什么东西？”

“什么东西？你瞧这棵松树。我记得这是苔盛园[①]以二十五元的价格强行卖给爸爸的。”

“是的。这是很珍贵的盆景，要是把它弄倒可就不得了了。”

“哈哈，爸爸傻乎乎地用二十五元买下这棵树，没想到你也傻乎乎地使出吃奶力气把它抬到二楼。这真是有其父必有其女啊。”

“嘻嘻，哥哥你才是傻瓜呢。”

“就算傻，咱俩傻的程度也差不多，谁叫我们是兄妹呢。”

“哎呀，真讨厌！我本来就是个傻瓜嘛，但哥哥也是傻瓜。”

“你说我是傻瓜？这不就得了嘛，我们两个就都做傻瓜好了。”

“我手里可是有证据。”

“傻瓜的证据吗？”

“对。”

“那可是系子的重大发现呀。什么证据呢？”

“那个盆景呀……”

“嗯，那个盆景……”

“那个盆景……你不知道吗？”

“不知道什么？”

“我很讨厌那个盆景。”

---

① 植物专卖店名，位于东京都芝区公园。

“哎哟，这回轮到我有重大发现了。哈哈，既然你讨厌那个盆景，为什么又把它搬到楼上？你不嫌重吗？”

“是爸爸自己把它搬上来的。”

“什么？”

“爸爸说，二楼阳光充足，对松树好。”

“爸爸也太善良了。嗯，这么说哥哥我就成了傻瓜啊。难道是‘爸爸善良儿傻瓜’？”

“喂喂，在说啥呢？怎么像是发句①？”

“嗯，类似发句的东西。”

“类似发句？不是真正的发句吗？”

“你可真能刨根问底。先不说这个，你今天缝制的东西真漂亮啊。那是什么面料呢？”

“这个吗？这不就是伊势崎②嘛。”

“实在是光彩夺目啊，是给哥哥缝的吗？”

“是给爸爸的。”

“你总是给爸爸缝制东西，根本就没有哥哥的份儿啊。自从缝了那件狐皮坎肩以后，你就不管我了。”

“哎哟，烦人。你尽胡说！你现在身上穿的也是我缝的呀！”

“这件吗？这件已经不能穿了，你瞧这里……”

“哎哟，你瞧这领子上的污垢。明明才穿了没几天……哥哥身上的油脂实在是太多了。”

“管他油脂多不多，反正已经不能穿了。”

“好吧，等这件完工后，马上就给你做一件。”

“给我的是新的吧？”

---

① 发句是指日本和歌或者汉诗的第一句。

② 即伊势崎铭仙，产自日本群马县伊势崎的平纹绢织面料，以结实著称，作为大众衣料而得到普及。

“嗯，浆洗过的。”

“又是爸爸不穿的旧衣服吧？哈哈，有时候系子做的事情让人觉得不可思议。”

“什么呢？”

“爸爸明明已经上了年纪，却总是穿新衣裳，而我这么年轻，却总是被迫穿旧衣裳，你说奇怪不奇怪。照这样下去，没准儿最后你自己戴着巴拿马草帽，却叫我戴放在仓库里的阵笠呢。”

“呵呵，哥哥就是能说。”

“我只是擅长动口吗？好可怜呀。”

“不，还有其他的呢。”

宗近没有回答，他托着腮透过栏杆的缝隙俯视着院落里的树丛。

“喂，我说还有其他的呢。”系子的目光一直没有离开缝衣针，只见她迅速地把捏在左手中的缝口缝上，然后松开白皙丰润的手指，抬起头望着哥哥：

“还有其他的呢，哥哥。”

“有什么呢？光有这张嘴就够了。”

“可是，还有很多呀。”系子把针眼对着纸格子拉窗，眯起了她那讨人喜欢的双眼皮。宗近依然托着腮帮悠闲地眺望着院落。

“想听我说说吗？”

“嗯……嗯。”

由于手托在下面，宗近的腮帮动弹不得，所以回答声是通过喉咙从鼻孔发出的。

“还有腿脚啊。明白了吧？”

“嗯……嗯。”

女人就是心灵手巧，用嘴唇把蓝色的线头濡湿，再用手指把它捻尖，如此一来就能使线头顺利穿过针眼。

“系子，家里来客人了吗？”

"嗯，甲野的母亲来了。"

"甲野的母亲？那才是真正意义上的能说会道的人，哥哥可比不过她呀。"

"人家可是温文尔雅，不像哥哥那样总是挖苦人。"

"你这么讨厌我，看来我是白照顾你了"

"你哪里照顾过我？"

"哈哈，其实为了感谢你为我缝制那件狐皮坎肩，我正琢磨着这两天带你去赏花呢。"

"花不是都谢了吗？这个季节怎么能赏花。"

"当然能。虽然上野和向岛的花已经谢了，但荒川的花正在盛开。我们可以从荒川步行至野地采摘樱草花，然后绕道王子[①]乘火车回来。"

"什么时候去？"系子停下手中的活儿，将缝衣针插入发髻。

"或者我们参观博览会，去台湾馆喝茶，观看霓虹灯之后再坐电车回来……你喜欢去哪里？"

"我想参观博览会。等我缝好这件衣服就走吧，好不好？"

"嗯。所以嘛，你得对哥哥好一点儿。这么好的哥哥全日本也找不出几个呀。"

"嘻嘻，是，我会好好待你……把那把尺子给我用一下。"

"好好学做针线活儿，将来你出嫁时，我会买一个钻石戒指送你。"

"果然能说会道。你有那么多钱吗？"

"当然现在没有……"

"哥哥为什么会落榜呢？"

"就因为我太了不起了。"

"真是的……帮我看看剪刀在不在那边？"

"在那个坐垫旁边。不，再往左一点儿……剪刀上为什么拴了只猴

---

① 东京都北区中部的地名，日本造纸业的起源地。

子？赶时髦吗？”

“你是说这个？漂亮吧？这小猴是用泡泡纱做的。”

“是你做的吗？实在是太精致了。虽然你干别的不行，这方面倒是很在行啊。”

“再怎么也比不上藤尾小姐……哎哟，你可不要把烟灰弹在外廊上呀……给你这个用。”

“这是什么玩意儿？嗬，把千代纸[①]贴在硬纸板上。这一定也是你做的吧？真是个闲人啊。这究竟是干什么用的呢……装线？装线头？你可真行！”

“哥哥喜欢藤尾小姐那种类型的人吧？”

“我也喜欢像你这种类型的。”

“我不包括在内……你说，是不是？”

“反正不讨厌。”

“哎哟，你还遮遮掩掩的，太有意思了。”

“有意思？有意思就有意思吧……甲野家的伯母一直和爸爸秘密商量着什么事情呢。”

“说不定就是为了藤尾小姐的事儿。”

“是吗？那我们去听一听吧？”

“哎呀，还是算了吧……就因为不想打搅他们，我想用熨斗都不能去取呢。”

“在自己家里，还那么客气干吗。我去帮你拿上来吧？”

“别，千万别去呀。你现在下楼就会打断他们的话题。”

“好危险啊。那我就憋住气躺在这里，这样可以吧？”

“用不着憋住气呀。”

---

① 在和纸上进行各种图案的木版印刷所制成，用于女孩子的手工制作。因图案多采用象征长寿的松竹梅、龟鹤等，故称千代纸。

“那我就一边呼吸一边躺着吧。”

“你不要动不动就躺下，好不好呀？你就是因为这么没有规矩，才会没通过外交官考试。”

“你说得对，也许那个考官的想法和你一样。真没法子呀。”

“没法子？藤尾小姐的想法也是这样的呀。”

犹豫着要不要去拿熨斗的系子停下针线活儿，她取下入子菱①形图案的顶针，把它和插满如雨丝般银针的淡粉色针扎一起放进针线盒，“啪”的一声盖上鱼鳞纹的精致漆盖。早春的阳光透过窗户，映红了系子的耳垂，她用手托着腮帮，右肘支撑在针线盒上，盖在刚缝的衣物下面的双腿也放松下来，斜着伸向一旁。鲜艳的碎花图案的和服衬衣袖子，自纤弱的手腕悄无声息地滑落，露出了一截白皙的胳膊，在头上蝴蝶结的映衬下显得格外醒目。

“哥哥。”

“怎么了？你不做活了？你看上去可有些心神不定啊。”

“藤尾小姐可不行呀。”

“不行？什么不行？”

“她根本就不想嫁到我们家来。”

“你问过她吗？”

“我怎么能唐突地问她这种问题呢？”

“没问也能知道？你简直就是个巫婆啊……你这副手托腮帮、倚靠在针线盒上的模样，真是世间的一道绝佳风景。尽管你是妹妹，我还是觉得你的姿势非常漂亮，哈哈。”

“你想怎么嘲笑我就请便吧。人家可是出于好心才告诉你的。”

系子说着猛地放下支撑着头的白皙胳膊，并拢在一起的手指向前垂落，刚好按在针线盒的角上。靠近纸格子拉窗的半边脸颊上留下了手掌的

① 由大小菱形套在一起组成的图案。

压痕，和耳垂一样微微泛红。漂亮的双眼皮自上方垂下，似乎要把清澈的黑眸藏在长睫毛之下。宗近被妹妹自睫毛深处定睛凝视着……宗近宽大的肩膀一用力，用胳膊肘撑起身体坐了起来。

“系子，伯父可是说过要把那块金表送给我。”

“伯父？”系子随口反问了一句，但马上又吞吞吐吐地说，“可是……”然后便将黑眸隐藏于长睫毛内低下头去，唯有色彩鲜艳的蝴蝶结在眼前晃动。

“没问题的，在京都时我也曾向甲野说起过这件事。”

“是吗？”系子微微抬起低垂的头，脸上浮现出看似担忧又似放心的笑容。

“哥哥将来去国外的话，一定会给你买点东西寄回来的。”

“这回考试的结果还没公布吗？”

“应该快了吧。”

“这回无论如何都要考上啊。”

“嗯，好。啊哈哈哈，结果并无所谓。”

“怎么能无所谓呢……藤尾小姐可是喜欢学术有成、能够依靠的人。”

“难道哥哥没有学问又靠不住吗？”

“我不是这个意思。但是……我打个比方吧，你知道那位叫小野的先生吧？”

“嗯。”

“听说他因为成绩优秀而得到了银表，目前正在写博士论文……藤尾小姐就喜欢像他那种人。”

“是吗？哎哟，哎哟。”

“你哎哟什么呀？那可是很体面的事。”

“哥哥得不到银表，也写不出博士论文，考试名落孙山，简直把脸都丢尽了。”

“哎，可没有人说你丢脸呀。只是，你平时太逍遥自在了。”

“是太逍遥自在啦。”

“呵呵，真有意思。你好像一点儿都不在乎呀。”

“系子，虽说哥哥学业一无所成又没考上外交官……算了，不去管他了。你不认为至少我还算是个好哥哥吗？”

“我当然这样认为。”

“你认为小野好还是哥哥好？”

“那当然是哥哥好啦。”

“和甲野比呢？”

“我不知道。”

灿烂的阳光穿过纸格子拉窗，暖暖地映照着系子的脸颊，唯有低垂的额头显得分外洁白。

“喂，针还插在发髻上呢，忘记的话可就危险了。”

“哎哟。”系子抬起手臂，和服衬衣袖子褪下的一瞬间，两根手指早已捏住缝衣针，轻轻地拔了出来。

“哈哈，没想到即使看不见你也能够准确地摸到。你要是盲人的话，一定能够成为高明的按摩师。”

“就是因为习惯了嘛。”

“你可真厉害啊。对了系子，我告诉你一件有趣的事情吧。”

“什么事呢？”

“京都那家旅馆的隔壁，有个会弹琴的美女。”

“你给我的明信片中，不是都说过吗？”

“嗯。”

“那你还提她干吗？”

“是这么回事儿，世上的事情实在是不可思议呀。哥哥和甲野到岚山赏花，又遇见了那个女孩。本来这也算不上什么事，可是甲野竟然着迷似的望着人家，结果把茶碗都摔碎了。”

“啊，真的吗？嗯……”

“让人吃惊吧？后来我们乘坐夜间快车回来时，又在车上遇见了那个女孩。”

“尽胡说！”

“哈哈，结果呢，我们和她一起回到了东京。”

“可是，一个京都人怎么会说来东京就来东京呢？”

“所以嘛，这就是一种缘分啊。”

“你……”

“你听我说嘛，甲野在火车上还一直担心呢，说那个女孩是不是要去嫁人什么的……”

“别再说了！”

“那我就不说了。”

“那位女孩叫什么名字？”

“名字嘛……你不是让我别再说了吗？”

“告诉我一下又有何妨呢？”

“哈哈，你也不用太较真了。其实，我都是乱说的，全是哥哥编造的故事。”

“你真可恶。”

系子愉快地笑了。

十一

蚂蚁趋于甘甜，人类向往革新。文明之民身处瞬息万变的生存环境也会抱怨平淡无聊。他们忍受着无暇坐食三餐的忙碌，又担心自己在街头陷入昏睡。文明之民自由自在地生存，随心所欲地死去。世界上，只有文明之民以自身的发展为荣，并为自身的停滞退步而感到痛苦。文明用剃刀削去人们的神经，用擂杵磨钝人们的意志。新奇的博览会，吸引着无数对刺激麻木却又渴望刺激的人。

狗贪恋芳香，人迷恋色彩。狗和人，可以说是对色香最为敏感的动物。无论是紫衣、黄袍，还是青衿，都不过是招揽人的道具而已。奔走于河堤的看客肯定挥舞着五颜六色的旗帜，而陷入狂热拼命划桨的人正是因为受到了色彩的迷惑。天底下，最显眼的东西当属天狗的鼻子，天狗的鼻子自古以来就是显赫的红色。“色彩所在之处，千里不以为远”——色彩迷离的博览会吸引了众多的看客。

飞蛾趋于灯火，人类向往灯光，闪光之物引领着天下。金银、砗磲、玛瑙、琉璃、阎浮檀金①之所以闪烁着光芒，就是为了使人睁开昏昏欲睡的眼睛、抬起疲惫不堪的头。文明之众的晚会使白昼变得短暂，镶嵌在裸露肌肤上的宝石的光彩掩盖了一切。正因为钻石能获取人心，所以它比人心还要高贵。星辰坠落于泥沼，尽管化作星影，却终比瓦砾更加明亮，令观者内心起伏不定。为幻影而欣喜若狂的善男善女们走出家门，全部聚集到霓虹灯之下。

把文明装进名曰“刺激”的口袋里面，从底部过滤出来的东西即为博览会。博览会再经暗夜的沙滤，最终得到的便是闪耀的霓虹灯。卑微地存活于世间的人们，为了寻求自己苟活于世的证据而前来观看霓虹灯，他们为灯光的璀璨而感到大吃一惊。当对文明日趋麻木的文明之民大吃一惊时，才意识到自身尚存于世。

张灯结彩的电车风驰电掣般地驶来，在山下“雁锅[2]”附近卸下满载的看客，似乎在说：“去观看你们生存的证据吧！”“雁锅”早就不存在了，走下车的看客为了找回自己即将消亡的体面，络绎不绝地朝森林走去。

高高的山岗朦朦胧胧地浮现在夜色之中，自本乡开始向东倾落十町之遥，经过根津[3]、弥生、切通等几处道口，把吃惊的人群一股脑地引向下谷。拥挤的人影黑压压地聚集在池塘的一端——世上没有比文明之民更想得到惊喜的人了。

松高难掩花容，樱花透过松枝间隙辉映春宵，经受风吹雨打。一片花瓣飘落，继而两片飘落，接下来又有不计其数的花瓣飘落，转眼间大地便铺上落红，未等先前飘落的花瓣落地，紧接着便又有花瓣从树枝飘落。暴风雪般的落樱不知不觉地停歇下来，枝头的花瓣也安静下来。比肩繁星、守护春宵的樱花不见了踪影。就在此时，霓虹灯亮了起来。

“啊！”系子惊叹道。

“夜晚的世界比白天美呀。”藤尾说道。

芒草穗弯弯地垂着，或左或右地重叠在一起，形成无数个闪着金光的

---

① 佛教用语。阎浮是恒河七大支流之一，阎浮檀金指流经阎浮树间的河流所产的沙金，此金色泽赤黄，又带着紫气，为金中最高贵者。《大智度论》卷三五：“此洲上有此树林，林中有河，底有金沙，名为阎浮檀金。”

② 日本幕末至明治初期上野公园东南口山脚下的著名鸡肉料理店。

③ 东京都文京区的地名，不忍池北部的低洼地带。以下弥生、切通皆为东京都文京区地名。

半圆形——藤尾的腰间就系着一条这种图案的宽腰带。宗近和甲野则站在距腰带一尺远之处。

“这真是一个奇观，就像是置身于龙宫啊。”宗近说道。

“系子小姐，看你好像很吃惊呀。”站在身后的甲野说道。他的帽檐压得很低，都遮住了眉毛。

系子回头一笑，夜色中的笑容犹如在水中吟诗，或许难以传达到想要传达的地方。回头之人身着一件近似于黄色的衣裳，上面有几道胜过夜色的黑竖纹。

“感到惊讶吗？”这回轮到哥哥发问。

“你们呢？”不待系子回答，藤尾回头反问道。她白皙的面孔在黑发的阴影中格外显眼，脸颊边缘在远处灯光的映照下微微泛红。

“我都来三次了，当然不会吃惊。”宗近的脸正对着发出亮光的地方。

“惊讶之中才会发现乐趣，女人乐趣多才能幸福啊。”瘦高个子的甲野笔直地挺着身躯，居高临下地望着藤尾。

藤尾乌黑的眼珠正滴溜溜地射向暗夜。

“那里就是台湾馆吗？”系子若无其事地指着池塘对面问道。

“最右侧前面的那个就是，就属那幢建筑物最漂亮。甲野，对吧？”

“夜晚看最好不过了。”甲野马上补充道。

“嗳，系子，你看它简直就像是龙宫吧？”

“真的很像龙宫啊。”

“藤尾小姐，你觉得呢？”宗近始终为龙宫这个比喻而得意。

“太俗气了吧？”

“什么俗气？那幢建筑物吗？”

“我是说你的比喻。”

“哈哈，甲野，令妹认为龙宫的比喻俗气。就算俗气，可它也像是龙宫呀。”

“比喻贴切的话就会显得俗气，通常是这样的。”

“比喻贴切会显得俗气，那比喻不贴切又会怎样呢？”

“会成为诗吧。”藤尾在一旁插嘴道。

“所以说，诗往往是脱离现实的。”甲野说道。

“因为诗往往都超越现实。”藤尾解释道。

“这么说来，比喻贴切会显得俗气，比喻不贴切又会变成诗。藤尾小姐，那么请你说说什么才是不贴切的比喻呢？”

“那我就说说吧……我哥哥应该很清楚，你去问他好了。”藤尾目光犀利，用眼角扫了钦吾一眼。那眼神似乎在说——不贴切的比喻就是哲学。

“旁边的那个是什么？”系子天真地问道。

横射暗夜的霓虹灯光束是屋顶，直射的光束是柱子，斜射的光束是屋脊。一道光束拖着尾巴如闪电般射向天际，星辰被淹没于虚幻的光的深处，无尽的夜空被染成淡黑色。紧接着，光束自天而降，如焰火般画着卍字形在接近地面处旋转，然后又扭头冲向天空，似乎欲刺穿玉帝的宝座。就这样，光束之塔进入楼宇之中，楼宇又和地面连成一片，从不忍池[①]的此端向对面放眼望去，池塘从左到右都被光束填满，构成了一幅巨大的灯火画卷。

宛如一幅底漆黑里透蓝的高莳绘，不惜使用大量金粉绘出厅堂，绘出楼阁，绘出外廊，绘出曲栏，绘出圆塔和方柱等各种细节。金粉反反复复地涂了许多层，似乎是不想被浪费掉。在夜空里纵横飞舞的光焰线条，一笔一划都井然有序、丝毫不乱，活灵活现地展现出各自的特色。光焰一直在移动，而且移动的速度极快，所以看不出画面有丝毫走形。

“旁边的那个是什么呢？”系子问道。

“那是外国馆。刚好在我们对面。从这里看最好不过了。左侧的那个

---

① 东京都台东区西部、上野公园西南部的池塘。周长约 2 公里，面积约 11 万平方米。

高高的圆屋顶是三菱馆……它的外观很漂亮，怎么形容才好呢？”宗近不禁犹豫起来。

“只有中间是红色的呀。”系子说道。

“就像是王冠上镶嵌着红宝石。”藤尾说。

“的确如此，就像是天赏堂[①]的广告。”宗近故意使用了大众化的比喻。甲野微笑着仰起了头。

黯淡的夜空低垂，逼向大地，斜挂着迷茫闪烁的星星。万点光焰连成柱子、连成屋脊，逆着冲向天际，射向睡眼蒙眬的星星的眼睛。星星的眼睛变得灼热起来。

“天空似乎都烤焦了……或许它像罗马法王的王冠。”甲野的视线从谷中[②]移向上野森林，整整划了一个大圆圈。

“你说是罗马法王的王冠？藤尾小姐，罗马法王王冠这个比喻怎么样？我还是觉得天赏堂的广告比较恰当。”

“哪个都……”藤尾一副事不关己的样子。

“哪个都无所谓吗？反正不可能是女王的王冠。甲野，对吧？”

“这很难说，克利奥帕特拉戴的就是那种王冠。”

“你怎么知道的？”藤尾厉声问道。

“你的那本书上不是这么画着吗？”

“水面比天空还要漂亮呀。”在系子的突然提醒下，大家的话题离开了克利奥帕特拉。

池水白天也显得死气沉沉，此时在风无一丝的夜影压迫下，更是满池如镜。到底自何时起池水没有一丝波澜呢？或许平静的池水也不知道答案。若是百年之前挖的池塘，那么池水已经沉寂了百年；若是五十年前挖的池塘，那么池水已经沉寂了五十年。而此刻池底的腐烂莲根已渐渐钻出

① 本店位于东京银座的老牌珠宝店，创始于 1878 年。
② 东京都台东区地名，上野公园西北侧的地区，拥有众多的寺院以及谷中灵园。

绿芽。生长在泥水中的鲤鱼和鲫鱼，也在黑暗中缓缓地张合着鱼鳃。霓虹灯将高大的物影颠倒，将二百余米的池岸染成红色，统统投放到静寂的水面上。漆黑的死水在瞬间放出异彩，映红了潜伏在泥水中的鱼儿的鳍。

一道润泽光芒向对岸蔓延，光焰所至之处，一切横在前面的物体皆被染红。然而，一座东西走向、共有二十个桥孔的桥将光焰截断。长长的白石桥横跨在黑黝黝的水面上，栏柱顶端的拟宝珠就像是一颗颗照亮黑夜的白色光珠。

被系子的“水面比天空还要漂亮呀”这句话所吸引，其他三人的视线全都集中到了水面和桥上。从这边远远地望去，照耀着石桥栏杆的电灯相隔六尺整齐地排成一列悬在上方，灯下则是络绎不绝的人流。

“那座桥上挤满了人！”

宗近大声地说道。

此时，小野带着孤堂先生和小夜子正在通过这座桥。急于体验惊喜的人群从弁天堂蜂拥而至、从对面的山岗蜂拥而至。人群离开广阔的森林和池塘，从四面八方聚集到细长的桥上。桥上挤得水泄不通，警察站在桥中央高高地举着灯笼，向左右两侧疏导着过往的人群。来往的人们只能挤在一起勉强通过，几乎连脚跟也无暇触地。好容易找到一块可供落脚的方寸之地，心想总算能够让脚跟落在地面时，却又被身后的人群推向前方。无法走却又不得不走。小夜子仿佛身处梦境般地惴惴不安，孤堂先生也是提心吊胆，他怀疑人们这样挤来挤去会不会就是为了压扁他这个落后于时代的人。相比之下，小野则显得从容不迫。即使身处水泄不通的人群中，那种鹤立鸡群的优越感也体现得淋漓尽致。博览会代表着世界新潮，霓虹灯更是代表着世界新潮，为了寻求惊喜而聚集于此的人都是当今世界的男女弄潮儿。他们来此，只是为了发出“啊”的一声惊叹，以增强存活于当今世界的自信。他们彼此相望，互相确认对方的世界便是当今世界，当意识到自己的势力属于多数派之后，才能回家安然入梦。小野在这多数派的当今世界人群中最有代表性，得意也是理所当然的。

得意的同时，小野也有些失意。在旁人眼里，他的身上无疑代表着世界新潮。然而，此时他却不得不背负着两个落后于时代的包袱，与那段令他抬不起头的过去紧密地联系在一起。这些假如被当今世界的人发现，那就不仅是围观的问题，而是对他的诘问。这就如同去看戏，总是在意身上穿的外褂的花色是否合乎潮流，而根本无法集中精神看戏。小野感到很没面子，在人群之中尽可能地快步向前挤去。

“爸爸，您没关系吧？”小夜子在身后招呼道。

“啊，没关系。”被不认识的人们推搡到前面的孤堂先生答道。

“我可放心不下……”

“不要紧，就劲儿推着前面的人走就可以了。”让过身旁的人后，孤堂先生好不容易和女儿会合到一起。

“一直被别人推搡着，根本就没法推开前面的人呀。”女儿依然惊魂未定，但消瘦的半边脸颊还是浮现出一丝笑容。

“你不用往前挤，被别人推着向前挪动就可以了。”话音未落，两人又被推向前方。警察的灯笼从孤堂先生的黑色帽子上掠过。

“小野在哪里呢？”

“在那边呢。”由于被别人的肩膀阻挡，小夜子无法抬起胳膊，只能用眼神示意。

“哪里？”孤堂先生无法站稳双脚，只能踮起穿着矮齿木屐的脚尖，伸长脖子向前张望。就在先生的腰部失去重心的一瞬间，身后性急的文明之民蜂拥而至，先生被挤得朝前倒了下去。危急关头，站在前面的文明之民的脊背起了作用，托起了先生即将倒下的身体。尽管文明之民总是急着向前走，但还是蛮有爱心的，会用脊背对人施以援手。

一筹莫展的父女任凭文明的人潮将他们推送到弁天堂附近。此处为长桥的尽头，桥上的人双脚一踏上地面便立即向两边分开，乌黑的头四下里散开。父女两人终于能够直起腰来了。

春夜逐渐流逝，在微微泛蓝的暗淡夜色中仍然可以看到樱花。尘世的灯火在树下将历经风吹雨打尚存于枝杈的八重樱照得雪亮，迟开的夜樱寄托着世人的祈愿，散发出阵阵幽香。朦胧夜色中，樱花宛如件件雕琢出的粉红色螺钿工艺品。用雕琢来形容显得有些生硬，用飘浮来形容又感到游离在空中。该如何来形容这个夜晚和这些樱花呢——小野一面思考一面等待父女两人。

“人真是多得吓人呐。”从后面赶上来的孤堂先生说道。先生说吓人是发自内心的，就是我们通常所理解的可怕之意。

“人的确很多。”

“我都想快点回去了，人多得实在可怕啊。究竟是从哪里冒出这么多人呢？”

小野微微一笑。如同蜘蛛卵般地散布在阴暗森林各个角落的文明之民都是自己的同类。

“到底是东京啊，没想到会是这样。真是个可怕的地方。”

局面是势力的积蓄。产生势力的地方令人恐惧。不足一坪的臭水坑里蠕动着大量蝌蚪的场面都会使人感到恐怖，更不用提轻而易举地就能造出具有高等文明的蝌蚪的东京有多么恐怖了。小野再次露出微笑。

“小夜子，你怎么样？好险啊，差一点儿就走散了。在京都可不会发生这种事情啊。”

“过那座桥的时候……我都不知道该怎么办才好。好可怕呀……”

“现在没事了。你看上去脸色不太好啊，是不是累着了？”

“就是有点儿……”

“难受吗？那一定是因为你平时走路少，不习惯一下子走这么多路造成的，再加上又是这么多人。找个地方歇一会儿吧……小野，有可以休息的地方吧？小夜子说她有点儿难受。”

“是吗？我们去那边吧，那里有很多茶馆。”小野又走在了前面。

命运造就了一个圆池塘，环绕池塘行走的人注定会在某个地方邂逅。相遇之后各奔东西，也不失为一种幸福。曾经有人这样写道：“在人潮涌动、灰云笼罩的伦敦，那个让你朝思夜想、望穿秋水，即使跑断双腿也寻觅不到的人，却在仅一墙之隔的邻家眺望着暗淡的长空。即使如此，两人依旧无法相遇，一生都无法相遇，或许直至骨骼化作舍利，坟墓杂草丛生，仍然无法相遇。”命运用一面墙永远隔开了有情人，同时又在圆池塘周围令意想不到的双方不期而遇。意想不到的双方正绕着圆池塘行走，他们逐渐地接近。不可思议的命运之线甚至将这个暗夜也缝合在了一起。

“怎么样？女士们都累了吧？我们坐下来喝杯茶吧？”宗近说道。

“不要说是女士，连我都累了。”

“连系子的体力都比你好呢。系子怎么样？还能走得动吗？”

“走得动呀。”

“还能走得动？太厉害了！那么，就不必喝茶了吧？”

“可是，钦吾先生不是说想休息一下吗？”

“哈哈，你可真会说话。甲野，系子说想让你休息一下。”

“太好了。”甲野的脸上浮现出一丝笑意，用同样的口气又问道，“藤尾也愿陪我休息吧？”

“只要你愿意。”藤尾简洁地回答。

“反正我是赶不上你们女人的。”甲野最终做出了决定。

走进临时搭建在池塘边的西洋风格茶馆的入口，可以看到宽敞的大厅内摆放着多张小桌子和椅子，三四人一组的客人这儿一桌、那儿一桌地凑在一起聊天。坐在哪里好呢？宗近将约有四五十人的大厅环视了一遍，突然用力拉了一下站在身体右侧的甲野的衣袖。站在身后的藤尾马上心生狐疑，但怕大惊小怪地去问有失体面。

“那边有空位子。”甲野不动声色地说完这句话，大踏步地朝里面走去。跟在后面的藤尾扫视着宽敞的大厅，把每个角落都看了个仔细。系子则低着头穿过大厅。

“喂，看到了吗？”宗近首先坐了下来。

“嗯。”甲野简短地回答。

“藤尾小姐，小野也来了。你回头看看吧。”宗近又说道。

“我知道。”藤尾答道。她的头一动没动，黑眸发出异样的光芒，双颊在电灯的映照下显得有些发烫。

“他在哪里？”系子漫不经心地侧着柔弱的肩膀转过头去。

入口的左侧尽头，第二排靠墙的桌子旁围坐着小野一行人。而宗近等三人则坐在入口正对面右侧靠窗的桌子旁。侧着肩膀的系子，视线从散布在宽敞大厅里面的客人身上一一扫过，最后把目光落在相隔甚远的小野的侧脸上。小夜子的脸朝着这边，孤堂先生则背朝着这边，只能看到他脊背的和服纹样。他那饱含着春夜寂寞、任由世事变化和年龄增长却久未修剪的花白胡须带着几分忧愁，正朝向小夜子那边。

“哎哟，他和朋友在一起呢。”系子转过头来，目光和坐在对面的甲野碰在一起。甲野一言不发，在竖夹在烟灰缸上的火柴盒侧面“嗤”地划着一根火柴。藤尾也不说一句话，或许她已打定主意今晚不和小野打招呼。

“怎么样？漂亮吧？”宗近以调侃的口气问系子。

藤尾低头望着桌布，看不到她的眼神，只看到她那浓浓的眉毛抽动了一下。系子没有察觉，宗近满不在乎，甲野则表现出一副超脱世俗的样子。

“很漂亮，你说呢？”系子望着藤尾。藤尾依旧低着头。

“嗯。”藤尾冷淡地答道，声音低得不能再低。当对方提出不值得回答的问题，或者是不屑于附和对方时，女人通常会采用这种态度。女人拥有高超的本领，能用肯定句表达否定的意思。

“甲野，你看到了吗？太让人吃惊了。”

“嗯，是有些不可思议啊。”甲野把烟灰弹在烟灰缸里。

“我就说嘛。”

“你说了什么呢？”

“我说过的话，你都忘了吗？”宗近也低头划着一根火柴。就在这一瞬间，藤尾的目光射向了宗近的额头。宗近却对此浑然不觉，当他点燃叼在嘴里的香烟抬起头时，闪电般的目光已经消失。

“哎哟，你们两个在搞什么鬼……在说什么呢？”系子问道。

“哈哈哈哈，这件事很有意思啊。系子……”宗近的话还未说完，红茶和西式点心端上来了。

“哎哟，亡国点心来了。”

“为什么是亡国点心呢？”甲野把红茶杯移到面前。

“就是亡国点心啊，哈哈哈哈。系子你应该知道亡国点心的由来吧？”宗近边说边把方糖抛入杯中。方糖“嗤嗤”地轻响着，泛起蟹眼般的气泡。

“我可不知道那种事。”系子用小匙在杯中来回地搅拌。

“哎，爸爸不是说过吗？连学生都吃西式点心的话，日本也就没有希望了。”

“嘻嘻，爸爸怎么会说出这种话呢？”

“没说过吗？你的记性可真差呀。前些日子和甲野一起吃晚饭时，爸爸不是说过这话吗？”

“爸爸不是这样说的呀。他说一个学生家却整天吃西式点心，简直就是在混日子。不是吗？”

“哎哟，是吗？没有说亡国点心吗？不管怎么说，爸爸可是最讨厌西式点心了。他就是喜欢柿子羊羹、味噌松风①之类的古怪东西。这类东西在藤尾小姐这样的新潮人类看来，简直就是不屑一顾。”

“你不要说爸爸的坏话了。哥哥你已经不是学生了，即便是吃西式点心也没有关系的呀。”

“这么说，我再也不用担心会挨骂了？那我就来一块吧。系子，你也

---

① 日本京都的特产糕点。由小麦粉、砂糖、麦芽糖、白味噌混合后经过自然发酵，表面撒上罂粟籽粉末，用平底锅烧制而成。

吃一块。藤尾小姐，你也吃一块怎么样？……可是话说回来，今后像爸爸这样的人在日本会越来越少，实在是可惜呀。”说完，宗近把一大块巧克力蛋糕塞进嘴里。

“呵呵，就你会耍贫嘴……”系子向藤尾望去。藤尾没有回答。

“藤尾你怎么什么都不吃？”甲野把茶杯凑向嘴唇边问道。

“吃不下了。”藤尾说完便没了下文。

甲野慢慢地放下茶杯，把头微微地转向藤尾这边。藤尾暗想，看你还要说什么，却仍目不转睛地注视着映在玻璃窗上的霓虹灯残影。哥哥的头又慢慢地转回了原来的位置。

四人离开座位时，藤尾目不转睛地注视着正前方，如同木偶的女王那样昂首挺胸地走出了入口。

“藤尾小姐，小野早就走了呀。”宗近玩笑般地拍了拍藤尾的肩膀。藤尾感到刚才喝下的红茶在胸中沸腾起来。

“惊讶之中才会发现乐趣，女人真是幸福啊。”再次进入人群中时，甲野不知为何把刚才说的话又重复了一遍。

惊讶之中才会发现乐趣！女人真是幸福啊！回到家后，直到进入梦乡，这两句话就如具有讽刺意义的铃声，一直回响在藤尾耳畔。

十二

有人凭借十七字[①]极力表现贫穷，不无得意地把马粪、马尿吟入诗中[②]。芭蕉让青蛙跃入古池[③]，芜村携伞去观赏红叶[④]。到了明治时代，有个名为子规[⑤]的人，竟然想通过喝丝瓜水来治疗脊髓病。时至今日，以贫穷为荣的风潮依旧未衰，然而小野对此却不屑一顾。

仙人食流霞，饮朝沆。诗人的食物是幻想，要沉醉于美丽的幻想必须要有充裕的时间，而要实现美丽的幻想必须要有足够的财力。二十世纪的诗趣与元禄时代[⑥]的风雅有着天壤之别。

文明的诗由钻石而来，由紫色而来，由玫瑰香、葡萄酒和琥珀杯而来。冬天，围坐在带斑纹大理石的地炉台边，燃起漆黑的煤炭为穿着丝绸袜子的双足取暖，会令人感到诗意；夏天，盛在冰盘中的草莓将那甘甜的血红色融入奶油的洁白之中也会令人感到诗意；有时候，它存在于温室里，热带植物奇兰正炫耀似的散发出芬芳；有时候，它体现在和服的织锦宽腰带上，腰带以明月高悬的田间小径为底绣着一幅秋日原野的画卷；有时候，它又在各种绸缎和服衣袖擦身而过的一瞬间现身——文明的诗体现在金钱之中。为了尽诗人的本分，小野必须要拥有财富。

俗话说，作诗不如种地。纵观古今，靠写诗发家致富的寥寥无几。尤其是文明之民，与其说是喜爱诗人的诗，不如说是喜爱诗人的行为。他们不分昼夜地把文明的诗变为现实，在风花雪月之中诗化着富足的现实生活——小野的诗一文不值。

写诗是世上最不赚钱的行当，同时也是最需要钱的。文明的诗人必须靠他人的金钱才能作诗，必须靠他人的金钱才能过上美好的生活。小野把欣赏自身才华的藤尾作为靠山，是顺理成章之事。他听说藤尾家有着中产阶级之上的家产，藤尾的母亲绝不会答应钦吾只是用几件衣柜、箱子就把同父异母的妹妹打发嫁人。况且钦吾又是体弱多病，说不定母亲也会打算替亲生女儿招个上门女婿。有时候，他很想为自己算上一卦，竟然每次抽到的都是上签。小野深知欲速则不达的道理，唯有老老实实地关注着事态的自然发展，静待优昙华⑦绽放的那一天来临。小野没有采取主动出击的手段，因为他根本就不是那种性格的人。

世界对这个前途无量的年轻人来说是悠长的，春天就是在他那得意洋洋的额头不停地吹上九十天的东风。小野是个性情温和、凡事都顺其自然、很有耐心的人，然而此时，过去却朝他迎面袭来。如二十七年漫长梦境般的往昔本已被抛在身后，干净利落地消失在西面的故地，然而里面却出现了一滴墨汁般的小黑点，紧追不舍地来到这灯火通明的大都市。人就是这样，在别人的拥推下，即使不想向前走也会身不由已地向前冲去。原本打算耐着性子等待时机到来的诗人，不得不加快脚步走向未来。黑点刚好停在小野的头顶，抬头仰望，黑点似乎即将旋转起来，假如它落下的话，便会形成一场暴风雨。小野缩着头，只想快点逃离

---

① 指日本的俳句，俳句由五、七、五三句共十七个音节构成。

② 指松尾芭蕉的“虱咬跳蚤叮，枕边时响马溺声，难熬旅夜梦”，以及与谢芜村的“马粪满地面，红梅飘洒落不断，花粪竞相燃”。

③ 松尾芭蕉（1644—1694），日本江户前期的俳句作家。此处的俳句指“悠悠古池塘，青蛙入水发声响，几丝波纹荡”。

④ 与谢芜村（1716—1783），日本江户中期的俳句作家，画家。此处的俳句指“红叶满山峦，观赏多个小心眼，带上两把伞”。

⑤ 正冈子规（1867—1902），日本俳句、和歌作家，三十五岁逝世，临终前曾写三首以丝瓜为季语的辞世俳句，其中一首是“喉堵痰一斗，频频喝下丝瓜水，回天力已无”。

⑥ 江户前期，以元禄年间（1688—1704）为中心的时代。

⑦ 即优昙花。佛教认为其三千年一开花，开花时金轮王现世。

此地。

因照顾孤堂先生以及忙于其他琐事，小野已经有四五天没去甲野家了。昨夜为了表达对昔日恩师的感激之情，他勉强抽出时间陪先生和小夜子参观了博览会。蒙人之恩无论是以前还是现在，终究是恩。小野不是那种无情无义、忘恩负义的诗人。孤堂先生教过他“漂母饭信”的感恩故事，小野打算今后将尽一己之力帮助孤堂先生。作为一个高尚诗人，救人于危难之中是应尽的义务。对于性情温厚、正值春风得意的小野来说，尽了这份充满人情味的义务，并将其作为自身历史中值得追忆的诗的素材保留下来，无疑是一种最适宜的体面行为。然而，一切事情都需要钱，和藤尾结婚才会有钱。早一天结婚，才能早一天随心所欲地照顾孤堂先生。书桌前，小野发明出这样一种逻辑。

之所以要早点和藤尾结婚，并不是为了抛弃小夜子，而是为了照顾好孤堂先生。小野认为自己的想法没有任何错误，就算别人问起也能光明正大地做出辩解。小野是个思路清晰的人。

想到这里，小野翻开了书桌上的那本茶色封面上烫着金字的厚厚的书籍。一枚书签映入了眼帘，上面以新艺术风格画着掩映在翠柳丛中的红瓦屋顶。小野用左手移开书签，透过金丝框眼镜阅读起细小的铅字。就这样平静地读了大约五分钟之后，小野的眼睛不知不觉地离开页面，开始凝视起日影斜射的纸拉窗的窗框。已经四五天没见到藤尾了，她一定会有想法的。往常的话，别说四五天就是十天不见面也用不着担心。可是如今，过去已经追赶上了小野，可以说一刻值千金。每见一次面，就意味着离目标又近了一步。不见面的话，那条把彼此联系在一起的本该越拉越近的爱情纽带将不会丝毫变短。而且，恶魔也会趁虚而入，或许太阳在没有见面的半天内便落山，闷在家中的一夜间明月便会西斜。小野难以预测，由于这四五天的疏忽，藤尾的眉宇间会放出多少道闪电。为写论文而用功固然重要，但藤尾比论文更加重要。小野“啪”的一声放下手中的书籍。

拉开贴着芭蕉布[①]的壁橱门，只见上层放着铺盖，下层放着柳条箱。小野拿起叠在柳条箱上的西装，迅速地换上。挂在墙上的帽子，似乎正在等待主人。“哗啦”一声，小野拉开纸拉门，正当他急切地将穿着羊绒袜子的双脚勉强塞进红带子的室内用拖鞋时，女佣来了：

“哎哟，您要出门吗？请等一下吧。”

“什么事？”小野的视线离开拖鞋，抬起头来。女佣正在笑着。

“有什么事吗？”

“是的。”女佣依旧笑个不停。

“什么呀。开玩笑吗？”小野刚一迈步，脚上的新拖鞋被甩了出去，顺着擦拭得干干净净的走廊滑向白天放置煤油灯的房间。

“呵呵，看把您慌成这样。有客人来了。”

“是谁？”

“哟，您明明一直在等着，还装糊涂……”

“一直在等？等什么？”

“呵呵，您真是一本正经啊。”不待小野回答，女佣便笑着转身走向门口。小野满脸疑虑地把拖鞋摆放好，站在纸拉门旁向走廊尽头张望，他猜不出来人到底是谁。小野挺着高挑的身体，站在昏暗的走廊一头。他头上的深褐色礼帽几乎要超过门框，一身笔挺得体的西装显得质朴无华，从马甲狭窄的领口处露出的雪白衬衫和衣领看上去极有品位。小野穿着得体的衣裳站在有些土气的走廊边上，强抑着忐忑不安的心情，透过斜架在鼻梁上的发亮的眼镜片向走廊尽头张望。他一面张望一面想，来人到底是谁呢？小野的双手插在西装裤的口袋里面，这是一种在慌乱中故作镇定的姿势。

“拐过去之后，一直朝前走就是。”随着女佣的话音，小夜子的苗条

---

① 用芭蕉叶的纤维织成的布，为日本冲绳县奄美大岛的特产。质地坚韧、透气性好，常用于制作夏季服装、蚊帐以及坐垫等。

身影出现在走廊的那一头，只见她身上绛紫色缎子面料的龙纹部分反射着异样的光芒。小夜子身穿普通的平纹绸带衬里和服，白色袜子的脚背部分露在外面，当她快步转过拐角时，和服内的贴身长衬裙隐约露了出来。走廊里没有任何障碍物，男子和女子的视线相隔七步互相落到对方的脸上。

男子大吃一惊，表面却仍保持镇静。女子也吃了一惊，不禁犹豫起来，为了掩饰脸上的红晕而露出做作的慌乱笑容，无力地垂下双肩。女子的头发没有涂油，发髻侧面有一个琥珀色的宽大的绢制蝴蝶结，舒展着那微微起皱的亮丽双翼。

“过来吧。”小野打着招呼，对面的人走近一些。

“您是不是要出门……”女子双手交叉放在身前，稍微抬起垂下的肩膀，一脸歉意地站在那里不动。

“不……请进来吧。来啊。”男子的一只脚退回了房间。

“打扰了。”女子依旧交叉着双手，双足擦着地面走了过来。

男子完全退回到了房间内，女子也随后跟了进来。明媚的阳光照进窗户，似乎在催促两个年轻人进行富有青春气息的会话。

“昨晚蒙您在百忙之中……”女子跪坐在门口，双手撑住地面致谢。

“哪里哪里，你一定很累吧？现在感觉怎么样？身体好了吗？”

“是，托您的福。”女子答道，不过她的脸色看上去有些憔悴。见男子变得认真起来，女子马上解释道：

“我很少有机会去那种人多的地方。”

文明之民为了从惊讶中得到快乐而举办博览会，过去的人观看霓虹灯后只有吃惊和恐惧。

“老师怎么样？”

小夜子没有回答，只是淡淡一笑。

“我记得老师也不喜欢人多的地方。”

“或许是上了年纪的原因吧。”女子似乎有些歉疚，把视线从男人身上移开，望着放在榻榻米上的木化石茶托，而京烧[①]的青花茶碗从刚才便一直搁在膝上。

“给你们添麻烦了。”小野从口袋中掏出香烟盒。香烟盒上雕刻的画倒也精致，夜空中一轮皓月映照着富士山和三保松原[②]，不过绿色的松树看上去有些俗气，有失诗人的体面，或许是喜好奢华的藤尾所赠。

“不，怎么能说添麻烦呢？本来就是我们拜托您的……”小夜子马上否定了小野的话。小野打开香烟盒，在烟盒内侧镀金面的映衬下，清冽的银制烟盒透出一股华贵之气。忧郁的女子不禁在心里暗暗称奇。

“假如只有老师一人，或许应该带他去比较闲静的地方为好。”

小夜子明白，父亲特意让忙碌的小野抽出时间陪他去不喜欢的拥挤场所，完全是出于对自己的关爱之情。然而，令人不安的是，自己也不喜欢人多的地方。父亲一片苦心，给自己创造了一个和小野在春宵并肩携手、悠闲漫步的机会，可是自己依然无法接近小野。小夜子迟疑着，不知该如何回答是好。小夜子之所以迟疑不决，并非是出于顾全对方的面子，不想令对方难堪的起码礼貌，更多是因为一种难过的心情。

“对老师来说，还是适合居住在京都吧？”小野又问道，也不知他看没看透小夜子的心思。

“来东京之前，他一直在说要早些搬过来，可是来了之后，还是觉得住习惯的地方比较好。”

“是吗？”小野平静地回答，心里却想既然如此为何还要来呢？想到自身的处境，他觉得先生的做法很愚蠢。

“那你呢？”小野又问道。

小夜子又不作声了。东京是好是坏，完全取决于眼前这个叼着洋烟的青年的一念之间。就好比船夫问乘客“你喜欢坐船吗”，乘客只能回答

---

① 指日本桃山时代以后，京都产陶瓷器的总称。

② 日本的名胜地，位于静冈市三保半岛邻近骏河湾的海岸，是眺望富士山的绝佳场所，2013 年被列入世界文化遗产。

“谈不上喜欢不喜欢，就看你怎么掌舵了”。船夫提出这种不负责任的问题无疑会令乘客感到恼火，同样道理，主宰自己喜欢与否心情的人以事不关己的态度问“喜欢不喜欢”，着实令人心生怨恨。小夜子默不作声。她心想，小野为什么这么不爽快呢？

男子从马甲口袋里取出怀表望了一眼。

“您要外出吗？”女子马上明白了。

“是，有点儿事。”男子顺势说道。

女子又不作声了。男子有些焦虑起来——藤尾或许正在等着他。两人沉默了片刻。

“其实，我父亲他……”小夜子把心一横，总算开了口。

“哦，老师有什么事？”

“有一些东西要买……”

“是这样啊。”

“如果小野先生有空的话，父亲希望您能陪我去一趟劝工场[①]把东西买回来。”

“哦，是吗？非常抱歉。偏偏我有急事，必须马上出去一趟……不如这样吧，你把要买什么告诉我，等我回来时买好，晚上再给你们送过去。”

“那太过意不去了……”

“没关系。”

父亲的一番苦心再度化作泡影，小夜子颓然而归。小野把摘下的帽子重新戴好，迫不及待地离开了家门——与此同时，在行将逝去的春天里，舞台转换为另一幕。

外廊前的紫玉兰几经雨打，花瓣渐渐枯萎，变成了茶褐色。藤尾正吹

---

① 明治、大正时代日本独特的百货商品贩卖店。起源于1877年东京上野公园的第一届劝业博览会，闭会后商家把剩余的库存品汇集在一起继续贩卖，并于翌年创立了首家“第一劝工场”。中国清末的劝业场即效仿劝工场而建。

晒的头发遮掩住了腰带，只要一转头，便会微微腾起一团水汽。她一头黑发朝着廊外，任由微风吹拂、阳光照耀，就在刚才还曾落上一只翩翩起舞的黄蝴蝶。但她面朝屋内，对此漠不关心。身后射来的阳光，使遮住耳朵的鬓发在香肩留下一片暗影，她那富有弹性的侧脸温润婉约。越过万缕青丝闪亮的深紫色香肩向对面望去，使人一下子便会从耀眼的强光中解脱出来。日暮蓼花淡，佳人潜玉面。阳光在浓密秀发的遮挡下洒落在外廊，日影下另一侧的瘦削面孔看上去有些模糊，只有浓描过的眉梢清晰可见，眉毛下那双修长的黑眼睛不知在诉说着什么。藤尾的胳膊肘放在一张拼花小木桌上，俯首而坐。

黄金之锤撞击着心扉，青春的杯盏盛满爱的热血，扭头不饮则意味着心理缺欠。月斜慕青山，人老妄说道。年轻的天空繁星璀璨，年轻的大地落英飞雪，年复一年直到二十岁，爱神终于羽翼丰满。闪光的黑发在春风中婆娑飞舞，织成一张绫罗般的蛛网悬挂在五彩屋檐下，只待男子自投罗网。落网的男子如同在迷宫中寻找夜光珠，被闪烁着紫光的十字、卐字丝网搞得神魂颠倒，直到来世都无法解脱。女子只是愉快地望着。基督教的牧师说要拯救他，临济[①]、黄檗[②]也劝诫他要醒悟，而女子却黑眸流转让其继续迷乱下去。不为所惑者皆是女子的敌人，只有男子迷乱、痛苦、癫狂、躁动时，方能令女子称心如意。女子从栏杆中伸出纤手命男子学狗叫，叫过一遍女子还想听第二遍，男子只能汪汪地叫个不停，女子的半边脸颊绽开笑靥。狗汪汪地一边叫一边左右乱窜，一旁的女子则默不作声。狗竖起尾巴嬉闹着，女子愈发得意起来。藤尾认为，这就是所谓的爱情。

她不会爱上一尊石佛，因为她从一开始就明白石佛不解爱为何物。爱情建立在认为自身拥有被爱资格的自信基础上，然而有的人认为自身拥有被爱的资格，却没有意识到自身并无爱别人的资格。通常，这两种资格会

---

① 中国唐代高僧临济义玄，临济宗的鼻祖。
② 中国唐代高僧黄檗希运，师从百丈怀海，临济义玄为其门下。

成反比。极力标榜自身拥有被爱资格的人，会逼迫对方做出各种牺牲，因为这种人不具有爱别人的资格。小野的处境很危险，因为灵魂被美目盼兮的女子勾去的人必定会被对方吞噬。藤尾生于丙午[①]年，把性命托给巧笑倩兮的女子必定会招来杀身之祸。藤尾只懂得以自我为中心的爱，从未想过世间还有为他人着想的爱。藤尾善解诗趣，却不懂道德。

爱情的对象仅仅是玩具，是一件神圣的玩具。普通玩具的作用仅仅是供人把玩，而爱情的玩具则是以互相把玩为原则。藤尾玩弄男人，却容不得男人对自己的任何玩弄。藤尾是爱情的女王，必须是有悖常理的爱情才能被她所接受。即当专门的被爱者与专门的求爱者沐和煦春风，于潮起潮落中邂逅于天地之间时，这种畸形的爱方能成立。

以自我为中心的爱情，就如同头戴消防头盔[②]痛饮甜酒，看上去不和谐。爱情能熔化掉一切，用饴糖浇制的工艺品风筝，即使看上去棱角分明，迟早也会熔化。然而，把自我浸泡在爱情之水中，即使经过三天三夜也未必变软，它始终坚硬如初。以自我为中心追求爱情者就如同一块冰糖。

莎士比亚评价女人说："弱者啊，你的名字是女人。"然而，弱者以自我为中心所引发的爱情，犹如向刚出锅的松软米饭撒上一把花岗岩砂砾，把毫无戒备的人硌得冷汗直流、臼齿嘎吱作响，吃饭的人没有橡胶一样的弹性恐怕不行。自我意识强烈的藤尾为了爱情而选择了没有自我意识的小野。蝉即使落入蛛网也不挣扎，但它会伺机破网逃走——对藤尾而言宗近便是这样，捕获容易驯服难。以自我为中心的女子喜欢只需抬起下巴便呼之即来的男人。小野不但会即刻赶来，而且每次都会带来诗歌的珠宝。他做梦也没想到要玩弄藤尾，他奉献出一腔真诚，把成为藤尾的爱情玩具作为荣誉。他从未想过藤尾是否有爱他的资格，只是痴情地认为藤尾

---

① 日本的迷信，认为丙午年出生的女人会弑夫。

② 日本江户时代头部所使用的消防用具，武士使用头盔和头巾，百姓使用皮革、粗布等代替头盔。

具有被爱的资格，这在她的眼睛、眉毛、嘴唇以及对自己才华的认可与仰慕中体现了出来。藤尾的恋爱对象非小野莫属。

本应唯唯诺诺地出现在面前的小野，竟然四五天都没有露面。淡妆轻抹的藤尾每日守在梳妆镜前，把自我的棱角隐藏在镜中。可是到了第五天，也就是昨晚……惊讶之中才会发现乐趣！女人真是幸福啊！甲野的话如嘲讽的铃声至今仍在耳畔回响。藤尾把胳膊肘放在桌面，一动不动地任凭阳光照射着闪光的黑发。背朝外廊，面孔藏在阴影之中。这种坐姿表示所想心事见不得阳光，古来便是如此。

不用绳索便把一个俘虏捆绑得结结实实，而且对方也以被俘为荣，呼之即来、挥之即去，本以为他绝无二心地甘于受自己差遣，可是掀开美丽的叶子一看，背面竟然有一条毛毛虫。与意中人并排站在穿衣镜前，对方信誓旦旦地说“放心吧，镜子里只有你我二人”，可向镜中望去事实却并非如此。男人依旧还是那个男人，可紧靠在他身边的却是个陌生人。惊讶之中才会发现乐趣！女人真是幸福啊！

当隔着几张桌子看到灯下那张苍白得发青的忧郁面孔时，藤尾想，假如在自己身旁，他绝对不会去接近其他年轻漂亮的女子，可现在竟然看似不安又似关切地和那个女子隔着桌角相邻而坐。藤尾感觉似乎被一根撞木狠狠地击中心脏，全身的热血一下子都涌上了面颊。脸上的潮红似乎在说，你应该暴跳如雷！

而此时心中的另一个自我猛然站了起来，对藤尾说，既然事情已经如此，你不能回头也不能有任何疑问，发一点点牢骚都会显得自己没有水平。你必须从容地对他们视而不见，不和那种没有水平的人一般见识。如此一来，那个男人一定会颜面尽失。这才是真正的复仇。

自我意识强烈的女人即使在紧要关头也不会露出不安的神色。当一直依赖的人见异思迁时，才会产生怨恨。对侮辱最恰当的行动是愤怒，这是掺杂着懊悔与妒忌的愤怒。文明的淑女视侮辱为第一义，对她来说受到侮辱是一件比死亡还要难堪的事。小野确实令淑女蒙受了耻辱。

爱情的基础是信仰，而信仰容不得心中同时拥有两尊神祇。明明已经向拥有被爱资格的我俯首称臣表示愿意皈依，却又心怀不忠地转头花花世界，去摇响别家神社的铃铛。无论是牛头[①]还是马骨[②]，有人想供奉那是他们的自由，只是你小野既然已向任性之神奉上了祈求爱情的香钱，就不能再去他方求签问卜了。藤尾的黑色眸子骤然射出肉眼看不到的光束，在空中编织出一张无形的网，小野就是落入网中的猎物。决不能放他出去，要把他当作神圣的玩具仔细地享用一生。

所谓神圣，就是自己独享的玩具决不能让旁人碰一根指头。然而，自昨晚开始，小野已经不再神圣。不仅如此，也许在小野眼里自己才是他的玩具——支着胳膊肘俯首而坐的藤尾的眉毛抽动了起来。

如果真被当成玩具，可不能就此善罢甘休，自我会使爱情变得支离破碎。刁难小野的方式有很多。贫穷令爱情变得枯竭，富贵令爱情变得奢华，功名只会牺牲爱情，自我则会践踏眷恋的爱情。在自我的驱使下，人可以用一把尖锥刺穿自己的大腿展示给旁人看，也可以谈笑自若地舍弃自己认为最有价值的物品。强烈的自我意识，甚至可以在虚荣的市井中屠杀自身性命。撒旦离开天堂倒栽着坠入黑暗地狱时，地狱的阴风擦着他的耳畔呼叫着“自尊！自尊！”——俯首而坐的藤尾咬紧了下唇。

没见面的这四五天里，藤尾曾想过给小野写信。昨晚回家后马上动笔写了起来，可是写了五六行就莫名其妙地把信撕成了碎片。决不能写信！一定要等他主动来低头认错。只要自己保持沉默，他就一定会来，到时候让他好好地向自己赔罪。可是，万一他不来呢？这样的话，倒是不知如何是好，要知道自我只有在自己的领地才能发挥威力。藤尾默默地念叨着：没关系，他会来，一定会来！藤尾没有猜错，一无所知的小野在自我的牵引下，正向这里一路赶来。

---

① 指地狱中牛头人身的恶鬼。
② 日语中指来历不明的人。

就算小野来了，也决不能问他昨晚那个女子的事。如果开口询问，说明自己很在意那个女子。昨晚在餐桌上，哥哥和宗近一唱一和地说些莫名其妙的话暗示小野和那个女子的关系，就是故意想让自己着急。要是低三下四地询问的话，就等于向对方屈服。如果他们俩打算联手捉弄自己，那就随他们去。要找出一个反证，推翻所谓的事实给他们瞧瞧。

首先，必须要让小野道歉。狠狠地向他发一通脾气，然后让他向自己道歉。同时，也要让哥哥和宗近向自己道歉，要让他们明白小野是属于自己的，他们调侃自己的恶作剧没有任何意义。要让他们亲眼看见自己和小野亲近的场面，让他们出尽洋相后向自己赔罪。藤尾把脸庞埋在刚洗过的长发里，正思索着该如何用“以我为主”完美解决两件矛盾的事情。

安静的外廊响起了脚步声，一个瘦高的身影蓦然闪出。碎花夹和服前襟敞开着，里面贴身的灰色毛纺衬衣在胸口形成一个长长的倒三角形，上面依次是长脖颈和苍白的长脸。卷曲的头发看起来似乎两三个月都不曾修剪，已经有四五天都没有梳理过。浓眉和髭须倒很美，髭须又黑又密，虽然没有经过修剪但别具一番自然的情趣，不经意间显示出主人的性格。一条肮脏的白绉绸腰带在腰间缠了两圈，余下的两端打了一个长短不齐的结，耷拉在右侧袖兜下方。和服下摆根本就没有对齐，就如同披着一件宽松的僧衣，下面露出了黑色的布袜子。全身上下只有袜子是新的，抽一抽鼻子，似乎就能闻到染料的气味。钦吾陈旧的头配着崭新的脚，仿佛在世上逆着人群行走，慢悠悠地来到了外廊。

一尘不染的细木纹地板几乎可以映出袜子底部的云斋织[①]花纹来，听到轻轻的脚步声，藤尾披散在背部的黑发不禁为之一颤。与此同时，踏在外廊上的黑色袜子映入眼帘，女子不用抬头就知道袜子的主人是谁。

黑色袜子悄悄地走了过来。

---

① 日本近代的一种斜纹棉布，质地结实，多用于袜子底部以及围裙等，由冈山县津山市的云斋所创。

“藤尾。”

身后传来呼唤声。钦吾似乎停下了脚步，把脊背靠在防雨套窗的铁杉木立柱上。藤尾沉默不语。

“又做梦了？”钦吾站在藤尾的身后，低头望着她那刚刚洗过的平滑柔软的长发。

“什么事啊？”女子说完便转过了头，就像赤练蛇昂起头来一样，黑发上方的水汽顿时消散。

男子脸色苍白，目不转睛地向下望着转过头来的女子的额头：

“昨晚玩得有意思吗？”

“是的。”

女子把热腾腾的米粉团一口吞下，爱理不理地答道。

“那就好。”男子不紧不慢地说。

女子有些焦急起来。好胜的女子感觉自己处于被动时，会马上变得焦躁，对方越是镇定她就越是焦躁。假如对方竭尽全力地发动攻势还好说，若是一面进攻一面从容不迫地倚着柱子俯视自己，就等于强盗一边盘腿喝酒一边打劫，未免太自以为是了。

“你不是说惊讶之中才会发现乐趣吗？”

女子以攻为守，男子依然不动声色地俯视着女子，甚至看不出他是否明白了女子的意思。钦吾在日记中写道：有人把十钱①看做一元的十分之一，也有人把十钱看做一钱的十倍，对同一个词好与坏的理解因人而异，这取决于使用该词者的见地。钦吾和藤尾之间就存在着这种差异，不同层次的人吵起架来会很有趣。

“是啊。”

男子连姿势都懒得换一下，只是简短地答了一句。

“若是成为像哥哥那样的学者，即使想惊讶也惊讶不起来，因此毫无

---

① 日本货币单位，1 钱为 1 日元的百分之一。

乐趣可言吧？”

“乐趣？”男子问道。藤尾认为哥哥似乎是在诘问她到底懂不懂乐趣的真正意义。哥哥继续说道：

“是没什么乐趣。不过这样才会让人安心。”

“为什么？”

“人没有乐趣，就不必担心他会自杀。”

藤尾根本就听不懂哥哥所说的话，那张苍白的面孔依然向下望着。她想开口问原因，又怕显得自己没有水平，所以干脆一言不发。

“像你这种乐趣多的人，就很危险啦。”

藤尾猛然抬起头瞪了哥哥一眼，满头的黑发一时间变得波涛汹涌。而哥哥依然俯视着她，脸上的神情似乎在说“你明白了吗？”“这才是埃及最高统治者的光荣死亡方式……”——不知为何，藤尾的脑海里浮现出了这句话。

“小野还来吗？”

藤尾的双眼迸射出铁锤敲打燧石般的火花。

“他不来了吗？”哥哥佯装不知地继续问道。

藤尾气得把牙齿咬得咯咯作响。哥哥不再说了，不过依旧背靠着柱子。

“哥哥。”

“什么事？”哥哥再次眼朝下望。

“那块金表，我可不想给你。”

“不给我给谁呢？”

“暂时由我来保管。”

“暂时由你保管？那也好。不过，那块表已经说好了要给宗近……”

“到了给宗近先生的时候，我会送给他的。”

“由你来送？”哥哥稍微向下低了低头，注视着妹妹。

“我来送……不错，由我来送……我会亲手送给谁的。”藤尾把搁在拼花小木桌上的胳膊肘一下子拿开，猛地站了起来。只见藏青、深黄、墨绿、绛紫色的竖条纹如同棍棒般同时蹦了起来，只有和服下摆旋转形成的四色波浪掩盖住了白色袜子的锁扣。

“是吗？”

哥哥抬脚朝前面走去，露出袜子底部的云斋织花纹。

当甲野如幽灵般出现，又如幽灵般消失的时候，小野正朝这里赶来。由于下过几场雨，泥土间又有了绿意，小野便是踏着这既潮湿又温暖的大地一路赶来。他穿着一双擦拭得几乎一尘不染的山羊皮鞋，快步接近甲野家的大门。

甲野一副玩世不恭的邋遢样子，为了体面而披在身上的外褂只是用系带打了个圆结，拿着细手杖也是为了不至于让手空闲下来。老天就是喜欢对比——甲野和匆匆赶来的小野在院墙边碰了个正着。

“要去哪里？”小野手扶帽子，笑吟吟地走了过来。

“哦。”甲野回应了一声，手里的手杖瞬间凝固不动了。这也能理解，本来手杖也是闲得无聊才拿的。

“我正要去你家……”

“去吧，藤尾在家。”甲野痛快地给对方让路，小野却犹豫起来。

“你要去哪里？”小野再次询问道。他不想给甲野留下“我找你妹妹有事，你怎么样与我无关”的印象。

“我呀，我不知道要去哪里。不过，正如我拽着这根手杖四处游荡一样，也有某种东西拽着我到处游荡。”

“哈哈哈哈，你的话太有哲理了……散步吗？”小野朝上观察着对方的面孔。

“嗯，就算是吧……今天天气真好啊。”

“天气是很好……与其散步，还不如去参观博览会呢。”

“博览会？……博览会嘛……昨晚已经去了。”

“昨晚去过了？”小野顿时两眼瞪得直直的。

“啊。”

小野默不作声，等待着甲野继续说下去，然而却一无所获，杜鹃似乎只鸣叫一声便钻入了云端。

“你一个人去的吗？”小野只能主动发问。

“不。有人相邀，所以就去了。”

甲野果然是和别人一起去的，小野不得不继续追问下去：

“原来是这样，会场很漂亮吧？”小野本想先过渡一下，然后再考虑接下来问什么。没想到甲野只是简单地回了一句“嗯”。

小野的思绪还未理清，就不得不马上做出回应。原本打算问“和谁去的”，但话还未出口又觉得先问“几点去的”比较合适。或者开门见山地说“我也去了”，如此一来，对方一回答整个事情就会变得明朗。不过，这也是多此一举的——小野内心进行着激烈的斗争，几度欲言又止。此时，甲野已将细手杖的前端向前移动了一尺，随后移动的是他的脚。看到这个场面，小野不禁暗想“糟糕！”只能取消了在喉咙深处制订好的计划。仅仅被对方占了一点儿先机，便放弃挽回局面的努力，这种人是凭教育的力量无法改变自己的宿命论者。

“好了，你去吧。”甲野再次说道。小野感到甲野似乎在催促自己，当人感觉命运之神为自己指明了正确方向时，只要被人从身后推一下，便会立即向前走去。

“那么就……”小野摘下了帽子。

“哦。那就失陪了。”细手杖离开了小野大约二尺的距离。小野本已走近大门一步，但皮鞋却被手杖拉回一步，退到原来的位置。命运把甲野的手杖和小野的脚置于无限的空间内，让双方为了一尺的间隔而相争。手杖和鞋，体现的是人格。我们的灵魂时而栖身于鞋跟、时而潜藏于杖尖，不会描写灵魂的作家只得描写手杖和鞋子。

皮鞋走完一步的空间，锃亮的鞋尖掉过头来，不得不硬着头皮向立足于地面的单薄的手杖问道：

“昨晚，藤尾小姐也一起去了吗？”

“啊，藤尾也去了……或许，说不定她今天没有温习功课。”

如一根棍子般直挺挺地站在那里的手杖答道。

细手杖在地面上若即若离，斜直交错，在无限的空间里一点点地向前移去。锃亮的皮鞋因用力过猛，鞋尖薄薄地蒙上了一层令人不快的泥土，不待擦拭便小心翼翼地踩着院子内的石子向房门走去。

小野向房门走去时，藤尾正倚在外廊的柱子上，她弯起一条腿，把脚尖搭在挡雨窗板的滑槽上，眺望着围墙内宽敞的院落。藤尾还没有倚在柱子上之前，神秘女人就已在一间密闭的房间内对着“嗤嗤”沸腾着的铁壶，在即将逝去的春色中苦思冥想。

钦吾并非自己的亲生儿子——神秘女人的一切思虑，都围绕着这一主题。如果再进一步说明的话，这就是神秘女人的人生观。人生观还可以引申为世界观。神秘女人每天听着铁壶的鸣响，在六张榻榻米的房间内构筑着她的人生观和世界观。世上只有闲人才会构筑自己的人生观和世界观，神秘女人是个有福之人，每天都能够在绸缎坐垫上过着这种日子。

坐姿能端正人心。渴望爱情降临的人偶端然而坐，即使因虫蛀而失去鼻子，依然不失端庄典雅。神秘女人仪态雍容地端坐着，当然她那六张榻榻米的人生观也必须要能登上大雅之堂。

上了年纪又失去丈夫让人内心不安，若是没有能够依靠的孩子就会更加不安。本该依靠的孩子若是成了外人，那么除了不安之外令人更添一丝不快。明明有能够依靠的孩子，却又不得不依靠外人，这种规矩实在是既可恶又无情。神秘女人认为自己是个悲惨可怜的人。

即使是外人也未必合不来，自古以来酱油和料酒便混合使用。然而，同时喝酒吸烟就会引起咳嗽。钦吾不是那种像水随容器形状而改变自身、听命于父母的人，就这样日复一日、年复一年母子间产生了一道隔阂，如今隔阂可谓是每况益深，宛如针尖对麦芒一样。学问本为立身处世的工具，而非违背父母之命、脱离人之常情的手段。特意花费大量金钱却使他变成一个怪人，毕业后与社会格格不入，这是一件不光彩的事情。让如此丢人现眼的人继承家业很不合适。神秘女人可不愿意让这种人为自己送终，何况他也没有这个能力。

幸好有藤尾在自己身边。她就像一株不畏严寒的川竹，能够有力地抖落夜间吹刮到身上的积雪。她那引人注目的春天般的姿色，配以蝶戏花间图案的华丽衣裳，自己引以为荣的女儿有着无限光明的前途。女儿身着盛装缓步行走在盛世中，有着众多的着迷者。能让举世无双的未来女婿为她心荡神驰、心急如焚，养育她的母亲才能感到脸上有光。与其让整天绷着一张冰冷面孔的外人来照顾自己，不如和令人仰慕且过着奢华生活的亲生女儿日日相伴直到进入坟墓，这才合乎情理。

兰生幽谷，剑归志士。必须得给美丽的女儿招个声名显赫的女婿。尽管有很多人来提亲，但女儿和自己都看不上他们，自然一切都是徒然。正如一枚与手指不合适的戒指，即使得到它最终也只能丢弃，太大或太小都不能成为女婿。就是这个原因，直至今日都没有选定女婿。在一大群光彩夺目的候选人当中，唯有小野一人未被淘汰。听说小野非常有学识，曾经得到过天皇御赐银表，即将获得博士学位。而且，小野温文尔雅，讨人喜欢，懂得分寸，招他给藤尾做女婿应该不会丢脸，得到他的照顾也会心情舒畅。

小野是个无可挑剔的女婿人选，美中不足的是没有财产。然而，依靠女婿的财产过日子，就算女婿再令人满意也无法过得心安理得。招个一文不名的人入赘，让他乖乖地伺候好媳妇和丈母娘，不但对藤尾有利，也是为了自己。然而，目前最棘手的正是财产问题。丈夫客死他乡已经有四个月，家产理所当然地都划在了钦吾的名下。一场阴谋由此而发。

钦吾说自己一分钱的家产都不要，还说房子也要给藤尾。假如能够脱下道德的外衣，浑身轻松地一丝不挂，真想欣然跃入这天赐的温泉之中。然而，为了体面而穿在身上的衣裳并不能随便地想脱就脱。比方说天要下雨，有人递过来一把伞给你用，若是对方手中有两把伞，任何人都会毫不客气地接过伞，但若是眼睁睁地看着对方被淋湿仍旧接过伞来用，便会引来世人的非议。于是，这里就形成了一个谜团。出让财产是一个发自内心的谎言，而做出一副绝不接受的面孔也不过是给街坊邻居看的。她必须塑造出一个文明的形象——让大家觉得是钦吾硬要把自己的财产让给藤尾，而藤尾迫于无奈才勉强接受下来。这样一来，谜团就被完美地解开了。不愧是神秘女人，把出让财产理解为不想出让财产，明明想得到财产却极力表示不想得到财产。看来，六张榻榻米的人生观还颇有些复杂。

神秘女人想不出解决问题的方法，终于走出了六张榻榻米的房间。明明想得到却要极力表示出不想得到，而且还要尽早把它弄到手，即便用微积分来算也很难得出解决问题的方法。神秘女人焦躁不安，再也无法端坐在坐垫上，只得满面愁容地走出六张榻榻米的房间。然而，屋外出乎意外地阳光明媚，连和煦的春风似乎都在嘲讽她，肆无忌惮地吹拂着她的鬓发。神秘女人的心情变得越来越糟糕了。

外廊左侧的尽头是一幢西式建筑，与客厅毗邻的一间屋子被钦吾当做书房使用。右侧拐成一个直角，直角尽头向南凸出的六张榻榻米的房间是藤尾的居室。

神秘女人从菱形年糕结构建筑底部的一角向对面一角望去，发现藤尾正站在那里。藤尾将刚梳理过的潮湿的浓密鬓发贴在铁杉木柱上，倾斜着妖艳的身体，深深地插进腰带的白皙手腕格外显眼。伏卧胡枝子，眈思不断草茫茫，心驰我故乡①——背井离乡的人就是如此凝目远眺，也不知从未离开故乡的藤尾到底在眺望什么。母亲绕过外廊走到女儿身旁：

“在想什么呢？”

“哎呀，妈妈。”斜靠着的身体离开了柱子。藤尾转过头来，目光中不见一丝忧色。自我意识强烈的女人与神秘女人彼此相望。她们是亲生母女。

---

① 夏目漱石于明治三十年（1897）所作俳句。

“你怎么了？”神秘女人问道。

“为什么这么问？”自我意识强烈的女人反问道。

“因为你似乎在想什么心事。”

“我什么都没有想，只是在观看院子里面的景色。”

“是吗？”神秘女人做出一副意味深长的表情。

“池子里的红鲤鱼跃出水面了。”自我意识强烈的女人极力辩解。果然，混浊的池水中发出了“扑通”的声音。

“哎哟哟……在妈妈的房间里可是一点儿也听不到呀。”

并非听不到，而是因为被谜团所困扰。

“是吗？”这回是自我意识强烈的女人做出一副意味深长的表情。世界真可谓丰富多彩。

“哎哟，荷叶已经长出来了！”

“嗯，您没注意到吗？”

“没有，现在才发现。”神秘女人说道。总是思考谜团的人往往会忽略身边的事物。除了钦吾和藤尾的事情，神秘女人的脑海里几近真空状态，怎能容得下荷叶？

荷叶长出后，荷花便会绽放。荷花开过后，就该把蚊帐叠起来放进仓库。接下来，蟋蟀鸣叫、秋雨来袭、北风怒号……就在神秘女人为解开谜团而大伤脑筋之际，世界已经发生了变化。然而，神秘女人仍然打算坐在那里解她的谜团，她认为自己是世界上最聪明的人，做梦也没有想到自己竟会如此粗心大意。

“扑通！”红鲤鱼又跳了一下。池子里的水有些浑浊，淤泥沉积，只有水面有着一丝暖意，一个模糊的红色影子搅动着沉静的泥土从池底浮了上来。艳阳高照，池面波光粼粼，红色影子小心翼翼地摇着尾巴，似乎怕搅乱水面上的阳光。说时迟那时快，只见它用力地拍击着水面一跃而起。接着，趁着水面泛起一片泥土的乌黑时，隐约可见的红色影子又潜入水中失去踪迹，温暖的水面只留下一道被鱼背划开的波纹，使去年的芦苇无风而荡。甲野在日记中用楷书写着一联既非律诗也非绝句的诗，“鸟入云无迹，鱼行水有纹[①]”。春光不蔽天地，任意取悦人心。然而，神秘女人无论如何都快乐不起来。

“为什么，它会一个劲儿地跳跃呢？”神秘女人问道。红鲤鱼之乱跳，犹如神秘女人思考谜团，若说痴狂二者都属痴狂。藤尾没有作答。

中国的诗人把浮于水面的荷叶比作堆叠的铜钱[②]。荷叶当然没有铜钱那般重，不过，当这些孕育于水边的稚嫩生命刚刚在俗世的风中露出瘦弱的面庞时，感觉它们的确与小小的铜钱有几分相像。荷叶的颜色也不完全是铜绿色，它们比美浓纸薄[③]，或许是嫌碧绿过于压抑，它们先是披着一身柔和的淡茶色，以后逐渐融入了逐日冒出的铜绿色。鲤鱼跳跃着，将春天的记忆化作稍纵即逝的露珠洒落在荷叶之上。默不作声的藤尾只是眺望着眼前的景致。鲤鱼再次跃出水面。

母亲百无聊赖地望着池面，过了片刻终于试探着问道：

“最近，好像没见小野先生来啊，出了什么事吗？”

藤尾表情严峻地转过头来：

“怎么了？”藤尾注视着母亲，随后又若无其事地把目光转向院子。母亲心中暗叫不妙。先前的红鲤鱼若隐若现地从荷叶下游过，荷叶微微晃动起来。

“来不了的话，应该会打个招呼呀。他是不是生病了？”

“你说他生病？”藤尾尖声说道。

“不不，我只是在问，他是不是生病了？”

“他怎么会生病呢？”

藤尾斩钉截铁地说道，鼻孔里发出一声“哼”。母亲心中又暗叫一声

---

① 夏目漱石于明治三十二年（1899）曾作汉诗《无题》，第七、第八句为“鸟入云无迹，鱼行水自流”。

② 杜甫《绝句漫兴九首》其七，有“点溪荷叶叠青钱”的句子。

③ 和纸的一种，产于岐阜县（旧美浓国），纸张厚而结实。

不妙。

“他究竟什么时候能当上博士呢？”

“谁知道呢。”藤尾一副事不关己的样子。

“你……是不是和他吵架了？”

“我怎么会和小野先生吵架呢？”

“也是啊。请他来只是教你读书，而且也为此支付了不少费用。”

神秘女人想不出其他的理由。藤尾也暂时没有回答。

事情其实很简单，只要把昨晚发生的事一五一十地告诉母亲就可以了。母亲一定会同情女儿，并帮助女儿出谋划策。虽然自己并非不便向母亲说明此事，但主动争取同情，无异于饥肠辘辘者跑到陌生人家门口讨要一两文钱。对自我意识强烈的女人来说，同情是最大的敌人。直至昨天为止，小野就像是个跃动在舞台上的提线木偶，懒得开口的藤尾只需伸出一根小拇指，便能随心所欲地让他或站立，或躺倒，或大笑，或焦急，或惊慌失措，望着兴致盎然、得意洋洋的女儿，爱慕虚荣的母亲也得意地翕动着鼻翼为之叫好。然而，这一切不过是表面的假象，看看昨晚的真实情景吧，向自己倾斜的天平竟然倒向了别处。假如揭开意想不到的盖子，告诉母亲小野曾和一个陌生的美人亲密地在一起喝茶，自己将会颜面尽失。自我意识强烈的女人绝不会允许这种事发生，她说对捕获不到猎物的猎鹰就应该果断地把它抛弃，还声明曾把不懂得跟在身后取悦主人的狗赶走。不过，小野还没有恶劣到这种地步，放他一马的话或许他还会回心转意。不，他一定会回心转意的！自我意识强烈的女人将小夜子和自己做了一番比较之后，得出了这一结论。等小野回来时，一定要让他尝尝苦头。等他尝过苦头后，再让他或站立，或躺倒，或大笑，或焦急，或惊慌失措。然后，再把自己的得意神情展现在母亲面前，从而保全自己的脸面。作为一种报复，也要让哥哥和阿一看到这一切。目的达到之前，绝不能说出昨晚的事。于是藤尾继续保持沉默，她永远失去了被母亲发现自己误解小野的机会。

"刚才，钦吾来过了吧？"母亲又开口问道。鲤鱼跳跃，荷花抽出嫩芽，草坪逐渐变绿，玉兰花已经枯萎，但神秘女人丝毫不把这些放在心上，钦吾的幽灵整日整夜都在折磨着她：钦吾在书房，神秘女人便会想他正在做什么；钦吾考虑问题，神秘女人便会琢磨他在想什么；钦吾去找藤尾，神秘女人便会猜测他和藤尾说了些什么。钦吾不是自己的亲生儿子，对非亲生子绝不能疏忽大意，神秘女人生来就懂得这一伟大真理。只是，发现这一真理的同时，神秘女人患上了神经衰弱症。神经衰弱症是文明社会的流行病，由于放任自己的神经衰弱，最终连孩子也变成了神经衰弱。因此，神秘女人总是抱怨钦吾的病很令人伤脑筋。然而，伤脑筋的应该是被传染者才对。真不知到底谁更伤脑筋，反正在神秘女人看来，钦吾一直令她大伤脑筋。

"刚才，钦吾来过了吧？"神秘女人问道。

"来过了。"

"他怎么样？"

"还是老样子啊。"

"他，可真是……"神秘女人微微皱起眉头，

"让人头疼啊。"话音一落，神秘女人的眉头皱得更深了。

"他总是拐弯抹角地说些挖苦人的话。"

"挖苦也就算了，他还动不动就说些让人摸不着头脑的梦话，这才难办呀。总觉得他最近有点儿古怪。"

"大概那就是哲学吧。"

"管他什么哲学不哲学的……刚才他说了什么吗？"

"是，他又提起了那块表……"

"他向你要吗？那块表送不送给阿一关他什么事？"

"刚才他好像出门了。"

"去哪里了呢？"

"一定是去宗近家了。"

母女的对话进行到这里，女佣跪坐在门外通报“小野先生来访”，于是母亲返回了自己的房间。

当母亲拐过外廊身影消失在格子纸拉门后面时，小野没有经过走廊，直接从便门进来横穿过客厅向六张榻榻米的房间走来。

有位和尚曾说，弟子击磬入室求见时，从他的脚步声中便能清楚地知道他是否已准备好公案[①]。假如内心发虚，自然会反映到走路姿势上来。古谚云，“猛兽临刑腿亦打颤”。这种现象，并非仅出现在参禅僧侣身上，同样也适用于才子小野。本来小野做事就过于拘谨，今天更是拘谨得有些离谱。战败之士草木皆兵，小野顾虑重重地踮起穿着黑色布袜的脚尖，小心翼翼地踏着青绿色的榻榻米走进了房间。

暗处何须明眼，藤尾没有抬头，她只是扫了一眼踩在榻榻米上的布袜前端便明白了一切。小野还未落座，便已在藤尾的掌控之中。

“你好……”小野讪笑着坐下。

“您来了。”藤尾这才一本正经地抬起脸望着对方。小野被看得目光游离不定，马上带着歉意说道：

“好久没来了……”

“哪里。”女子打断小野的话，然后便默不作声。

男子出局不利，沮丧地琢磨着该如何重新挑起话端。房间内一如既往地寂静无声。

“天气暖和多了。”

“是。”

房间内响起这两句话后，又恢复了原来的宁静。正在此时，鲤鱼又“扑通”一声跃出水面。池子位于东侧，正好在小野的身后。小野稍微转过身去，刚想说“鲤鱼……”时，只见女子的双目正注视着南侧的玉兰

---

① 指佛教禅宗为了使修行者大彻大悟而给予他们的研究课题，通常为前辈祖师的言行范例。

花，那浓郁的紫色似乎在追赶春天的脚步，从细壶状的花瓣上褪下，只留下满是皱褶的褐色枯萎残骸，有些花瓣甚至脱落得仅剩下花萼。

小野把即将说出口的“鲤鱼……”两字又收了回去。女子的面孔变得比刚才更令人难以接近了。女子仅仅回应了一句“哪里”，似乎是想让好久不见的男子说明其中的理由。男子见势不妙，试图用“天气暖和多了”来转换话题，可是却没有任何效果，于是想把话题转移到“鲤鱼”身上。男子提心吊胆地打算就这么应付下去，而女子却一如既往地坐在那里纹丝不动。不明就里的小野只得继续思考下一步该怎么办。

如果女子是因为小野四五天没露面而生气，那么事情就好办了。但如果她昨晚在博览会会场看到自己，事情就有些难办，不过也可以通过各种方式来为自己辩解。可是，藤尾真的能在摩肩接踵、络绎不绝的黑压压人群中看到自己跟小夜子在一起吗？看到的话，自己当然无话可说。但若是没看到，自己却主动把一切和盘托出，无异于赤身露体地向陌生人展示自己身上的污秽疮疖。

如今的世界，流行和年轻女孩结伴在街上行走。如果仅仅是结伴而行，虽谈不上荣誉，也不是不光彩的事。在外部环境的诱发下逢场作戏，朦胧仅限今宵，于是为续前世姻缘的男女仅在今宵襟袂相连，之后便各奔东西消失于陌生世界的沸沸扬扬的人潮之中，彼此成为路人。若是这样，那就没有任何问题，自己甚至可以主动把事情说清楚。然而遗憾的是，小夜子和自己的关系非同寻常，并不像被随便摆在一副棋盘上的两颗棋子那么简单。在自己逃离过去、远走高飞的五年漫长岁月中，对方时时刻刻地拽着一根虽细却赤诚的情丝，把自己拴在身边。

当然，也可以说小夜子和自己只是普通关系。可是，这样的谎言会为众人唾弃，自己也不喜欢。谎言就如同河豚汤，毒性不当场发作就鲜美无比。然而，一旦中毒就会口吐鲜血，痛苦不堪地结束生命。而且，谎言迟早会牵扯出真相。本来有捷径可走，只要保持沉默就没人会发现，但却因为想隐瞒真相而刻意装饰外表、改名换姓，甚至编造自身经历，这样反倒会成为众矢之的、招来疑惑的目光。伪装的东西最终会露出破绽，撕去伪装的丑陋的真面目会招来众人的耻笑，这咎由自取的污名终生都无法洗刷得掉。小野是个聪明人，当然明白上述利害关系。一条连接东西两京、历经五年漫长岁月的情丝将自己捆住，目前小野还不打算把这份私情告诉正坐在面前耍脾气的女子。至少在两人名正言顺地结成夫妇之前，在这条流淌着新鲜血液的爱情之脉同时跳动于两人手腕之前，他还不想说出事实。既然决定不说出事实，他就不能敷衍地谎称小夜子和自己只是普通关系。而一旦决定不撒谎，他甚至连小夜子的名字都不愿意说出来。小野不住地观察着藤尾的脸色。

“昨晚的博览会，你去……”小野鼓起勇气把话说了一半又犹豫起来，他不知接下来该说“你去看了吗”，还是说“你去看了吧”。

“嗯，我去看了。”

一道黑影迅速地从迟疑不决的男子面前掠过。男子吃了一惊，在一瞬间已被对方占了先机，只能接着问道：

“很美吧？”

对诗人来说，“很美吧”这句话实在过于一般，连他本人也觉得问得毫无水平。

“很美。”女子干脆地答道，然后又劈头盖脑地紧跟了一句：

“人也非常美。”

小野不由得向藤尾的脸望去，他丝毫猜不透藤尾话里的含义，只能回应道：

“是吗？”

模棱两可的回答大多数情况下都是愚蠢的回答。当人处于劣势时，即便是诗人也只能自认愚蠢。

“我还看到了非常漂亮的人啊！”藤尾咄咄逼人地重复说道。这句话充满了挑衅的味道，看来很难轻松地应付过去。无奈之下，男子只得缄口不言。女子也没有进一步展开攻势，她注视着小野，眼神似乎在说“还不从实招来”。据说宗盛[①]即使被钢刀架在脖子上也没有切腹自杀。重视利害得失的文明民众，当然也不会轻易供出对自己不利的事情。小野必须搞清对方想干什么。

“是和别人一起去的吗？”小野似乎若无其事地探问道。

女子这次没有回答，她在耐心地等候着对方上钩。

“我刚才在门外见到了甲野先生，他说陪你一起去了。”

“既然你都知道，为什么还要问我？”女子满脸不悦地耍起了性子。

“不不，我是问有没有其他人一起去……”小野巧妙地答道。

“我哥哥之外的人？”

“是。”

“为什么你不问我哥哥呢？”

虽然女子仍然在生气，但若处理得当的话，小野似乎有希望从漩涡里脱身而出。只要迎合着对方的话语，在一问一答之间，不知不觉地就会到达安全地带。迄今为止，小野每次都是凭借这个方法取得胜利。

“本来我也想问甲野，因为着急进屋就没顾得上。”

“哈哈哈哈。”藤尾突然放声大笑起来，在男子惊愕的一瞬间，女子又扔下一句话：

“既然把你急成这样，为什么接连四五天连招呼也不打就无故缺席？”

“不不，这四五天我非常忙，实在是过不来呀。”

“白天也忙？”女子挺了挺肩膀，飘动的长发每一根都充满了活力。

“啊？”男子的表情很不自然。

“我问你白天也很忙吗？”

“白天……”

---

① 平清盛的二儿子，在坛之浦之战中战败被俘，直至被斩首之前一直在表明求生的欲望。

“哈哈哈哈，你还不明白我的意思吗？”女子笑得更响了，尖锐的笑声响彻整个院落。女子能够随心所欲地发笑，男子只能呆呆地站在一旁。

“小野先生，白天也有霓虹灯吗？”女子说着，轻轻地将双手重叠着放在膝上。钻石戒指发出耀眼的光芒，刺痛了小野的双目。小野的脸颊宛如被戒尺“啪”地抽了一记，同时脑海中响起一个声音——“被看到了！”

“太过于用功，反倒会得不到金表哦！”女子神态自若地穷追不舍。男子完全乱了阵脚。

“其实，我以前的恩师一周前从京都来了……”

“哎哟，是吗？我一点儿都不知道呀。原来是这样，难怪你这么忙。请原谅我什么也不知道，说了很多失礼的话。”女子装模作样地低头赔罪。油亮的黑发再度飘动起来。

“我在京都时，曾得到过他多方关照……”

“所以嘛，你就应该好好地照顾他才是……昨天晚上，我是和哥哥还有阿一先生、系子小姐一起去看的霓虹灯。”

“哦，是吗？”

“嗯，那个池子旁边不是有一家龟屋①的临时店铺吗？小野先生，你应该知道吧？”

“是……知道……”

“你知道……你应该知道吧？我们在那里一起喝了茶。”

男子恨不得马上起身离去，女子则始终装出一副很平静的样子：

“那里的茶实在是好喝。你还没有去过吧？”

小野默不作声。

“没去过的话，下回请务必带你那位京都的恩师去看看。我也打算让阿一先生再带我去一次呢。”

---

① 当时位于东京京桥区（现中央区南部）的进口商品专卖店，主营食品、烟酒等。

说到“阿一先生”这个名字时，藤尾的声音格外响亮。

春日西斜。一天即使再漫长也不能被两人独占。摆放在壁龛里的意大利彩釉座钟，在藤尾说出最后一句话时，“当——”地响了一声，为无休无尽的对话画上了句号。大约半个小时之后，小野走出甲野家的大门。当天夜里，藤尾在梦中没有听到嘲讽的铃声——“惊讶之中才会发现乐趣！女人真是幸福啊！”

十三

所谓门，就是竖起的两根粗大的方柱，也不知是否还使用门板。不过板墙上写着“夜间邮箱”，还开了个洞，看来夜间还是会关上大门的。门内正对面的草坪呈隆起的坟包状，依惯例种植着的松树如撑开的雨伞遮住了来往行人的视线。绕过松树，高过头顶的波浪纹浮雕的房门屋檐便出现在面前。格子纸拉窗大敞着，只见白色隔扇门静静地将客厅与房门隔开，门上以大雅堂流[①]的笔势奔放不羁地书写着几个舞乐[②]面具般大小的草体字。

透过房门的格子玻璃门可以看到里面的鞋柜，甲野轻轻地把门向右拉开。他站在原地用细细的杖尖“笃笃”地敲着水泥地面，也不出声召唤人，屋内当然没有人回应。整幢宅子静得出奇，似乎没有人居住，反倒是门前过往车辆显得热闹非凡。细细的杖尖仍然“笃笃”地敲击着。

过了片刻，寂静之中传出开纸拉门的声音。有人在呼唤女佣：“阿清呀！阿清呀！”女佣似乎不在，脚步声向厨房移去。杖尖仍在“笃笃”地敲击着。脚步声又从厨房移到便门，格子纸拉门开了。系子和甲野正好面对面地站在了一起。

系子为人随和，但家里既有女佣也有学生，所以她平时很少出来招呼客人。有时她想出去迎客，但总是刚站起来又坐下，继续为她的针线活儿再缝上一两针。怀抱琵琶弹无力[③]的漫长白昼令人不堪忍受而昏昏欲倒，加之蝇虻嗡嗡催人入梦，于是便呼唤阿清，但阿清似乎去了后院。厨房里空荡荡的，只有闪闪发亮的茶釜[4]安静地待在那里。黑田大概像往常那样，在学生房内把光光的头埋在胳膊里，像猫一样趴在桌子上呼呼大睡。四下里寂静得如无人居住的宅院，突然从便门处传来了“笃笃”的声音。“欸？”系子随手拉开纸拉门，只见甲野一个人站在空落落的世界中。阳光透过格子门照射着他的脊背，黯淡的高挑身影一动不动地站在水泥地中央，不停地用杖尖敲击着地面。

“哎哟！”

听到系子的声音，杖尖停止了敲击。甲野在帽檐下以久未谋面的眼神望着女子的面孔，女子急忙移开视线，朝细细的杖尖望去，杖尖升起一股热浪，令她面颊发烫。系子鞠躬施礼，一头既没搽油也没梳理的蓬松头发随之披落下来。

“在吗？”甲野语尾上扬、简短地问了一句。

“真是不巧……”系子简短地答道，无忧无虑的双眼皮透着一股乖巧。

“不在家呀……那您父亲呢？”

“爸爸一大早就去参加谣曲会了。”

“是吗？”男子半转过细长的身躯，侧脸对着系子。

“唉，请进来吧……估计我哥哥也快回来了。”

“谢谢。”甲野面朝墙壁说道。

“请进。”系子似乎想让对方进屋，向后退了一步。她的身上穿着粗条平纹绸缎和服。

“谢谢。”

“请吧。”

---

① 池大雅（1723—1776），雅号大雅堂。日本江户时代的文人画家、书法家，以笔势粗犷、豪迈、富有生命力的草书著称。

② 日本雅乐的一种，以唐乐或高丽乐为伴奏的舞蹈。

③ 出自与谢芜村的俳句：“一春将逝去，怀抱琵琶弹无力，身懒心忧郁。”

④ 茶道中用于烧水的小铁锅。

“他去哪里了？”甲野把对着墙壁的脸稍微转向女子这边。或许是心理作用，在从背后射进的阳光的映衬下，系子觉得甲野那张苍白的面孔比昨天更加消瘦了。

“大概散步去了吧。”女子歪着头说道。

“我也是刚散完步回来。走的时间太长都累了……”

“那就进来休息一下吧，反正我哥哥也该回来了。”

对话慢慢变长，对话变长说明心情放松。甲野脱下粗纹木屐走进客厅。

壁龛上面的横梁镶嵌着结实的钉饰件，牢固的壁龛里挂着一幅适应春天气氛的常信[①]的云龙图。淡黑的墨痕奔流于绢布之上，画的四周露出蓝纹缎子的裱褙，配上朴素的象牙画轴，透出一股优雅的年代感。一尊张着大口的青瓷狮子香炉稳稳地放在尺余长的紫檀案桌上，桌面泛着油亮的光泽，致密的纹理看上去茶色中掺杂着紫色，紫色中又掺杂着黑色。

外廊的春日迟迟不见下山，总是感觉世间充满寒意的男子，合拢絣织和服的前襟坐在客厅端头。而女子则垂着头，丰腴的下巴贴在华丽的不规则菊花图案的衣领上，似乎想避开透过正面的格子门照射而来的阳光，坐在了入口处。八张榻榻米大小的客厅只有区区两人远离而坐，显得过于宽大。两人之间的距离足有六尺。

突然，黑田走进了客厅。他身上小仓布[②]裙裤的布纹早已磨平，从裙裤下摆露出的黑褐色双足行走如风。一会儿端来茶水、一会儿拿来烟具盘、一会儿又送来茶点。与平常一样，六尺的距离一下子被填满，两人的主客身份终于被款待客人的东西联系在一起。从午睡的梦境中突然醒来的黑田，机械地用人情之线将两人联系在一起，然后将朦胧的意识收进剪得短短的头里，重新返回了学习房间。于是客厅又恢复到原先的空宅状态。

---

① 狩野常信（1636—1713），江户前期的画家，狩野派四大家之一。

② 小仓布产自江户时代的丰前小仓藩（现福冈县北九州市），质地结实，竖纹为其特色。

“昨晚怎么样？累了吧？”

“不累。”

“不累？那你的身体可比我强啊。”甲野露出一丝笑意。

“因为来回都乘坐了电车呀。”

“乘电车才累呢。”

“为什么？”

“人多呀，那么多人挤在一起感觉好累。你不这么认为吗？”

系子微笑着没有回答，圆圆的面颊露出一个酒窝。

“玩得开心吗？”甲野问道。

“开心。”

“你觉得什么最有意思呢？霓虹灯吗？”

“对呀，霓虹灯也很有意思……”

“除了霓虹灯，还有其他有意思的东西吗？”

“有的。”

“什么？”

“不过，那可太滑稽了。”系子歪着头娇笑个不停。一头雾水的甲野也忍不住想笑。

“那个有意思的东西是什么呢？”

“那我就说啦。”

“你说吧。”

“这个嘛，我们不是在一起喝过茶吗？”

“是啊，是茶有意思吗？”

“不是茶有意思。虽然不是茶……”

“哦。”

“那时，小野先生也在场吧？”

“是啊，他在。”

“他带着一位漂亮女孩是吧？”

“漂亮吗？他好像是和一位年轻女孩在一起啊。”

“你认识那位女孩吧？”

“不，我不认识。”

“欸？可是哥哥说你认识她呀。”

“你哥哥的意思是说我见过她这个人吧，可我和她没有说过一句话。”

“那也算是认识吧？”

“哈哈哈哈。我必须要认识她吗？不过，我们确实见过她好几次呢。”

“所以我就说嘛。”

“说什么？”

“就是说还有其他有意思的事。”

“为什么？”

“不为什么。”

双眼皮间漾起一道秋波，浮现又消退、消退又浮现，得意洋洋地戏弄着黑色的眸子。系子的神情仿佛阳光穿过繁茂的嫩叶错落有致地洒向大地，枝头随风摇曳，青苔在光影下时隐时现。甲野望着系子的面孔，没有继续追问原因。系子也没有进一步作出解释。理由被女子的妩媚所淹没，在男子尚未领悟之前，就已失去了踪迹。

葫芦形的浅水池塘装饰一新，金鱼吃着用平底砂锅炒出的蛋黄，每天过着无忧无虑的日子，即使摇着尾巴潜入水藻间，也不用担心会被波浪冲走。鲷鱼游过波涛汹涌的海峡，鱼骨在海浪的拍击下逐年变硬。波涛汹涌的海面下是深不可测的地狱，来来往往稍有疏忽便会命归黄泉。然而，把遨游于大海中的鱼和尾巴裂成三瓣的金鱼放进相同的水槽，它们也会在水族馆成为比邻而居的好友。虽然看不见有什么东西隔在两者中间，但若想穿越那道透明玻璃接近对方，注定会撞得鼻青脸肿。系子没有见过大海，甲野无法同她谈论有关大海的大问题，只能无关痛痒地谈些葫芦形池塘之类的琐碎事情：

“那个女孩真的那么美吗？”

“我觉得她很美啊。”

“是吗？”甲野把视线转向外廊。院子里那块直径二尺的天然花岗岩沾满露水，看上去总是湿漉漉的，它的边缘生长着几棵不知是鹭草还是堇菜的野花，孤零零地绽放在即将逝去的春色中。

“花开得真漂亮。”

“在哪里？”

系子的视线只能望见对面的红松和树根部的山白竹。

“在哪里？”系子伸着柔软的脖颈向对面张望。

“在那儿……从你那边看不到。”

系子稍微挺了挺身体，拖着长长的衣袖用膝盖向前挪动两三步靠近外廊。当两人之间的距离近在咫尺时，系子看到了隐隐约约的花朵。

“哎哟！”女子惊呆了。

“漂亮吧？”

“漂亮。”

“你以前没有看到过吗？”

“没有，根本没有看到过。”

“因为花太小了，所以很难被发现。甚至不知道它什么时候绽放、什么时候凋谢。”

“还是桃花和樱花漂亮啊。”

甲野没有回答，只是默默地说：“好可怜的花儿。”

系子沉默不语。

“这花很像昨晚那个女孩。”甲野接着说道。

“为什么？”女子一脸困惑地问道。男子转动着细长的眼睛盯着女子的面孔，过了半晌才一本正经地说道：

“你生活得无忧无虑，真好。”

“真是这样吗？”女子也一本正经地回答。

女子不明白男子到底是在表扬自己还是在挖苦自己。她不知道自己是否真的无忧无虑，也不知道无忧无虑到底是对是错。不过她信任甲野，既然自己信任的人一本正经地这样说，那她也只能一本正经地回答：“真是这样吗？”

巧言令色只会蒙蔽人的眼目，兰心蕙质则令人赏心悦目。听到“真是这样吗？”这句话时，甲野的内心不由得升起欣慰之情。居高临下俯视对方的灵魂时，哲学家也会心甘情愿地低下那颗富于知性的头。

“好啊，这样就好。必须要这样，无论何时都要保持这种状态。”

系子露出漂亮的牙齿：

“反正我就是这个样子，永远都是这个样子呀。”

“不会一直这样的。”

“可是，我生来就是这个样子，无论什么时候都不会变的呀。”

“会变的……当你离开父亲和哥哥身边时，你就会变。”

“为什么呢？”

“离开他们后，你会变得更加聪明伶俐。”

“本来我就想变得更加聪明一些呀。能变聪明的话，岂不是很好吗？我也想变得像藤尾小姐那样，可是我太笨……”

甲野无比怜悯地望着系子那天真无邪的嘴巴。

“你就那么羡慕藤尾吗？”

“是的，真羡慕啊。”

“系子小姐……”甲野的语气突然变得温柔起来。

“怎么了？”系子毫无戒心地问道。

“如今的社会有很多像藤尾那样的女子，这不是一个好现象啊。你要多加小心，否则会很危险。”

女子依然将双眼皮的大眼睛睁得圆圆的，大大的黑眸中充满惹人怜爱的光芒，看不到任何恐惧的神色。

“藤尾一个人足可以杀死五个像昨晚那样的女孩子。”

黑眸中的光芒骤然消失，表情也在瞬间为之一变。看来“杀死”这个字眼令她感到恐惧。当然，系子不明白甲野话里的其他含义。

“你保持这种状态就可以了，千万不要妄动，动则发生变化。”

“妄动？”

“是的，一谈恋爱就会发生变化。”

女子满面通红，把差点儿脱口而出的话又咽了回去。

“嫁人的话，你就会发生变化。”

女子垂下了头。

“保持这种状态吧，嫁人就太可惜了。”

惹人怜爱的双眼皮接连眨了两三回，紧闭的双唇闪过行雨之龙的影子。不知是鹭草还是堇菜的野花，依旧孤零零地绽放在春色中。

十四

电车挂着红色线路牌呼啸着驶来，待乘客上下车之后，又在铁轨上卷着从身后街上吹来的风疾驶而去。盲人趁着电车驶过的间隙小心翼翼地穿过铁道；茶馆的伙计正在嬉笑着碾磨抹茶；车站工作人员身着积满灰尘、几乎褪成黄色的混纺呢制服，挥舞着旗子；西装革履的人走出旧书店；头戴鸭舌帽的人站在说书场前，在黑板上用白粉笔写着今晚的节目单。空中布满了电线，看不到一只鹰的影子。上空静得出奇，下面却是个喧嚣驳杂的世界。

“喂！喂！”有人在身后大声召唤。

二十四五岁的夫人回头望了一眼，继续往前走。

“喂！”

这回是身穿印有商号短褂的人回头张望。

被叫的人似乎浑然不知，只是一味地避开对面的行人快步前行。两辆竞相驶来的人力车挡住了去路，叫人者与被叫者之间的距离越来越远。宗近袒露着胸膛拔腿飞奔起来，他那身宽松的带衬里和服和外褂随着奔跑的步伐上下跳动。

“喂！”宗近从身后将手搭在对方的肩上。对方停下脚步，小野那细长的侧部脸庞闪现在眼前。小野两只手里都提着东西。

“喂！”宗近摇晃着对方的肩膀，小野转过身来。

“我当是谁呢……失敬！”

因为双手都提着东西，小野只是彬彬有礼地颔首致意，并没有摘下帽子。

“你在想什么呢？无论怎么喊，你就是听不到。”

“是吗？我一点儿也没有注意到啊。”

“你似乎有急事，但看起来又不像是走在地面上，好生奇怪啊。”

“怪什么？”

“你走路的样子。”

“因为是二十世纪嘛，哈哈。”

“这是流行的走路方式吗？怎么感觉一只脚是新的，另一只脚却是旧的呢？”

“哦，那是因为我手里提着东西，行走不方便……”

小野把双手伸到前面，目光移向手里的东西，似乎告诉对方就为这个。宗近也随之把视线移向小野的腰部下方。

“这是什么？”

“这个是垃圾桶，这个是煤油灯台。”

“你打扮得这么时髦，却提着个大垃圾桶，所以才会令人感到奇怪呀。”

“感到奇怪也没有办法，因为这是替别人买的。”

“佩服！佩服！受人之托就可以把自己搞成这副模样。没想到你如此仗义，竟然愿意手提垃圾桶在街上行走。”

小野默不作声，只是笑着躬身致意。

“对了，你这是去哪里？”

“把这些东西……”

“把这些东西带回家吗？”

“不，这是替别人买的，我正要给送过去呢。你去哪里？”

“我去哪儿都可以。”

小野有点儿不知所措。宗近说他好像有急事，但看起来又不像是走在地面上，这对他目前的处境来说，是最恰当不过的形容了。大地广阔而坚硬，但小野的脚踏在上面总觉得不踏实。尽管如此，他还是着急赶路，甚至和悠闲的宗近站在路边聊天都觉得麻烦。若是宗近提出同他一起走，那就更加难办了。

平日里若让宗近缠上，小野总会感到不安。自己是在隐约得知宗近和藤尾之间关系的情况下，确立了同藤尾的关系。尽管自己没有公然掠夺别人未婚妻的意思，但宗近心里的感受不用问也心知肚明。像宗近这种不会掩饰自己的人，从平日的言谈举止中就能猜到他对藤尾有意思。虽然小野没有暗中施计破坏宗近的好事，可事实上就是因为自己的缘故，宗近的愿望已经永远实现不了了。从道义的立场来看，自己心里很过意不去。

本来就已经很过意不去，宗近又做出一副悠闲自如的样子，看起来丝毫不为自己和藤尾的关系感到苦恼，这就更加令人感到过意不去。两人见面时能够坦率地交谈，也会嬉笑着开玩笑，畅谈男人的理想抱负，谈论东亚的治国方策，但却很少谈及男女之间的爱情。也许，不是不想谈及，而是无从谈起。宗近或许是个不懂爱情的男人，他不配做藤尾的丈夫。话虽如此，小野心里还是感到过意不去。

过意不去是一种否定自我的词语，正因为否定自我，才令人感到可贵。小野在内心里对宗近感到过意不去，然而这份过意不去的情感更多是为自己着想。只要想象一下淘气的孩子站在父母面前的心情便会明白，他们内心的过意不去与其说是为了父母而反省，倒不如说是担心会挨骂。他们不会在意自己的恶作剧给别人带来的麻烦，只会为这种麻烦转移到自己身上而伤脑筋。这与害怕打雷的人在雷云下方踌躇不前同出一辙。小野的过意不去和通常意义上的过意不去性质截然不同。然而，小野还是称其为过意不去。因为小野似乎不愿意把自己的感觉放在比过意不去还要低的层面去解读。

“你是在散步吗？”小野彬彬有礼地问道。

“嗯。我刚刚在那个拐角下的电车，所以呢，去哪儿都可以。”

小野认为这个回答有些不合逻辑，但眼下也顾不得这么多了。

“我急着赶路……”

“没关系，我也急着赶路。你往哪边走？我们一起走一段吧……把那个垃圾桶给我，我帮你拿。”

“不用了，太有失体面了。”

“好啦，就给我吧。原来这东西看上去体积大，可实际却很轻啊。我可不觉得有失体面。”宗近晃荡着垃圾桶迈开步子。

“像你这样一拿，看起来很轻松啊。”

“拎东西也得讲究方法呀，哈哈哈哈。这是在劝工场买的吗？做工很细致，用来装废纸有些可惜了。”

“所以说嘛，我才敢拿着它走在街上，真的装有废纸的话……”

“那怕什么，还不是照样提着走。电车不也是塞满一大堆废人在街上耀武扬威地行驶着吗？”

“哈哈，那你岂不成了垃圾桶的驾驶员？”

“那你就是垃圾桶的社长，托你买垃圾桶的人应该是股东吧？那就不能随便往里面扔垃圾了。”

“把写废的诗词或者废书等扔进去，你认为如何？”

“那种东西就算了，最好是多扔些废弃的纸币进去。”

“先扔些废纸进去，再施以魔术变钱，这样钱来得更快。”

“如此一来，人就得首先成为废物呀。难道这也需要郭隗请始[①]吗？即使不施魔术，世上也有很多废人。为什么大家都想郭隗请始呢？”

“他们才不愿意郭隗请始呢，如果废人自己主动爬进垃圾桶，那事情就好办了。”

“要是发明个自动垃圾桶就好了。如此一来，废人都会自己主动跳进去。”

---

① 出自《战国策 · 燕策一》，为贤良之士自荐的典故。

“要不就争取独家经销权吧？”

“啊哈哈哈，好啊。你想让熟人当中的某人跳进去吗？”

“也许是。”小野敷衍着说道。

“对了，你昨晚是不是和特殊的同伴去看了霓虹灯？”

去参观博览会的事情已经暴露，事到如今已没有必要隐瞒下去：

“是的。听说你们也去了？”小野若无其事地答道。甲野明明看到自己却不直说；藤尾对此事佯装不知，却一心想让自己主动招认；宗近则是直截了当地当面提出疑问。小野若无其事地回答着，终于在心里把主意想好了。

“他们是你什么人？”

“真是咄咄逼人啊……是我以前的老师。”

“如此说来，那个女孩就是你恩师的千金喽？”

“嗯，是这样的。”

“看你们在一起喝茶的样子，可不像是外人啊。”

“像兄妹吗？”

“像夫妇，般配的夫妇。”

“这可不敢当。”小野微微一笑，随即移开视线。诗人的注意力被马路对面玻璃窗内闪闪发光的烫金文字洋书所吸引。

“我说，那里好像来了很多新书，过去看看吧？”

“书？想买什么书吗？”

“如果有合适的就买。”

“买了垃圾桶，然后再买书，实在是讽刺啊。”

“为什么？”

宗近来不及回答，趁着电车驶过的间隙手提垃圾桶跑到马路对面，小野也小跑着跟了过去。

“哇，货架上陈列着的书好漂亮啊。怎么样，有想要的吗？”

“果然漂亮。”小野弯着腰将金丝框眼镜贴近玻璃窗专心致志地看起来。

有的书为墨绿色软羊皮封面，正中间用金粉勾勒出一朵睡莲，从花瓣尽头的花萼处开始，一条直线直通到底，然后在封面环绕一周；有的书书脊裁成平面，深红的底色上布满如金发般的纹路；有的书为坚硬厚重的黄铜封面，竖立着的金属片将桌布的纹路都压得变了形；有的书书脊裁有截口，上下两部分分别为朴素的灰色和绿色，并且都镂刻着文字；也有的书扉页为粗纹纸，上面极有品位地写着红色书名。

“看起来你都想要啊。”宗近不看书籍，只是注视着小野的眼镜。

“好啊，全是最新潮的装帧。”

“你觉得把封面弄得漂亮，就能保证内容也好吗？”

“这些都是文学著作，和你看的书不一样。”

“因为是文学著作，所以就必须把封面弄得这么漂亮吗？难怪文学家都戴着一副金丝框眼镜啊。”

“你说话的语气很冲啊。不过从某种意义上来说，文学家也称得上是美术品吧？”小野总算离开了玻璃橱窗。

“说是美术品也好，但仅凭金丝框眼镜来取得保证也太可悲了。”

“看来，都是这副眼镜惹的祸……宗近君你不近视吗？”

“我学习不用功，想近视也近视不了啊。”

“你也不远视吗？”

“你开什么玩笑……好啦，我们快走吧！”

两人肩并肩地继续向前走去。

“你知道鸬鹚这种鸟吧？”宗近边走边问。

“知道。鸬鹚又怎么了？”

“那种鸟好不容易把鱼吞下，却又吐出来，简直毫无意义。”

“是没有意义。不过鱼最终都落入渔夫的鱼篓中，这不是很好吗？”

“所以说，这就是一种讽刺。原本想读书，却又马上把它丢进垃圾桶。所谓学者靠的就是吞书吐书度日。书籍对他们来说毫无益处，唯有垃圾桶最终占了便宜。”

“被你这么一说，学者也太可怜了。我都不知道该做什么才好了。”

“行动啊！死读书本一事无成，就如同把盘子里的牡丹年糕[①]误认为画中的牡丹年糕一样，只会在一旁呆呆地观看。特别是所谓的文学家只知道耍嘴皮子，做不出一件漂亮的事情。小野先生，没错吧？据说西洋诗人当中，就有很多这样的人。”

“是啊。”小野迟疑了一下才回答，接着反问道：

“比如，谁呢？”

“名字记不得了，似乎有个人净干些欺骗妇女、抛弃妻子的勾当。”

“没有这样的人吧？”

“有的，肯定有的。”

“是吗？我都记不清楚了……”

“专家记不得太说不过去了……对了，昨晚的那个女孩……”

小野的腋下不由得渗出汗水。

“那个女孩的事情，我知道得很清楚。”

小野听系子说过弹琴的事，至于其他的事情，小野认为宗近不可能知道。

“她曾住在茑屋后面吧？”小野抢过话头说道。

“那时她在弹琴。”

“她弹得很好吧？”小野不肯轻易认输，和在藤尾面前相比态度大不一样。

“应该是弹得很好吧，简直令人昏昏欲睡啊。”

“哈哈，这才是真正的讽刺！”小野笑了起来。小野的笑声在任何场合都非常安静，而且非常圆润。

---

① 把糯米和粳米混在一起蒸熟捣碎、团成球状，外表裹上小豆馅或豆粉制成的日本传统食物。

“这可不是在嘲弄她，我是认真的。好歹她也是你恩师的千金，我怎么能拿她开玩笑呢。”

“可是，令人昏昏欲睡未免太过分了吧。”

“正是令人昏昏欲睡才好呢。人也是如此，令人昏昏欲睡的人一定都有值得尊敬的地方。”

“是因为守旧而值得尊敬吧。”

“像你这种新潮男人绝不会令人昏昏欲睡。”

“所以就不值得尊敬。”

“不仅如此，这种人甚至还会贬低值得尊敬的人，讥笑他们跟不上时代。”

“不知为什么，今天我总是受到攻击。我们就在此分手吧。”处于尴尬境地的小野停下脚步，他强装笑颜地伸出右手，示意要取回垃圾桶。

“不，我再帮你拿一会儿，反正我也闲着。”

两人又迈开脚步。两人肩并肩地向同一个方向走去，彼此都充满了对对方的鄙视。

“你好像每天都很清闲啊。”

“我吗？我是不太喜欢读书。”

“除此之外，我看你似乎也没什么事情可做啊。”

“因为我没发现有什么必须忙碌的事情。”

“太完美啦。”

“能做得完美就应该做得完美，否则关键的时候就会出乱子。”

“以应不时之需的完美，简直太完美啦！哈哈哈哈。”

“你还是去甲野家吗？”

“我刚刚去过了。”

“又是去甲野家，又是带恩师玩，忙坏了吧？”

“四五天没有去甲野家了。”

“那论文呢？”

“哈哈哈哈，都成了没影儿的事。”

“你最好抓紧时间写完为好。若是没影儿的事，岂不白忙了一场？”

“唉，到了那个份儿上再写吧。”

“对了，你那位恩师的千金……”

“嗯。”

“有件很有趣的事情，是关于那个女孩的……”

小野心里咯噔一下，他不明白宗近想说什么。他斜着眼睛，透过眼镜边缘向宗近望去，宗近依然晃荡着垃圾桶，得意洋洋地面朝前方行走着。

“什么事……”小野问道，语气中已经没有了先前的气势。

“什么事？看起来似乎很有缘分啊。”

“和谁呢？”

“我们和那个女孩啊。”

小野稍微放下心来，可还是觉得不对劲。无论缘分深浅，他都想一刀斩断宗近和孤堂先生之间的关系。然而，上天促成的缘分，即便是能人或天才也不可能拆散。京都的旅馆不下几百家，为什么偏偏选择茑屋住宿呢？他们完全没有必要在茑屋住下，却特意乘坐人力车来到三条，又特意住进茑屋。小野认为这些都是多此一举，简直是喝多了发疯，不过是多余的恶作剧。他们这么做不仅对别人没好处，甚至还会给人找麻烦。然而，事到如今，已经无法挽回。小野想到这里，连回答的精神也没有了。

“小野，那个女孩她……”

“嗯。”

“不应该说那个女孩她……应该说，我们看到了……那个女孩。”

“是从旅馆二楼看到的吗？”

“从二楼也看到过。”

“也”这个字眼令小野稍感不安。小野早就听说宗近他们曾在春雨中从外廊探身出去，共同下望古老的院落和连翘花，所以现在再度提起此事也不会感到吃惊，但是从二楼“也”看到的话，事情就有些不妙，这表示他们在其他地方也看到过。平时的话，小野一定会问个究竟，但此时他却情不自禁地想装装门面，于是向前走了两三步，把“还在哪里见过？”这句话强行咽回肚子里。

“去岚山时也看到过她。”

“仅仅是看到过吗？”

“只是看到而已。我们素不相识，无法交谈。”

“你们跟她说说话就好了。”小野突然开起了玩笑，气氛顿时活跃起来。

“我们还看到过她吃江米团子。”

“在哪里？”

“也是在岚山。”

“就这些吗？”

“还有呢。我们是一起从京都回到了东京。”

“原来如此，我猜你们是乘坐同一辆火车喽。”

“我们还看到你去车站接他们。”

“是吗？”小野苦笑起来。

“听说那个人是东京出身。”

“谁……”小野刚一开口便停住，透过眼镜片的边缘不可思议地偷窥着对方的侧脸。

“谁？什么谁？”

“是谁这么说的？”

小野的语气出乎意料地镇定。

“旅馆的女佣说的。”

“旅馆的女佣？茑屋的？”

小野表情复杂地问道，看起来既像是想知道下文，又像是想确认没有下文。

“嗯。”宗近答道。

“茑屋的女佣……”

“你是往那边拐吗？”

“你，再散一会儿步……怎么样？”

“差不多了，我该回去了。拿去吧，宝贵的垃圾桶。好好拿着，可别给弄丢了。”

小野恭恭敬敬地接过垃圾桶。宗近飘然离去。

一个人的时候，小野便想急着赶路。走得快些，就能够早点到达孤堂先生家。其实他不愿意去孤堂先生家，他急着赶路并非为了早点到达先生家，他只是情不自禁地想快走而已。他双手提着东西，两只脚在不停地走，御赐怀表在西装马甲内滴滴答答地响着。大街上熙熙攘攘。小野忘掉了一切，只是下意识地赶路。必须要快，可他却不知道怎么做才会更快。除非使一昼夜缩短为十二小时，命运的车轮朝着自己所想的方向全速前进，否则没有其他的办法。他不想心生邪念做出违背自然规律的事情，但还是觉得大自然也应该站在自己的立场，多为自己考虑一下才是。如此一来，事情有了保证的话，自己可以在观音菩萨面前参拜一百次，也甘愿为不动明王焚烧护摩木，当然也可成为基督教的信徒。小野一边行走，一边体会到了神灵的重要性。

宗近这个人，既没学问又不用功，更不解诗趣。小野有时感到不可思议，不明白他将来有何打算，甚至轻蔑地认为他一事无成。有时候对他的口无遮拦感到讨厌。然而，现在仔细一想，自己无论如何也达不到宗近那样超然的态度，达不到并不等于自己不如他。世上的事情有些你做不到，也有些是你不想做。小野认为，不会用筷子旋转盘子的人比会这门杂技的人要高尚。宗近的言谈举止自己固然学不来，然而正因为如此，反而体现出了自己的荣誉。在宗近面前，自己总觉得有一种压迫感，心情很不愉快。小野认为，给别人带来愉快是人的首要义务，宗近连诸如此类的社交第一要义都不懂，像他那种人即使在普通社会里也无法成功，考不上外交官也在情理之中。

然而，自己在宗近面前感受到的压迫有些不可思议。迄今为止自己从未分析过出现这种感觉到底是因为他说话口无遮拦，还是因为他枯燥乏味，或者是因为他那所谓旧式的直率，总之这是一种不可思议的感觉。明明宗近丝毫没有故意压制自己的意思，可自己却不由得出现这种感觉。只要宗近毫不考虑旁人的感受、任着性子胡来，神情中便会自然而然地出现一种压迫感。小野在宗近面前总是有些畏缩，小野本以为那是因为自己做了对不起宗近的事，作为报应自己必须要接受道义的惩罚，然而事实并不完全如此。无畏天地、我行我素地高耸的山峰，对小野来说并非无趣，而是缺乏美感；而来自星辰的露珠落在花蕊上，惹人怜爱的花瓣随风飘落，在小河中徐徐漂荡，只有这种景色才能打动小野的心。总之，宗近和自己原本就是两种性格的人，就如扁柏丛生的山峰和百花齐放的花圃，产生不可思议的感觉也在情理之中。

对于性格不合的人，小野有时会把他放在一边不加理睬，有时会产生怜悯之心，有时会嘲讽对方没出息，而从未像今天这样羡慕对方。当然，小野之所以对宗近产生羡慕之情，并不是因为对方人格高尚、温文尔雅，接近自己的标准，而是目前身处困境的他突然间想到“要是能像宗近那样保持从容的心态该有多好啊”。

小野已经向藤尾说出了小夜子与自己的关系。当然他有所保留，只是说以前有个人于己有恩，如今他的膝下只有一个弱小身影相伴，自己与他们云树遥隔五年得以重逢，只是普通的关系而已。小野还说感恩之心是人之常情，善待先生乃学生的本分，除此之外他们之间没有其他任何关系。小野终于说谎了，长期以来的这道防线彻底崩溃。即便是出于无奈而说出的谎言，也要把它编造得合情合理。即使他无心以假乱真，可一旦说出来，就有义务要对谎言负责。也就是说，谎言将影响他今后人生中的种种利益得失。今后，再也不能说谎！据说神灵都不能原谅双重的谎言。从今天起，必须要使谎言成为事实。

小野很伤脑筋。过会儿到达孤堂先生家后，先生的话题一定会迫使自己不得不说出双重谎言。虽然有几个摆脱困境的方法，但如果先生追问得紧，自己可没有勇气断然拒绝。假如小野为人再冷酷一些，事情原本没有这么麻烦。因为从法律的角度来看，自己的所作所为没有任何问题，只要果断拒绝就可以一了百了。然而，如此一来就会愧对恩人。必须趁着恩人逼迫自己之前，趁着谎言还没有被揭穿之前，自然想设法加快命运车轮的旋转速度，使自己和藤尾能正大光明地结婚。至于以后……以后的事情以后再考虑。事实是最有力的武器，只要结婚这个事实能够成立，其他所有事情都得以这个新的事实为基础重新考虑。只要这个新的事实得到大家的认可，自己愿意做出任何于己不利的牺牲，愿意做出任何痛苦的选择。

然而，当此千钧一发之际，小野烦恼不已。他为自己的束手无策而心急如焚，既害怕前进又不愿意后退。他在内心祈祷事情能够尽快向前发展，同时又担心事情真的发展下去。正因为如此，悠闲的宗近才会令他羡慕。做事思前想后的人往往会羡慕头脑简单的人。

春色渐逝，渐逝的春日降下帷幕。几块如绸缎般的浅黄色帷幕，轻轻地自天空飘落，笼罩住大地。街上没有一丝风，一任暮色静静降临，苍茫大地的颜色不断漫延加深。西面天际一抹淡淡的晚霞，也终于变成了紫色。

昏暗之中，依稀可见荞麦面馆招牌上圆脸盘的丑女面具，她双颊绯红似乎在期盼街灯快些点亮，对面是条不足十尺宽的狭窄小巷。黄昏的余晖长长地落到房屋与房屋的空隙中，钻入一户户敞开着的宅门内。屋子里面应该显得更加昏暗。

小野拐进小巷来到左侧第三家门前。说是大门，其实不过是一道把街道与室内隔开的格子拉门而已。他轻轻地把门拉开，屋内一片昏暗，使人感觉暮色骤然加快了降临的脚步。

“有人吗？”小野问道。

温和、平静的声音，似乎不忍心打乱春天宁静的节奏。小野眺望着约一尺宽的盖板上直通屋顶的菱形黑洞，耐心地等候有人出来接待。过了片刻，屋内传来含混不清的应答声，分不清到底是在说“嗯”还是“啊”，或者是“有”。小野依旧眺望着菱形的黑洞等候有人出来接待。又过了片刻，格子纸拉门里传来“咚”地跳起身的声音。看来房屋的构造不够牢固，连地板下龙骨发出的“咯吱咯吱”声都能听得一清二楚。有人拉开了那道常见的壁纸图案的隔扇门，正当小野琢磨着屋内的人应该快要来到两张榻榻米见方的房门处时，孤堂先生那留着胡须的清瘦面孔便出现在格子纸拉门的阴影中。

先生平时看上去身体就不太好。他骨骼细小，身体瘦弱，脸庞更是枯瘦，由于历经风吹雨打，尝遍人间艰辛，连那颗苟存于残酷世间的心也似乎日渐纤瘦。今天他的脸色比平时更加糟糕，连那把引以为荣的胡须也失去了昔日的风采，黑胡须间充满白胡须，白胡须间稀可透风。

老辈人连下巴都没有了精神。一根根地仔细端详的话，便会发现先生的每根胡须都柔弱无力。小野毕恭毕敬地摘下帽子，默默地鞠躬行礼。梳着新潮英国式发型的头，在令他不屑一顾的“过去”面前垂了下来。

画个直径数十尺的圆圈，然后在周围悬挂无数个铁笼子。命运的弄潮儿争先恐后地钻进笼子，圆圈开始旋转，当某个铁笼子中的人升至碧空时，另一个铁笼子中的人便会缓缓地向吞噬一切的大地跌落。发明摩天轮的人简直就是个充满讽刺的哲学家。

英国式发型的头，即将随着铁笼子升往云端。而饱经沧桑、胡须斑白的孤堂先生，则将在另一个铁笼子中向黑暗之地跌落。按照命运事先的设定，一方上升一尺，另一方就会下降一尺。

上升的人清楚地意识到自己正在上升，因此毫不吝啬地在逐渐落入黑暗的人面前恭敬地垂下头。这简直就是上天安排的讽刺。

“哎哟，你来了。”先生的心情不错。乘坐命运摩天轮下降的人遇到上升的人时，心情自然会变好。

“来，进屋吧。”先生说完便回到了客厅。小野开始解鞋带，还没等他解开，先生又走了出来。

“来，进屋吧。”

先生已将大白天也铺在客厅中央的被褥推到墙边，摆好新买来的坐垫。

“您哪里不舒服吗？”

“不知为何，一大早开始就有些不舒服。不过，我一直强忍着，白天撑不住就躺下了。你来的时候，我正迷迷糊糊地睡着。抱歉，让你久等。”

“哪里哪里，我也是刚进门。”

“是吗？我好像听到有人进来，吓了一跳，所以才出去看看。”

“原来是这样，真是打搅您了。刚才您不起来就好了。”

“反正也没什么大碍……再说，小夜子和阿婆都不在家。”

“去哪里了……”

“去澡堂了，顺便买些东西回来。”

被子在榻榻米上隆起，先生起身后留下的被窝洞正对着格子纸拉门。阴暗处棉睡袍的图案有些模糊不清，外褂被扔在一旁，灰色甲斐绢①的衬里微微地闪着光亮。

“似乎有点儿冷呀，还是披上外褂吧。”先生站起身来。

“您还是躺下休息吧。”

“不，我还是坐一会儿。”

“究竟是哪儿不舒服呢？”

“也不像是感冒……没事儿，不会有什么问题。”

“是不是因为昨晚外出的原因？”

“不，哪儿的话……对了，昨晚真是麻烦你了。”

“不麻烦。”

“小夜子也很高兴。托你的福，让我们大饱眼福。”

---

① 日本山梨县出产的一种丝绸，多用于和服衬里、坐垫、包袱皮等。

“如果我时间再多一点的话，还可以陪你们多去些地方转转……”

“你一定很忙。忙是件好事啊。”

“只是这样就怠慢你们了……”

“没关系，你不用担心我们。你越忙我们就越幸福。”

小野沉默不语。房间内渐渐地昏暗下来。

“对了，你吃饭了吗？”先生问道。

“吃过了。”

“吃过了？没吃的话，就在这儿吃点吧。虽说没什么东西，至少还有茶泡饭。”先生颤颤巍巍地站起来，紧紧关着的格子纸拉门上映出一道长长的黑影。

“老师，您别忙了。我是吃过饭才来的。”

“真的吗？你可别客气。”

“我没有客气。”

黑色身影弯下腰来，又变得像先前那样矮小。孤堂先生剧烈地咳嗽了几声。

“您还咳嗽？”

“只是干……干咳……”话未说完，先生又咳嗽了几声。小野黯然地等待他咳完。

“您还是躺下来暖和一下为好，受了寒对身体可不好。”

“不用，已经没事了。一咳起来就会止不住……人老了就不中用喽……做什么都要趁年轻才行啊。”

做什么都要趁年轻这句话，小野不知听过多少遍。然而，今天还是第一次听孤堂先生这么说。从只留一把枯骨于此世，将稀疏苍髯托于风尘，余生中苟延残喘十年、二十年的人口中说出这种话，至少小野是第一次听到。这时，似乎响起了阴郁的子时钟声。在昏暗的房间内从昏暗的人口中听到这句话，小野深深地领悟到了做什么都要趁年轻。青春一去不复返，少小不努力，老大徒伤悲。

人生蒙受损失到了先生这样老朽的年纪时，心情必定非常凄凉。这样的人生一定是极其无聊。然而，如果对恩人做出忘恩负义之事，终生遭受良心谴责的话，这恐怕比回忆人生蒙受的损失更加令人郁闷。总之，青春一去不复返。在仅有一次的青春时期所决定的事，关系到人一生的命运。自己目前必须要做出的选择，将决定一生的命运。假如今天见藤尾之前先来先生家的话，或许就不需要说出那种谎言，可是谎言已经出口，如今后悔也于事无补。可以说自己已经把将来的命运交给了藤尾。小野在内心这样为自己辩解。

“东京变化真大呀。”先生说道。

“这里的变化速度很快，每天都在变。”

“简直快得可怕。昨晚也吓了一大跳啊。”

“因为人太多了。”

“人是很多。不过，就算人多大概也很难遇见熟人吧。”

“是啊。”小野含糊不清地答道。

“能不能遇见呢？”

“这个……”小野原本打算敷衍过去，却又肯定地说道，“嗯，应该不会遇见。”

“不会遇见？这也难怪，看来东京很大啊。”先生感慨不已，显得有些土里土气。小野把视线从血色皆无的先生的面孔移开，望着自己的膝盖。洁白衬衣袖口上的景泰蓝袖扣极尽奢华，绿色釉料的中心为一抹浅粉色，周围包裹着柔和的金边。西装是质地优良的英国面料。小野打量着自己，突然间明白了什么才是属于自己的世界。小野此时的心情，就如在先生的引诱下差点儿落入圈套，幸好在危急关头忽然想起了遗忘的东西。当然，先生不知道小野的心思。

“我们好久没有一起走路了。今年刚好是第五年吗？”先生无比怀念地说道。

“对，是第五年。”

“无论是第五年还是第十年，能像现在这样住在同一个地方就好啊……小夜子也很高兴。”先生说完前面的话，又补充了一句。小野在昏暗的房间内紧张得全身僵硬，竟然忘记了马上回答。

“刚才小姐去找过我。”小野没有办法，只能硬着头皮回应。

“哦……其实也没什么急事，只是想如果你有空的话，就麻烦你带她出去买点东西。”

“真不巧，我那时正要外出。”

“我都听说了。打搅你了吧？你是有急事要办吗？”

“不……也算不上是什么急事。”见小野有些吞吞吐吐，先生也就没有追问。

“哦，是这样。那就好……”先生茫然地说道。随着茫然的语气，房间内也逐渐变得模糊不清。今晚是月圆之夜。虽然如此，但月亮还没升起，太阳倒先落山了。六尺宽的壁龛墙面凑合着涂着深蓝色细砂涂料，里面墙上挂着一幅先生珍藏的义董①的挂轴。画中人物着唐代衣冠，长长的衣袖随意卷在胳膊上，一脸醉态地迈着蹒跚的步伐，看他那靠在书童肩膀的样子，俨然就是一个在四月里游山玩水的乐天派，与这个家中的冷清极不相称。先前看到时，画中人物头上戴的黑帽子给小野留下了深刻的印象，然而再次望去时，就连垂落在帽子左右两侧的说不上是飘穗还是发饰的宽绢带也变得模糊不清，即将隐没于朦胧的暮色中。小野暗想若再和先生这么继续耗下去，两人将会落入同一个洞穴，如影子般地消失。

“老师，您吩咐的煤油灯座已经买好了。”

“太好了，让我看看。”

小野在昏暗之中去屋门口把煤油灯座和垃圾桶拿进屋里。

“啊……这么暗，看不清楚。先把灯点上，再慢慢看吧。”

“让我来点吧。煤油灯放在哪里呢？”

---

① 柴田义董（1780—1819），日本江户末期四条派的画家，擅长人物画。

“真过意不去，按说小夜子该回来了。那就有劳了，出了外廊，煤油灯就放在右侧的防雨拉窗夹层内。我记得已经擦过了。”

一个微黑的身影站了起来，“哗啦”一声拉开格子纸拉门。黑夜来袭，留在房间内的身影悄悄地把双臂交叉抱在胸前等着。六张榻榻米的房间阴森森地困住落寞的人，落寞的人又“吭吭吭”地咳嗽起来。

过了片刻，外廊的角落里传来擦火柴的声音，咳嗽声也随之停下。明亮的灯火移到了房间内。身着西裤的小野跪坐下来，将半寸灯芯的煤油灯放在新灯座上。

“刚好合适啊，灯座很稳固。是紫檀的吗？”

“大概是仿制的吧。”

“就算是仿制，也很好啊。多少钱？”

“您就别提这个了。”

“这样可不好，到底多少钱？”

“一共四元多一点儿。”

“四元？东京的东西果然很贵呀……靠我那一点养老金过日子，还是京都舒服多了。”

与两三年前不同，目前先生只能靠少许养老金和一点儿储蓄利息过日子，这和当年照顾小野时根本无法相比。看上去，先生似乎期待着小野能给予一些周济。小野毕恭毕敬地等待先生说下去。

“如果没有小夜子的话，我完全可以留在京都，但身边有个年轻女儿，就让人放不下心来……”说到这里，先生停顿了下来。小野依旧毕恭毕敬地一言不发。

“像我这种人死在哪儿都一样，但是留下小夜子孤单一人也太可怜了，所以到了这把年纪还特意搬到东京来……虽说东京是我的故乡，不过已经离开了二十年，在这里既没熟人也没朋友，简直就跟来到国外一样。而且到了这里一看，街上尘土飞扬、人山人海，物价也贵，根本就不适合居住……”

“这里的确不适合居住啊。”

“原本东京也有两三家亲戚，可是因为长期没有联系，现在连他们住在哪里都不知道。平时倒也没什么感觉，可像今天这样因身体原因一躺就是半天，就难免会心里不安，胡思乱想个不停。”

“那倒也是。”

“不过，你在身边，我们就有了依靠。”

“可我也帮不上什么忙……”

“哪里，你已经帮了我们很多忙，真要谢谢你啊。你那么忙……”

“要不是为了写论文，还能抽出很多时间。”

“论文？是博士论文吧。”

“是的，就是啊。”

“什么时候能写完呢？”

小野不知道论文什么时候才能写完，他也想快些写完。他心里想，如果和你们没有这些瓜葛，恐怕早就写完了，但他嘴上却说：

“目前正在努力地写。”

先生把手从和服衬衣袖子里抽出，连同胳膊肘一起抱在怀中，摇晃了几下肩膀说：

“我总是觉得冷。”说着，细长的胡须也缩到了衣领中。

“您躺下休息吧，这么坐着对身体可不好呀。我也该告辞了。”

“先别走，我们再说会儿，小夜子马上就要回来了。想躺下的话我自己就躺下了，不会和你客气。而且，我还有话要说呢。”

先生突然把手从怀中抽出放在膝上，并且同时拍了一下。

“你不必着急走，天才刚刚黑嘛。”

小野有些不太情愿，却又觉得先生很可怜。先生之所以极力挽留自己，并不仅是为了怀念过去，也不是因为一时的无聊。先生或许对未来充满了担忧，想趁自己还有一口气在的时候尽快安排好一切，使自己在九泉之下也能瞑目。

其实，小野还没吃过晚饭。留下来的话，先生一定会说出自己不想听的话题。小野早就坐不住了，然而看到先生的那副样子，实在不忍心伸直穿着西裤的腿站立起来。本来先生疾病缠身，却为了自己勉强打起精神，推开带着体温的被子。被窝已四面进风，早就没有一丝热气。

“那个，我想说说小夜子……”老人望着煤油灯的火焰说道。半寸灯芯默默地吸着油壶里的油，在圆柱形玻璃灯罩内燃烧着，柔和的火舌静静地守护着迟暮的春光。凄凉寂寞的夜晚，只能靠一点光明来抚慰人心。灯火能给人带来希望。

“我想说说小夜子，你也知道她性格比较内向，又不像当今女学生那样接受过流行的教育，我想你不会看上她……”说到这里，先生的视线离开煤油灯，转向了小野这边。小野不能置之不理了。

“不不……怎么会……”小野敷衍着没有把话说完，先生依然目不转睛地注视着小野的面孔，也不说话，似乎在等待小野继续说下去。

“怎么会……看不上呢……根本就不可能的。”小野吞吞吐吐地说道。先生总算满意了，继续说道：

“那孩子其实很可怜啊。”

小野没说是，也没说不是。他把双手放在膝上，眼睛望着手背。

“像现在这样腿脚还能动的时候倒也没什么，可就凭我这副身子骨，万一什么时候有个三长两短可就麻烦了。我们曾经有过约定，而且你也不是随便爽约的轻浮男人，所以我想我死了以后，你也会继续照顾小夜子的吧……”

“那是当然。”小野只能如此回答。

“那我也就放心了。不过，女孩子家心眼小啊。啊哈哈哈，实在没有法子呀。”

先生的笑声听起来有点儿勉强，脸上的笑容反而平添了几分凄凉。

“其实，您也没必要这么担心。”小野的话明显底气不足，让人感觉靠不住。

“我倒无所谓，可小夜子她……”

小野开始用右手摩挲起西裤的膝头。两人都一言不发。不知趣的灯火照着先生，也照着小野。

“我知道你也有很多事情要办。可是，事情总是没完没了，做不完的。”

“也不是这样，再等一等就好了。”

“可是，你毕业都已经两年了吧？”

“是的，不过我想再等一等……”

“等一等？到底要等到什么时候？如果有个明确的日期，我们可以等。小夜子那边，我会和她解释的。可你只是说再等一等，这就难办了。我这个做父亲的，总得为自己女儿尽点儿责任吧……你说的再等一等，是指等你写完博士论文吗？”

“是的，大概就是这样。”

“你好像已经写了很长时间，大概什么时候能写完呢？”

“我正在努力，争取早日把它写完。毕竟太难写了……”

“可是，应该有个大概的时间吧？”

“再等一等。”

“等到下个月吗？”

“没那么快……”

“下下个月怎么样？”

“这个嘛……”

“那么，就等结了婚之后再写吧？谁也没有规定结了婚就不能写论文，是吧？”

“可是，结了婚就要承担责任。”

“那怕什么，你只要像现在这样继续工作就可以，我们在经济上暂时不会给你增加负担。”

小野不知该如何回答。

“你现在大概有多少收入？”

"只是一点点。"

"一点点是多少？"

"加一起大约有六十元，一个人可以勉强度日。"

"在别人家里寄宿，也是这样吗？"

"是的。"

"简直是荒唐！一个人花费六十元，太浪费了。这些钱可以让一家人过得舒舒服服。"

小野又不知该如何回答。

虽然先生说东京物价贵，但他并不知道东京和京都的差异。虽然以前可以勒紧鸣海扎染①腰带喝着甘薯粥御寒，但大学毕业之后自己必须要在衣着上支出费用以获取别人的尊敬，先生根本就没有考虑自己的处境已今非昔比。对学者来说，书籍的地位仅次于生命。就如盲人的拐杖，是缺之不可的重要谋生工具。难道书籍会凭空出现在书桌上吗？这可是自己煞费苦心搜集来的，先生绝对想象不到这将花费多少钱。正因为这样，小野无法三言两语地做出回答。

不知为何，小野用左手撑着榻榻米，猛地伸出右手拧出煤油灯芯。房间内一下子明亮起来，仿佛六张榻榻米的小地球突然转向了东方，先生的世界观似乎也随之变得明朗起来，但小野仍不松开捏住灯芯旋钮的手。

"好了，这样就可以了，太长了就会有危险。"

小野松开了手。把手收回时，小野顺着袖口内侧望了望手腕，然后从西装的手巾袋里取出洁白的手巾，仔细地擦拭着指尖上的油渍。

"我看灯芯有点儿歪……"小野把擦拭过的手指放在鼻子面前闻了两三次。

"让那个阿婆剪灯芯，每回都会剪歪。"先生望着分叉的灯芯说道。

"对了，那个阿婆怎么样？还中用吗？"

---

① 日本鸣海（今爱知县名古屋市绿区）地区出产的木棉蓝染布。

"哦，我还没向你道谢呢。给你添了这么多麻烦……"

"不不，其实我正担心她年纪太大，做不好活儿。"

"嗯，这一点倒还可以。她似乎也逐渐适应了。"

"是吗？那可太好了，我还担心她干不好呢。她是浅井介绍来的，别的不说，人倒是很可靠。"

"是吗。对了，浅井最近怎么样？还没有回来吗？"

"应该快回来了，说不定就坐今天的火车回来。"

"前天收到他的来信，说是两三天之内就会回来。"

"啊，是吗？"说完这句话，小野凝视起刚转出来的半寸灯芯的火苗。他的视线集中于一点，似乎是想找出浅井回东京和半寸灯芯之间的关系。

"老师。"小野说道。他把面孔转向先生，嘴角也罕见地露出一丝未曾有过的果断。

"什么事？"

"刚才您说的那件事……"

"哦。"

"您能不能给我两三天时间？"

"两三天？"

"因为我想仔细考虑之后，再给您一个明确的答复。"

"当然可以。三天也好四天也好……就是一星期也可以。只要事情能够确定下来，我们就可以耐心地等待。那么，我就向小夜子转达你的意思。"

"好的，拜托啦。"小野边说边取出御赐银表。即将迎来夏季的高悬的太阳落山后，夜晚的时针似乎转动得更快了。

"那么，今晚我就告辞了。"

"再坐一会儿吧，小夜子马上就回来了。"

"我改天还会再来。"

"那好吧……招待不周。"

小野轻松地站了起来。先生拿起煤油灯。

"不用送了，我能看得清。"小野一边说一边走向房门。

"哎呀，今晚月亮好圆。"先生把煤油灯举到齐肩的高度。

"是啊，好一个宁静的夜晚。"小野一边系鞋带一边透过格子拉门望着外面的小巷。

"京都更加宁静啊。"

弯着腰的小野总算站直了身体。格子拉门开了，小野修长的身体有一半探了出去。

"清三！"先生站在煤油灯的阴影中把小野叫住。

"哎。"月光下的小野回过头来。

"其实也没什么……就是想告诉你，我之所以来东京，就是因为想把小夜子早点嫁出去。你明白吧？"先生说道。

小野毕恭毕敬地摘下帽子。先生的身影和煤油灯一起消失。

外面夜色朦胧。天空中的明月，在照亮世界的同时又束缚住世界。天幕看似很高，又似很低，不安分地飘浮在未阑的夜空中。悬挂其上的月亮更是倩影婆娑，黄色圆轮模模糊糊地胀起，以至连轮廓都模糊难辨。靠近边缘处的黄色褪去，融入黑蓝之中。仿佛只要轻轻飘动一下，月亮就会融入天幕之中。在这个夜晚，难以分清月亮与天空，人与大地。

小野的皮鞋似乎在躲避着润泽的月光，踏到地面时鞋跟都缩进了西裤裤腿内，他穿过小巷来到荞麦面条馆的灯笼幌子前，然后向左侧拐去。街上弥漫着人的气息，拖曳在地面的身影并不算长，时而蜷缩着摇晃而来，时而舒展着摇晃而去。木屐的声音淹没在朦胧之中，仿佛裹了霜似的不够清脆。身旁闪过的电线杆上有一片白色的图案，疑惑不解地仔细一看，一幅用粉笔画着的相合伞[①]映入眼帘。淡淡的夜色，笼罩在白昼留下来的雾

① 暗示男女之间关系亲密的涂鸦。画一把线条简单的伞，然后在伞柄两侧写上男女双方的名字。

霭之中，过往的路人都显得不知所措。向后退是一片雾霭，前行则是月光世界。小野宛如在梦境中信步而行，正如“踽踽独行”所形容的那样。

其实，小野还没吃过晚饭。平时的话，只要走到街上，他便会神气地迈开穿着笔挺西裤的双腿走进一家西餐厅。然而，今晚他却一点儿食欲也没有，甚至连牛奶也不想喝。天气过于暖和，胃口感到沉重。小野拖着两条腿，虽然不能说是步履蹒跚，却也没有实实在在踩在地面上的感觉。这也许是因为他落脚太轻的缘故，可即便如此，他也不想用力地踩向地面。如果能像警察那样走路，那么世上就不需要朦胧夜色，也不需要任何担忧。正因为是警察，才能像那样走路。看来，小野，特别是今夜的小野，是无法效法警察的。

为什么自己如此怯弱呢？小野一边思考一边漫不经心地走着。为什么如此怯弱呢？论才智不输给任何人，学识也比同学高出不止一倍，从举止言谈到穿衣打扮都充满自信，只是生性懦弱。因为生性懦弱而给自己带来损失，仅仅是损失的话倒也无妨，问题是陷入了没有退路的窘境。一本书上曾写道“溺水的人也会胡乱踢腾几下”，在目前这种紧急关头，其实自己也满可以横下心来甩掉一些包袱，或许问题就会迎刃而解。然而……

不远处有女人的说话声，两个人影在马路对面朝这边走来。吾妻木屐①和驹木屐②的声音有节奏地交融在一起，不紧不慢地在夜色中回响，其间夹杂着她们的谈话声：

一个人说：“也不知他帮没帮我们买来煤油灯座？”“就是啊。”另一个人答道。“说不定现在已经送来了。”“不知道呀。”“可是，他答应过帮我们买来吧？”一个人变换话题说：“啊……今晚实在是太暖和了。”另一个人解释说：“这都是因为泡了澡的缘故啊，温泉会使人身体变得暖和。”

---

① 表面铺有草席的矮齿木屐，因江户初期一个名叫“吾妻”的艺伎穿用而得名。
② 整体由一块木材制成的木屐，因最早为马蹄形而得名，男女均可穿用。

听到这里，两个身影从路对面走了过去。小野目送着她们，只见两个头自一排屋檐下斜着露出，往荞麦面馆方向移去。小野站在那里扭头望了一会儿，继续向前走去。

像浅井那种没有同情心的人，处理这种问题应该是轻而易举的；像宗近那种凡事都满不在乎的人，估计也会容易地找到解决问题的方法；换作甲野的话，想必就算夹在两难之间，也会采取超然的态度。然而，自己却做不到这些，无论朝哪一方迈步，都会深陷其中。因为同时兼顾两方，结果被双方各自抱住了一条腿。总之，这都是因为自己为人情所困，没有了主见。利害得失？对小野来说，利害得失之念不过是在人情基础上披上的虚伪的外皮。如果有人问“什么能最大限度地打动你”，自己会毫不犹豫地回答“人情”。即使把利害得失之念排在第三或第四的位置，甚至完全放弃这个念头，大概自己也会陷入同样的结局。小野一面思考一面行走。

不管如何看重人情，也不能如此优柔寡断。如果置之不理，顺其自然的话，事情不知会发展到何种地步，仅凭想象就令人心生恐惧。或许，越是顾忌着人情，就越有可能眼睁睁地看着事情往糟糕的方向发展。此时，必须要采取一些应急手段。不过，好在还有两三天的时间，在这两三天之内仔细考虑后再做出决定也不迟。假如两三天后仍想不出好办法的话，那将会走投无路，那时只能抓住浅井这根救命稻草，委托他去和孤堂先生交涉。其实刚才也是出于这种考虑，算好浅井回来的日期，才请求孤堂先生再等两三天。这种事情，只有人情淡薄的浅井才能处理好。像自己这种重人情的人根本就无法拒绝对方。小野一面思考一面行走。

明月依然悬挂于天幕，看似飘逸却又稳稳地悬在那里。月光倾泻而下，冷峭未及释放，便被浓厚温暖的湿气裹住，把无尽的梦想拽回半空。稀疏的星星钻入云层，似乎要将其刺破冲天而出，然而最终犹如子弹射入棉絮，仅仅发出微弱的光芒。这是个寂静又沉重的夜晚，小野在夜色中一面思考一面行走。看来今夜连火警钟也不会响起。

十五

房间朝南，法式落地平拉窗的玻璃距地板仅五寸高。打开窗户，阳光便射入屋内，暖风也扑面而来。阳光驻留在椅子腿上，不安分的风却闲不下来，毫不客气地时而冲向天花板，时而潜入窗帘后面。这是一间宽敞明亮的书房。

法式落地窗的右侧摆放着一张书桌，如果放下拱形抽拉板，就可以在上面给书桌上锁。如果打开抽拉板，铺着绿色呢绒的桌面中央逐渐向面前倾斜着，便于将书背平放在上面阅读。桌面下方左右两侧分别为镶嵌着银质把手的抽屉，第四层抽屉直接落在地板上。涂着清漆的樟木拼花地板光亮无比，穿着鞋踩在上面，似乎一不小心就会滑倒。

另外，书房中央还摆放着一张桌子，集齐本德尔①风格与新艺术风格于一炉，在奢华的古典之美中大胆地掺入流行元素。桌子周围的四把椅子，自然也都是同样款式。椅子上的缎饰图案想必也是同样风格，只是罩上了白色遮阳套，如此一来，虽然不必担心椅背和椅面被阳光暴晒，但却因此不能一饱眼福。

书架靠墙摆放，六尺高九尺宽，排成一列延伸至门口。书架是甲野父亲生前从西洋订购的，他喜欢这种既能组合也能分开独立使用的功能。书架内摆满了蓝、黄等各种五光十色的书籍，烫金的书名有花体罗马字和方块汉字，无论是横排的还是竖排的都很漂亮。

每次看到钦吾的书房，小野总是羡慕不已。当然，钦吾对它也并不讨厌。这里原本是父亲的起居室，其中有一扇门直通客厅，从另一扇门经过走廊可以到达铺着榻榻米的和式房间。这两间西式房间，是父亲觉得房子太小，于二十世纪进行扩建的。这样做，并非是父亲的意愿，而是为用途所迫，违心地加盖了迎合时尚的房屋。就是如此并不尽人意的房屋，却令小野无比羡慕。

假如能在这样的书房内，随心所欲地阅读自己喜欢的书籍，读累了就和喜欢的人聊些喜欢的话题，那该有多好啊！博士论文马上就能完成，接下来再写一部流芳后世的大作，心情一定会无比愉悦。然而，目前自己寄宿在别人家，每天大脑被左邻右舍乱七八糟的事情搅得一塌糊涂。同时，过去又不分昼夜地对自己穷追不舍，错综复杂的人情道义把自己搞得心力交瘁，一切都无从谈起。不是自夸，小野认为自己拥有聪慧的头脑。拥有聪慧头脑的人，就有义务用自己的头脑为世间做出贡献。为了尽义务，自身必须具备尽义务的条件。这样的书房便是条件之一——小野非常渴望得到这样一间书房。

甲野和小野不在同一个高中，但进了同一所大学，年级也相同。他们一个学哲学，一个学文学，因为专业不同，所以小野不清楚甲野的水平到底如何。他只是听说，甲野的毕业论文题目是《哲学世界与现实世界》。尽管他没有读过这篇论文，无法判断它的价值，但不管怎样，甲野没有得到银表，而自己却得到了银表。御赐银表不仅可以用来计时，还可以用来衡量头脑的好坏，以及预测未来能否进步和在学界能否成功。可以断言，与这种特别恩典失之交臂的甲野并非杰出人物，而且毕业后他似乎也没像样地钻研学问。或许他胸怀大志、深藏不露，但果真如此的话也应该有所表现。没有表现，就意味着其实并无可以拿得出手的东西。小野认为，无论怎么说自己都是个比甲野有用的人才。然而，有用的人才却不得不为了每月六十元的俸禄、为了衣食而四处奔波，而甲野却整日逍遥地过着空虚

---

① Thomas Chippendale （1771—1779），英国家具设计师。

的日子。这样的书房被甲野占据，实在太可惜了。假如自己能够取代甲野成为这间书房的主人，在这两年里一定会大有作为，然而出身贫寒的自己却不得不接受骥服盐车之不公，一直过着忍辱负重的生活。常言说不幸的人也会有一阳来复之时，小野一直都在企盼这一天的到来。而此时的甲野正百无聊赖地坐在书桌前，他对小野的心思一无所知。

推开面前的窗户，只需跨下一级石阶，不但可以将宽阔的草坪尽收眼底，还能使清新的空气沿着地面进入室内，但甲野却紧闭窗门，独自一人闷在房间里。

右侧的小窗户关得紧紧的，左右两侧还挂着半掩着的窗帘，微弱的光线透过玻璃洒在地板上。花卉图案的绛紫色毛纺窗帘的纹路中积满尘埃，看起来似乎二十多天都没有动过。由于日晒，颜色也几乎消失殆尽。装饰与房间并不协调，然而在过渡时期的日本却深受追捧，并被广泛使用。把脸贴在窗帘空隙间的玻璃上向外望去，透过石楠树丛可以看到池塘。由于树枝的遮挡，看上去池塘的水波时隐时现。池塘的斜对面就是藤尾的房间。甲野既不看树丛，也不看池塘、草坪，他只是一动不动地坐在书桌前。去年未燃尽的炭躺在暖炉中，正在冷冷地观望春色。

过了片刻，“啪嗒”地响起了放下书籍的声音。甲野取出那本破旧的日记本，写了起来：

> 众人欲施恶于吾，却不容吾将其视为恶徒，亦不容吾抗其凶暴。其曰：不服命，汝当憎。

甲野用小字写完这段话，在后面用片假名添上了莱奥帕尔迪[①]的名字，然后把日记本推到书桌的右侧，重新拿起刚才阅读的书籍，静静地读

---

① Leopardi Giacomo （1798—1837），19 世纪意大利著名浪漫主义诗人、散文家、语言学家。

了起来。忽然，细长的螺钿杆钢笔从桌面滚落到地板上，甲野脚下出现了一摊黑黑的痕迹。他用双手撑住桌角，微微向后仰着身体，低头注视着那摊黑色的墨汁。墨汁呈圆弧形向四处飞溅，螺钿笔杆则滚到一旁，在昏暗中幽幽地闪着冷光。甲野挪开椅子，摸索着从地板上拾起钢笔。这是以前父亲在海外给他买的礼物。

甲野用手指捏住笔杆，然后翻转手掌，使钢笔从手指间滑落至掌心。随着手掌的上下移动，细长的笔杆也闪烁着光芒在掌心里前后滚动。这是父亲留下的小小的遗物。

甲野一面在掌心滚动着钢笔杆，一面读着刚才的书籍。他翻开一页，只见上面写着：

> 剑客舞剑时，若双方不相上下，则再高明的剑术也等于无术。假如不能一招制胜，则等同于和外行人交手过招。对人的欺骗行为亦然。当被欺骗者与欺骗者同样奸诈多端时，则两人的身份与互相以诚相待者并无任何区别。故此，唯有双方的虚伪丑恶分出高下，或对方不够虚伪丑恶，或与善良之辈为敌，方能取得效果。第三种情况实属罕见，第二种情况亦不多见，通常唯有凶恶之徒才能与道德败坏者成为对手。原本只需行善施德便能圆满完成之事，即使互相伤害亦无法完成或者历尽千辛万苦方使完成，实乃可悲之事。

甲野再次拿起日记本。他把螺钿杆钢笔插进墨水瓶，见墨水迟迟吸不上来，索性松开了手。他把黄色封面的日记本放在摊开的莱奥帕尔迪的诗集上面，两只脚用力踏着地板，双手交叉放在脖颈后，靠在了椅背上。甲野身体后仰的时候，刚好与父亲的半身肖像画打了个照面。

画像不算大，说是半身，其实只能看到马甲上的两粒扣子。外面穿的应该是大礼服，但在昏暗背景的烘托下看不太清楚，只有稍微露在外面的白衬衫和天庭开阔的脸庞清晰可见。

这幅画像据说是出自名人之手。三年前父亲回国时，就是带着这幅画像漂洋过海踏上了横滨码头。自那以后，画像便一直挂在墙上，钦吾抬头便可看到。即使钦吾不抬头，画中人也会低头望着钦吾。无论是写文章时，还是托着腮帮思考时，或者是趴在书桌上休息时，画中人始终俯视着钦吾。甚至连钦吾不在时，画中人也一直在俯视着书房。

向下俯视的画像栩栩如生，眼睛中透着一股威严。眼睛并非精雕细琢刻画而成，而是一笔勾出轮廓，在眉毛与睫毛间自然形成阴影。在松弛的眼袋以及眼角岁月留下的密集细纹衬托下，眸子跃然其中。能够在一瞬间捕捉到生动的表情，并将其忠实地再现于画布之上，这种画技的确不同凡响。每当甲野看到这双眼眸，便会感到父亲仍然活着。

在空想世界里拨起一澜，必有千澜追至。每当甲野忘却自我，沉浸在浪浪相拥的冥想中时，只要他抬起懊恼的头与画像中的眼睛相遇，便会感到“哦，原来画还在”。有时，他甚至会感到吃惊，“咦，怎么他还在！”此刻，甲野的视线离开莱奥帕尔迪的诗集，一筹莫展地靠在椅背上时，他的惊讶程度比平时更加强烈。

遗物实在是残忍的东西，它能勾起人的痛苦回忆，令人缅怀逝者，却又不能令逝者复生。即使对逝者的几丝遗发从不离身地珍藏，并有时痛哭流涕，但岁月还是流逝如旧。这便是浮世人寰。遗物本应该烧毁。父亲过世后，甲野不知为何就讨厌再看到这幅画。父亲在世时，即使两人天各一方，自己也可以固守着这个大本营，面对画像想象着父亲慈祥的面容，不仅可以把远在异乡的父亲深深地印在记忆深处，还可以期待重逢之春的到来。然而，想见的人已经死去，只有眼睛还活着，而且仅仅是活着，并不会动。甲野心潮起伏，茫然地望着那双眼睛。

爸爸也真是可怜，明明还可以在这个世上多活几年。他的胡须还未全白，气色也非常好。当然与死不沾边，实在太可怜了。就算是死，哪怕回到日本之后再死也好。他一定有许多想交代的事情，有许多想问的话、想说的话。年纪都这么大了，还三番五次地被派往国外任职，并且在任地骤病而逝。

……

活着的眼睛从墙壁上注视着甲野。甲野靠在椅子上，注视着墙壁上的画像。每当两双眼睛对视，目光便会交融在一起。此时，两人一动不动地对视着，时间一秒一秒地过去，当达到一分钟时，画像中的眼睛似乎动了起来。这并非是甲野因视线移动而产生的错觉，而是画像中凝视目光逐渐增强，化作灵魂冲破眼睛一点点地直逼甲野。甲野吃了一惊，不禁向前探出头，当他的头发离开椅背大约两寸时，直逼得灵魂已经没有了踪迹。看来，不知何时它又重新回到了眼睛之中。眼前的画像依然还是那幅画像。甲野又把乌黑的头靠在椅背上。

实在是荒唐！最近时常会发生这种事。可能是身体过于虚弱的原因，也可能是头出了问题。不管怎么说，甲野讨厌这幅画。正因为画得太像父亲，反倒更令人放不下心来。甲野明白人一死百了，总是挂念也无济于事。然而死去的人在眼前不住地提醒你怀念他，就如同被人逼迫着用木剑切腹一样，不仅令人心烦，更令人感到不悦。

如果只是勾起自己的怀念之情，倒也没什么。而目前的情况是，每当甲野忆起父亲便会觉得父亲可怜，他甚至觉得自己目前的身心状态也很可怜。尽管自己活在现实世界中，但只是如行尸走肉般地享受着衣、食、住而已，而只有将灵魂置于另一个世界，把母亲和妹妹的事都抛在脑后，才可以这样活着。在不解脱离凡尘的功力者看来，甲野的做法实在是愚蠢透顶。尽管甲野已经决定舍弃一切，但他不想让父亲看到自己这副糟糕的样子。父亲只是个凡人，假如他在九泉之下看到自己这副模样，一定会认为自己是个不肖之子。不肖之子不愿回忆父亲的往事，一回忆便会觉得父亲可怜。这幅画不能继续挂在这里了，应该找个机会把它收拾起来放进仓库……

十人有十种因果。无论是惩羹吹齑还是守株待兔，都毫无例外地受到自然规律的支配。当千家万户听到正午的炮声①而煮饭时，地球彼端的百

① 日本旧时正午的报时炮声，东京于 1871 年开始实行，1929 年起改为汽笛报时。

姓则在深夜里钻进被窝酣然入梦。当甲野独自在书房里胡思乱想时，母亲正和藤尾在和式房间内小声地交谈。

“看来，您还没和他说吧。”藤尾说道。她穿着一件深茶色的粗丝带衬里和服，虽然看上去很朴素，但长袖后面开裂处露出的一道红绸衬里却尽显婀娜。赭色腰带布满古香古色的花纹，面料不得而知。

“你是说钦吾吗？”母亲反问道。母亲身穿与其年龄相称的暗色条纹和服，只是黑色的腰带看起来有些显眼。

“是的。”藤尾答道，接着又确认道：

“哥哥还不知道吧？”

“我还没和他说呢。”话音一落，母亲便不再言语。她翻开坐垫的一角，问道：

“咦？我的旱烟袋哪去了？”

旱烟袋在火盆对面。

“给你。”藤尾用虎口逆向夹着细长的烟管，从提梁铁壶的上方递给母亲。

“和他说了，他会有什么反应呢？”藤尾把伸出的手收了回去。

“他要是说什么，你就放弃计划吗？”母亲的语气中透着嘲讽，她随即低下头，向烟袋锅里填加起云井烟丝。女儿没有回答。如果回答，倒显得软弱。想要给对方一个强硬答复时，必须要保持沉默。沉默是金。

母亲把烟袋凑近火盆架的下方，深深地吸了一口，然后将烟雾从鼻孔喷出，开口说道：

“这件事，随时都可以和他说。你认为可以说的话，那就由我来和他说。这也没有什么好商量的，只要把我们的决定告诉他，这就可以了。”

“我也是这样想，自己定下来的事，无论哥哥说什么都不会动摇……”

“他才不会说什么呢。如果和他能够说得通，我们从开始就没必要这么做，还有很多其他的办法呢！”

“不过，只要哥哥一改变想法，我们就会陷入困境啊。”

“是啊。要不是考虑到这一点，根本就没必要和他说什么。毕竟他是这个家的法定继承人，他不点头答应的话，我们就只有流落街头了。”

“可是，每次和他说起什么，他总是说把所有财产都给我，叫我放心好了。”

“光嘴上说又有什么用？”

“这事我们也不好催促他吧。”

“如果他真的打算把财产给我们，催促一下倒也无妨……只是这样做太没面子。即使他是个读书人，我们也很难开这个口。”

“所以，跟他说不就行了吗？”

“说什么？”

“就是那件事呀！”

“小野先生的事吗？”

“是的。”藤尾干脆地回答。

“说也无妨，反正迟早都要说。”

“如此一来，他应该会有所行动吧？如果他真打算把财产全部让给我们，就应该会全部让出来；如果他只打算分一些给我们，也应该会分一些出来；不想在这个家待下去的话，应该会离开的吧。”

“可是，我不能主动和他说‘我不想靠你养老，你得帮忙为藤尾招个上门女婿’。”

“可他不是说过不愿意照顾您吗？既不能照顾，又不给财产，他究竟想让妈妈您怎么办呢？”

“他根本就没有什么想法。像他那种磨磨叽叽的人，只会让人伤脑筋。”

“他应该多少知道一些我们的情况吧。”

母亲沉默不语。

“上次他让我把金表送给宗近时……”

“你说要把表送给小野先生吗？”

“我没说要把表送给小野先生，但也没说要给阿一先生。”

“他那个人，真是莫名其妙。他让我为你招个上门女婿，要你将来照顾我，原来是想让你嫁给阿一。可是，阿一是独生子，怎么可能入赘到我们家呢？”

“哼！”藤尾愤愤地扭过细长的脖颈，向院子望去。一棵浅葱樱似乎在催促夜幕快些降临，枝头上的花瓣几乎落尽，有些地方已经长出油亮的茶色嫩叶。左边有三四棵树冠修剪成圆形的石楠树，透过繁茂的枝叶间隙隐约可以望见书房的窗户。浅葱樱树枝尽情地偏向一方，树干的右侧是池塘。池塘尽头的突出部分便是藤尾的房间。

藤尾在寂静的院子内环视一周，然后转过头，从正面望着母亲。从刚才开始，母亲就一直盯着藤尾看。此时两人面对着面，藤尾似乎想起什么，漂亮的半边面颊抽动了一下，但还未待形成笑容，那种表情已经自然消失。

“宗近家那边，应该没问题吧？”

“就算有问题，那也没办法呀。”

“可是，您拒绝他们了吧？”

“当然拒绝了。上回去他们家时，我见到了宗近的父亲，把事情都向他解释清楚了。回来后，不是也和你说过吗？”

“我记得您说的话，但总觉得说得不够清楚。”

“不够清楚是对方的事。老爷子就是那种慢性子的人。”

“可是，我们这边似乎也没有明确拒绝吧？”

“因为我们毕竟有这么多年的交情，我总不能像专门为孩子出面那样，张口就说我家藤尾不愿意，希望取消这门亲事。”

“反正讨厌就是讨厌，这一点不可能改变，您当时直说就好了。”

“可是，为人处世可不能这样啊。你还年轻，或许认为直说也无妨，但在社会上可不能这样做事。虽迟早都是拒绝，但也要讲究个方法，必须把话说得委婉含蓄一些。否则的话，惹怒对方也解决不了任何问题。”

“但您还是拒绝了他吧？”

“我说钦吾无论如何也不愿意娶媳妇。而且我也上了年纪，总觉得心里没有着落。”母亲一口气把话说完，喝了口茶。

“上了年纪，觉得心里没有着落？”

“对，就因为心里没有着落，假如钦吾仍然固执己见的话，我就只能让藤尾招个上门女婿了。然而，阿一先生是宗近家的重要继承人，我们总不能请阿一先生入赘到我们家来，而且藤尾也不可能嫁到您家……”

“如此一来，假如哥哥打算娶媳妇的话，我们岂不为难？”

“没关系，放心好了。”母亲的浅黑色额头出现一道生气的八字形皱纹。不一会儿皱纹消失，母亲接着说道：

“想娶就让他娶，系子也好其他人也好，都随他去。我们这边早日让小野先生上门就可以了。”

“可是，宗近家那边呢？”

“没事儿，你不必担心。”母亲有些不耐烦，然后又说道：

“考不上外交官的话，他们怎会娶媳妇呢？”

“万一考上的话，马上就会来提亲吧？”

“你想想看，你觉得那个人能考上吗？就算我们和他约好如果阿一考上了就让藤尾嫁过去，那也没关系。”

“您这样说了？”

“我没有这样说。不过，就算说了也无所谓，因为那个人绝对不会考上。”

藤尾歪着头笑起来。过了片刻，她坐直了身体，似乎想结束这个话题，说道：

“这么说，宗近家伯父应该能觉察到我们在退亲是吧？”

“他应该这么想……可是，那以后，阿一的态度有什么变化吗？”

“还是和以前一样。上回去参观博览会，他也是原来那副样子。”

“你们是什么时候去参观博览会的？”

“今天是……”藤尾边想边说道，“前天，是大前天晚上去的。”

“这么说来，当时他应该已经知道了……不过，按宗近家伯父那种性格，或许没有听出来我们的暗示。”母亲有些焦躁起来。

“说不定是阿一先生的问题，或许他已经听伯父说了，只是满不在乎而已。”

“是啊，两种可能性都存在。那好，就这么办吧。我们先向钦吾把话挑明，我们不吭声的话，事情拖多久都不会解决。”

“现在，他应该在书房吧。”

母亲站起身来，刚踏上外廊又把脚步缩了回来，弯下腰小声问道：

“你能见到阿一吧？”

“也许能见到。”

“见到的话，你还是给他些暗示为好。你不是说和小野约好要去大森[①]吗？是明天去吗？”

“是的，我们是约在明天。”

“可能的话，就让阿一看看你们约会时的情景。”

“呵呵。”

母亲向书房走去。

穿过明亮开阔的外廊，母亲半推开经过抛光的漂亮的木纹西式房门，只见门窗紧闭的室内一片昏暗。母亲握着圆形门把手向前推着走进房间，当双脚悄无声息地踏上拼花木地板时，门把手的锁舌发出“咔嚓”的回弹声。书房的窗帘遮住春天，把两人与人世隔绝，留在昏暗之中。

“好暗啊。”母亲边说边走到屋子中央的桌子前停下来。听到说话声，靠在椅背上只露着后脑勺的钦吾缓缓地转过头来，斜长的眉毛大约露

---

① 日本东京地名。明治三十年代至四十年代期间，东海道线大森车站附近为东京近郊著名的观光地。

出三分之一。半边脸颊上的黑髭沿着上唇自然地向下延伸，在嘴角处又突然向上翘起。他紧闭着双唇，同时黑眼珠转到了眼角处。母子二人以这种姿势互相打量着。

“太暗啦。”母亲站在那儿又说道。

沉默的人站起身，拖鞋踩在地板上响了几声后来到桌角，这才缓缓开口说道：

“我把窗户打开吧？”

“怎样都行……妈妈无所谓，只是担心你这样会很闷。”

沉默的人隔着桌子伸出右手掌示意，在母亲落座后，钦吾也坐下来。

“身体怎么样呢？”

“谢谢。”

“好些了吗？”

“嗯……这个……”甲野含含糊糊地答着，身体后仰双臂交叉抱在胸前，同时在桌子下将左脚外踝放在右脚背上。母亲坐在对面，只能看到他那缩水的淡黄色衬衣袖子。

“你不把身体调理好，妈妈我也很担心……”

不待母亲说完，甲野便把下巴抵在喉咙处，目光投向桌底。只见自己那两只穿着黑布袜子的脚重叠在一起，并未看到母亲的脚。母亲继续说道：

“身体不好的话，心情也会变得忧郁，你会感到很无聊……”

甲野忽然抬起目光。母亲急忙转移话题：

“不过，去了京都以后，你看上去气色好多了。”

“是吗？”

“呵呵，看你说得，好像与己无关似的……你不觉得自己的脸色越来越好吗？也许是因为晒黑的缘故。”

“也许是吧。”甲野扭头向窗户望去。窗帘折叠着垂落在窗户两侧，映在玻璃上的石楠树嫩叶红得仿佛在燃烧。

“以后你也可以去我的和式房间聊聊天，那边宽敞、明亮，比待在书房要舒服多了。像阿一那样，偶尔陪我们这些无聊女人唠唠家常，放松一下心情，也是不错的嘛。”

“谢谢。”

“虽然我们的话题可能不合你的胃口……但说傻话也有说傻话的乐趣……”

甲野感到有些目眩，把目光从石楠树移开。

“石楠树发芽了，好漂亮啊！”

“是不错，我觉得比半开不开的花要好多了。不过，在你这儿只能看到一棵。绕到那边的话，可以看到树冠修剪成圆形的一排石楠，那才叫漂亮呢。”

“这么说，从您的房间里看得最清楚喽。”

“是啊，想去看看吗？”

甲野没有回答想看还是不想看。母亲又说道：

“另外，最近也许是天气转暖的原因，池塘里的红鲤鱼总是不停地跳……在你这儿能听到吗？”

“鲤鱼跳跃的声音吗？”

“是。”

“听不到。”

“听不到？像你这样门窗紧闭，想必是听不到的，因为在我房间内也几乎听不到。前些日子藤尾还把我好一通笑话，说我耳朵背。其实，这也没有办法，因为我已经到了耳朵背的年纪了。”

“藤尾在吗？”

“在啊。估计小野先生已经来上课了。你找她有事吗？”

“不，也没什么事。”

“那孩子呀，就是争强好胜，平时一定没少得罪你吧？你就忍让一下，权当她是亲妹妹，多照顾一下她。”

甲野的双臂依旧抱在胸前，深邃的目光落在母亲身上。然而，母亲不知为何始终望着桌子。

“我会照顾她的。”甲野慢慢地说道。

“听你这么说，我就放心了。”

“我不仅会照顾她，而且非常愿意照顾她。”

“她要是知道了你这么关心她，不知道会有多高兴呢。”

“不过……”甲野欲言又止。母亲等待着下文。甲野放下抱在胸前的双臂，身体离开椅背向前倾去，胸口靠近桌角，拉近了与母亲之间的距离。

“不过，妈妈，藤尾可不希望我照顾她。”

“有这种事？”这回轮到母亲把身体靠在椅背上。甲野表情没有任何变化，继续以同样低沉的声音慢条斯理地说道：

“要照顾对方，必须要得到对方的信仰……说信仰可能有些太过分，搞得太神圣了。”

说到这里，甲野停了下来。母亲似乎明白还不到自己说话的时候，只是静静地听着。

“也就是说，必须要取得对方的信任，让对方能够心安理得地接受照顾，否则一切都是空谈。”

“假如你真的对她这么失望，那我也无话可说……”母亲神态自若地说完后，语气忽然变得急促起来，接着说道：

“藤尾那孩子其实很可怜。你别这么说话，无论如何就请帮帮她吧。”

甲野支起胳膊肘，用手掌托住额头。

“可是她瞧不起我，我想帮她，结果都是不欢而散。”

“藤尾怎么会瞧不起你呢……”母亲高声否定道，这与她平素温文尔雅的形象极不相符。

“如果真是那样，首先我该道歉。”这时，母亲的声音已经恢复了常态。

甲野默不作声地支着胳膊肘。

“藤尾做过什么错事吗？”

甲野的手掌依然放在额头上，他从手掌下望着母亲。

“假如她做了什么错事，我一定会好好地管教她，你不要客气，有什么话就对我说吧。你们之间闹矛盾可不好啊。”

放在额头上的五根手指纤细修长，连指甲的形状都像女人那样秀气。

“藤尾已经二十四了吧？”

“过了年就二十四了。”

“是不是应该为她考虑一下了？”

“你是说出嫁吗？”母亲随即确认道。甲野没说清楚到底是嫁人还是招赘。母亲又说道：

“其实，我正想和你商量一下藤尾的事。不过，在那之前……”

“什么事？”

甲野的右眉依然被手掌遮住，虽然目光深邃，但毫无犀利之处。

“怎么样？你还是再好好考虑一下吧。”

“考虑什么？”

“你自己的事呀。虽然藤尾的事也必须要想办法解决，但你的事不先解决的话，让我也很为难啊。”

甲野笑了，手背阴影下的半边脸颊浮现出凄寂的笑容。

“你说自己身体不好，但像你这种身体的人很多都娶了媳妇。”

“这个嘛，应该是吧。”

“所以呢，希望你再好好考虑一下。有的人娶了媳妇后，反而变得健康了呢。”

甲野终于拿开放在额头上的手。桌子上放着一张横格纸和一支铅笔。甲野随手拿起横格纸并将它翻过来，只见上面写着三四行英文，读了一半他才想起，这是昨天读书时抄录下来并随手放在桌子上的笔记。甲野又将横格纸扣在桌面上。

母亲的八字形皱纹隐藏在额头内侧，静静地等待着甲野回答。甲野拿起铅笔在纸上写下一个“烏”字。

“你认为怎样？”

“烏”字变成了“鳥”字。

“你能按我说的去做就好了。”

“鳥”字又变成了“鴃”字，然后下面再添一个“舌”[①]字。写完之后，甲野这才抬起头，说道：

“我看，还是先解决藤尾的事吧。”

“既然你无论如何都不答应，那就只能这么办了。”

母亲说完，失望地低下了头。与此同时，儿子在纸上画起了三角形，三个三角形重叠成鱼鳞状的图案。

“妈妈，我会把房子给藤尾。”

“那你……”母亲连忙阻止。

“财产也给藤尾，我什么都不要。”

“你这么做只会令我们为难啊。”

“为难吗？”甲野平静地问道。母子二人相互看了一眼。

“当然为难……如此一来，让我怎么对得起你死去的父亲呢？”

“是吗？那我应该怎么办？”甲野把米黄色铅笔“啪”的一声抛在桌子上。

“像我这种没有文化的人，还真不知道你应该怎么办。不过，虽然我没有文化，也明白这么做会对不起死去的人。”

“您不想要吗？”

“不是想不想的问题，迄今为止我和你提过这种非分的要求吗？”

---

① 鴃舌出自《孟子 · 滕文公上》：“今也南蛮鴃舌之人，非先王之道。”原为孟子讥讽楚人许行说话如鸟语。本文中指甲野对继母的话语不屑一顾。

“没有。”

“我也没有这个想法。每当你对我这样说时，我不是每回都向你表达谢意吗？”

“您的确每回都向我道谢。”

母亲拿起桌子上的铅笔，看了看尖尖的笔头，又看了看嵌着圆橡皮的笔尾，心想这真是个不好对付的人。过了片刻，她一边在桌面上擦着圆橡皮一边说：

“这么说，无论如何你都不想继承这个家喽？”

“我要继承这个家，因为我是法定继承人。”

“即使继承甲野家，你也不愿意照顾我，是这样吗？”

甲野在回答之前，瞳孔定格在细长的眼睛正中，一动不动地盯着母亲的面孔。过了片刻，他才恭恭敬敬地说道：

“所以，我才说把房子和财产都让给藤尾。”

“你把话说到这种地步，那就没办法了。”随着一声叹息，母亲向桌面掷出这么一句。甲野则是一副不以为然的态度。

“真是没有办法，你自己的事情就按照自己的想法去办好了……可是藤尾那边……”

“嗯。”

“老实说，我觉得小野先生那个人不错，你怎么看呢？”

“小野吗？”甲野说完便默不作声。

“你觉得不行吗？”

“也没有不行这么一说吧。”甲野缓缓地说道。

“你认为可以的话，我想就这么定了……”

“应该可以吧。”

“可以吗？”

“是的。”

“这样我就放心了。”

甲野目不转睛地凝视着对面的什么东西，似乎并不承认面前母亲的存在。

“这样我就……可你打算怎么办呢？”

“妈妈，藤尾也知道这件事吧？”

“当然知道啊。为什么这么问？”

甲野仍然凝视着远处。过了片刻，他眨了一下眼睛，猛然收回目光，问道：

“宗近不行吗？”

“你是说阿一吗？本来阿一是最佳人选……你父亲和宗近家又是那样的交情。”

“不是已经有约在先吗？”

“也算不上是有约在先。”

“我记得爸爸曾经说过要把那块表送给宗近。”

“表？”母亲歪头不解。

“就是爸爸的那块金表，上面镶嵌着石榴石。”

“啊，对对，好像是有这么一回事。”母亲似乎恍然大悟。

“听说阿一仍在期待着那块表呢。”

“是吗？”母亲若无其事地答道。

“既然已经说好，那就要送给人家。否则太没面子，情理上也说不过去。”

“表在藤尾那儿保管着，就由我来好好劝劝她吧。”

“表是次要的，我主要是在说藤尾。”

“可是，我们根本就没说要把藤尾嫁过去啊。”

“是吗？……那就算了。”

“我这么说，听起来好像是故意惹你生气……但我真的记不得曾经有过这种约定。”

“明白了，就算没有吧。”

“而且，先不说有没有约定，我认为阿一和藤尾也很般配，只是人家还没有考上外交官，谈婚论嫁会影响学业的。”

“那倒没什么关系。”

“再说阿一是长子，只能靠他来继承宗近家。”

“您想给藤尾招上门女婿吗？”

“我并不想这样做，只是你不听我的话……”

“就算藤尾嫁出去，我也打算把财产让给她。”

“财产……看来你又误会了我的意思……我心里压根儿就没想过财产的事。在这方面我很清白，问心无愧，难道你不这么认为吗？”

“我也这么认为。”甲野说道，他的语气非常认真，连母亲都感觉不到嘲弄的意思。

“我只是上了年纪，感觉无依无靠……如果唯一的女儿嫁出去的话，以后的日子该怎么过呢。”

“的确如此。”

“不然的话，嫁给阿一也可以，他和你关系这么好……”

“妈妈，您了解小野这个人吗？”

“应该是了解的。他既懂礼貌又热情，而且有学问，不是很优秀的一个人吗？你怎么问这个？”

“那就好。”

“你不要这么冷淡嘛，有什么想法就说出来听听，我可是特意来找你商量事情的。”

甲野望着横格纸上的涂鸦，过了片刻才抬起目光平静地说道：

“比起小野，宗近会更加孝敬您。”

“这个……”母亲脱口而出，随即又平静地说道：

“也许是这样……也许你没有看错，但这件事与其他事不同，这可由不得父母或哥哥替她做主。”

“藤尾说一定要嫁给小野吗？”

“是的，这个……当然她不会说得这么肯定……”

“这我也知道，可是……藤尾在家吗？”

“叫她过来吧？”

母亲站了起来。她走到贴着醒目的蔓草花纹的粉红色壁纸的墙壁旁，伸手按了一下电铃的白色按钮，还未等她走回座位，外面便有了回应，屋门轻轻地开了一道五寸余宽的缝隙，母亲回头吩咐道：

“叫藤尾来一下，有事和她说。”轻轻推开的门又被轻轻关上。

母子二人隔着桌子相向而坐，彼此都默不作声。钦吾再次拿起铅笔，在三角鳞纹图案周围画个圆圈，刚好把图案圈在里面，接着把圆圈和图案间涂黑，他仔细地画着每一根黑线条。母亲无事可做，也在一旁小心地望着儿子涂画。

两人的内心世界自然无从得知，但表面看上去则显得风平浪静。假如可以把举手投足看做是由内心的信息转变而来的有形符号，那世上大概很难找到如此悠闲恬淡的母子。儿子无聊地打发着时间，仔细地在鱼鳞状图案周围涂画数十根线条，母亲则将双手随意重叠放在膝上，安详地守望着随着笔画逐渐变黑的圆圈。好一对和睦安详、怡然自得的母子！两人隔着桌子相向而坐，在被窗帘遮住春色的室内，仿佛忘记了世间，忘记了旁人，忘记了纷争。墙壁上故人的肖像画，照例映照着这对悠闲的母子。

精心画出的线条变得密集起来，涂黑的部分逐渐增多。当只剩下右侧一片弓形空白时，“咔嚓”地传来转动门把手的声音，等待已久的藤尾的身影出现在门口。雪白的身姿融合在春色中，肩膀以上部分从浓重的背景中凸显出来。甲野手中画线的铅笔在途中突然顿住，与此同时藤尾的脸也从背景中脱离而出。

“墨纸烤好了吗？”[①]藤尾边问边向母亲走来，然后在旁边坐下。坐

---

① 烤墨纸是一种日本江户时代的游戏，用干燥后变成无色透明的药品或植物汁液在纸上写字，干燥后放在火上烤文字便会显现出来。亦比喻隐藏在背后的事物大白于天下。

下后随即又问道："有结果了吗？"

母亲只是意味深长地望着藤尾。而此时甲野又画了四条黑线。

"你哥哥说找你有事。"

"是吗？"藤尾说完，向哥哥的方向望去。黑色线条不断地增加着。

"哥哥，找我有什么事？"

"嗯。"甲野终于抬起了头。虽然抬起头，但却不说一句话。

藤尾又把目光转向母亲，美丽的面颊同时浮现出一丝笑意。哥哥终于开口了：

"藤尾，这栋房屋和我从父亲那里继承的所有财产，都送给你吧。"

"什么时候？"

"今天就给你……但是，你必须要照顾妈妈。"

"谢谢。"藤尾说着，又笑嘻嘻地望向母亲。

"你不想嫁到宗近家吗？"

"是的。"

"不想？说什么都不愿意吗？"

"不愿意。"

"原来如此……你就那么喜欢小野吗？"

藤尾脸色骤变。

"为什么问这个？"她在椅子上挺直腰板问道。

"不为什么。这件事和我没有任何关系，我这么问都是为你好。"

"为我好？"藤尾拉高语尾，接着又轻蔑地降低音调说道："是吗？"

"你哥哥刚才说，比起小野先生来，还是阿一比较好。"母亲终于开口了。

"哥哥是哥哥！我是我！"

"你哥哥说了，阿一会比小野先生更孝敬我。"

"哥哥！"藤尾朝钦吾大声说道，"你了解小野先生的性格吗？"

"了解。"甲野平静地答道。

“你怎么可能了解？”藤尾站起身来，“小野先生是诗人，是高尚的诗人！”

“是吗？”

“他是个有品位、懂爱情、温文尔雅的君子……他的人格不是哲学家所能理解的。或许你了解阿一先生，但你不会明白小野先生的价值，绝对不会明白！对阿一先生赞不绝口的人怎么可能明白小野先生的价值呢……”

“那么，你就选择小野好了。”

“那是当然！”

藤尾丢下这句话，起身离去。只见紫色蝴蝶结晃动到门口，在纤细的手指转动门把手的一刹那，她的身影消失在浓重的背景中。

十六

现在，让叙述之笔离开甲野的书房，进入宗近家。时间为同一天，同一时刻。

宗近的父亲像往常一样，端坐在檀木书桌前的粗棉印花坐垫上。他不喜欢穿西式衬衫，黑八丈[①]和服衬衣的领口敞开着，裸露的胸前露出乱蓬蓬的胸毛，活像伊部烧[②]陶艺的布袋和尚。布袋和尚面前摆放着一个奇特的烟具盘。这是一件底款为“吴祥瑞”的青花瓷，上面绘着山峦、柳树以及人物，人物和山峦差不多大小，中央有一条金粉带蜿蜒爬至顶部边缘。这件烟具盘形状如瓮，上部宽阔，开口骤然收缩而形成一道圆的边缘。两侧的提耳缠着藤蔓，连着由布满茶锈的藤条紧拧成的提手。

宗近的父亲昨天不知从哪家旧货店淘来这么个打过补丁的烟具盘，一大早开始就“祥瑞！祥瑞！”地嚷嚷个不停，结果又是弹烟灰又是划火柴，不停地吸着烟。

就在此时，格子纸门一下子被拉开，宗近像往常一样急匆匆地走了进来。父亲把视线从烟具盘移开，只见儿子松垮垮地穿着自己让给他的西装，唯有脚上的羊绒袜子看上去还算讲究。

“你要去哪里呢？”

“我不出去，刚刚回来……唉，真热啊。今天实在太热了！”

“待在家里的话，倒没什么感觉。你总是急三火四的，所以才会感觉热。你走路就不能稳重一些吗？”

“我觉得这样已经够稳重了，难道不是吗？真没辙……呵，烟具盘终于派上用场了。”

“怎么样，不愧是祥瑞吧？”

“怎么感觉就像个酒瓮呢。”

“这可是烟具盘啊。你们竟然还取笑我，你瞧，把烟灰弹进去后再一看，不就是烟具盘吗？”

老人握着藤蔓提手，把“祥瑞”高高地举了起来。

“怎么样？”

“嗯，不错啊。”

“不错吧？祥瑞有很多赝品，难得买到真货。”

“可花了多少钱呢？”

“你猜花了多少钱？”

“我猜不到啊。猜错的话，说不定又会像上次那棵松树一样不分青红皂白地被您骂。”

“一元八十钱。很便宜吧？”

“这算便宜吗？”

“完全是意外收获。”

“是吗……诶？外廊上又出现了新盆栽！”

“刚才把朱砂根给移走，那个萨摩烧花盆也有年头了。”

“外观就像十六世纪葡萄牙人戴的帽子呀……哎呀，这棵蔷薇怎么这么红呢？”

“那叫佛见笑，也属于蔷薇的一种。”

“佛见笑？好奇怪的名字。”

“《华严经》里有一句话是‘外面如菩萨，内心如夜叉’，你知

---

① 产于日本东京五日市的黑色平纹厚地绢织物，多用于和服内衣、袖口等。
② 日本冈山县备前市伊部出产的陶器，赤褐色、不上釉为其特色。

道吧？”

“我只是听过这句话而已。”

“据说佛见笑就是出自这句话。花虽漂亮，但有很多刺。来，你摸一下看看。”

“不不，我才不摸呢。”

“哈哈，外面如菩萨，内心如夜叉，女人实在是可怕啊。”老人边说边把烟袋锅放到祥瑞里拨弄着。

“竟然还有这么复杂的玫瑰。”宗近感慨地望着佛见笑。

“嗯。”老人似乎想起什么，猛地拍了一下膝盖，说道：

“阿一，你见过那种花吗？就是插在壁龛里的那个。”

老人边说边转过头去，脖颈上的赘肉被挤压得叠成三层，竞相聚集到肩膀一侧。

浅褐色的壁龛墙面静静地挂着一幅蚬子和尚[①]肩扛钓竿的挂轴，画中人物一气呵成。挂轴前面摆着一件青铜古瓶，瓶颈细如仙鹤脖子，里面探出的两株花茎被十字形的四片叶子包围在内，花茎上分别开满成串的如露珠般的小花。

“好小的花啊！我从来都没有见过。它叫什么名字？”

“这就是所说的二人静。”

“所说的二人静？不管是不是所说的，我可是从来都没听过啊。”

“那你就记住它吧。这花很有意思，开花时必定会出现两根开满小白花的花穗，所以叫做二人静。谣曲里说静[②]的灵魂化作两人翩翩起舞，你知道吗？”

“不知道啊。”

“二人静。哈哈，真是有趣的花。”

---

① 传说是唐末的禅僧，居住在河边，经常抓虾与蚬子吃，故名“蚬子和尚”。南宋画僧牧溪画有《蚬子和尚图》。

② 源义经的爱妾，能乐《二人静》中有静的亡灵附于采茶女身上，并与其共舞的描述。

“怎么都是些有故事的花呢。”

“只要认真找的话，都可以找出故事来。你知道梅花有多少种吗？”老人提起烟草箱，又用烟袋锅拨弄着烟灰。趁此机会，宗近转换了话题。

“爸爸，今天我去了理发店，剪了好久都未修整的头发。”宗近用右手抚摩着乌黑的头。

“哦？”老人在祥瑞边缘“笃笃”地敲着烟杆，将烟灰磕落，然后转过身来说道：

“看上去剪得不太好啊。”

“剪得不太好？爸爸，我剪的可不是平头啊！”

“那你剪的是什么头？”

“我这是分头。”

“怎么看都没有分开嘛！”

“过些日子就分开了，你看中间是不是比较长？”

“听你一说，还真是这样。不剪就好了，实在是难看。”

“难看吗？”

“而且，马上就要入夏了，你会感到很热的……”

“可是，我必须得剪这种发型，热也没有办法。”

“为什么？”

“不为什么，必须要这样。”

“真是个怪人！”

“哈哈，爸爸，实话说吧……”

“嗯。”

“我考上外交官了！”

“你考上了？是吗？哎呀，太好了！你怎么不早点儿说呢？”

“我原本打算理完发再说的嘛。”

“发型并不重要啊。”

“可是，听说在国外平头的人会被当做囚犯。”

“国外……你要出国吗？什么时候？”

“嗯，估计要等到头发长成和小野清三一样的时候。”

“这么说，大概还得等一个月喽。”

“是的，需要一个月。”

“既然还有一个月，那我就放心了。你走之前，还可以慢慢地商量。”

“是啊，还有很多时间。虽然有很多时间，但我想今天就把这套西装还给您。”

“哈哈，不喜欢吗？你穿很合适啊。”

“就因为您说很合适，我才一直穿到了今天……你瞧，浑身上下都松垮垮的。”

“是吗？那你就别穿了，还是让爸爸穿吧。”

“哈哈，您可别吓我，您也别再穿了。”

“不穿也好，要不然就送给黑田吧。”

“这不是让黑田为难吗？”

“这西装就那么怪吗？”

“不是怪，是不合身啊。”

“是吗？这么说，还是很怪吧？”

“是的，归根结底还是怪啊。”

“哈哈哈哈，对了，你也告诉系子了吗？”

“考试的事情？”

“是。”

“还没告诉她。”

“没告诉？为什么……你到底是什么时候知道的？”

“两三天前就接到了通知，就因为太忙，所以还没来得及和别人说起。”

“你真是个慢性子，这样可不行啊。”

“没关系，我不会忘记的。”

“哈哈，忘记了可就不得了啦。我说，你还是多留点神为好。”

“好的，我现在正打算去告诉系子呢……她一直在为我担心……我要告诉她考上的事和留这个发型的原因。”

“发型倒是次要的……你究竟要去哪里呢？英国，还是法国？”

“这个嘛，目前还不清楚。不管去哪里，反正都属于西洋。”

“哈哈，你可真是毫无顾虑啊。行啊，去哪里都不错！”

“虽然我不想去什么西洋……不过这都是按章办事，由不得自己啊。”

“嗯。管他呢，随他去好了。”

“如果是中国或朝鲜，我就像以前那样留着小平头，穿着这套肥大的西装去。”

“西洋规矩多，像你这种缺乏礼数的人去那里也好，正好可以磨练一下。”

“哈哈，说不定到了西洋我就会堕落。”

“为什么？”

“因为到了西洋，必须要准备两张面孔，否则会有诸多不便。”

“两张面孔？”

“不守规矩的内面和光鲜的外表，这下可麻烦了。”

“在日本不也是一样吗？因为文明社会的压力太大，若想生存下去，必须要把外表装扮得无比光鲜。”

“可是，如此一来就会使生存竞争变得更加激烈，从而使内面愈发变得没有规矩。”

“的确如此，内面与外表往往是朝着反方向发展。今后的人们将过着如车裂刑罚般的生活，会苦不堪言。”

“随着人类社会的进步，会出现一群向神的脸上甩猪睾丸的家伙，以此获得安定。如果我的努力最终是这个结果，那实在是太可悲了。”

“那干脆就不去吧？在家里穿着爸爸的旧西装，整天信口开河那该有多好呢。哈哈。”

“我最看不起英国人了。他们认为世上的事情都得按照他们的范本去做，总是把自己的想法强加给别人。”

“不过，要说英国绅士，近来可是口碑很好的呀。”

“日英同盟也是如此，其实根本没有理由对此赞不绝口。那些跟着起哄的人明明没有去过英国，却一个劲儿地摇旗呐喊，就好像日本已经从地球上消失了一样。”

“嗯。任何国家都一样，表面发达了之后，里面也应发达起来……唉，岂止是国家，个人也是如此啊。”

“有朝一日日本强大起来，必须也要让英国人反过来好好学学日本才行啊。”

“你会使日本强大起来的，哈哈。”

宗近没有回答自己会不会让日本强大起来。他不经意地伸手向胸前一摸，发现印花领带从白衬衣领子中鼓凸出来，领带结也歪向一边。

“这条领带发滑，太不好了。”宗近摸索着把领带结扶正，起身说道：

“那么，我这就去和系子说一下。”

“你等一下，我还有事和你商量。”

“什么事？”宗近抬起的屁股又坐了下来，随便把腿盘在一起。

“其实，以前因为你的事情一直都没有个结果，所以我也没有和你提起……”

“娶媳妇的事吗？”

“是啊。反正你要出国，不如出国前把亲事定下来，或者结婚，或者带着一起去……”

“我没那么多钱，可不能带着家室出国呀。”

“不带出去也可以，但你要把事情定下来，把媳妇留下来自己出去。

你不在的时候，我会好好照顾她的。”

“其实，我也有这个想法。”

“怎么样？有中意的女孩吗？”

“我打算娶甲野的妹妹。您认为怎样？”

“是藤尾？嗯……”

“不可以吗？”

“不是不可以。”

“外交官夫人，就应该像她那样才行。”

“就是嘛。其实，甲野的父亲生前曾和我谈及这件事，你也许不知道……”

“伯父说过要把那块表送给我。”

“是那块金表吗？因为藤尾把它当做玩具而广为人知……”

“是的，就是那块远古时代的表。”

“哈哈，可真够一说，表针还会动吗？表姑且不论，问题的关键其实是藤尾本人……上次甲野的母亲来我们家时，顺便和她说起了这件事。”

“是嘛，她是怎么说的？”

“她说虽然这桩亲事再好不过，但你的身份还没有确定下来，所以非常遗憾……”

“身份还没有确定，指的是我还没通过外交官的考试吧？”

“嗯，应该是吧。”

“什么是‘应该是吧’，这倒让我有些吃惊啊。”

“唉，虽说那个女人能说会道，但有时说的话却前后不通，令人伤神。她滔滔不绝地说了一大堆，到头来却不知她想表达什么。说到底，真是个不省心的女人啊。”

父亲有些不悦，“啪”地在膝盖上磕了一下旱烟袋，把视线转向外廊。那盆刚刚移栽的佛见笑，在春夏之交的时节炫耀般地开着鲜红的花朵。

“真够麻烦的，根本就搞不明白她到底是想退亲还是不想退亲。”

“是很麻烦啊。只要和那个女人扯上关系，就会有数不清的麻烦事。嗲声嗲气的，一说就是半天，实在令人讨厌。”

“哈哈哈哈，先不说这个……你们的对话没有任何结果吗？”

“对方的意思是，等你考上外交官之后，就把藤尾嫁给你。”

“那不就妥了，我已经考上了呀。”

“可是，还有其他问题，而且是非常棘手的问题。唉，怎么办才好呢？”父亲边说边把两只手背并在一起用力地搓着眼睛，以致眼球都发红了。

“考上了也不行吗？”

“不是不行……钦吾好像说要离开那个家。”

“真是荒唐！”

“她说如果钦吾离开家的话，就没有人照顾自己这个老人了。所以呢，必须得给藤尾招个上门女婿。如此一来，藤尾就不可能嫁到宗近家或其他人家了。”

“简直都是废话！首先，甲野绝对不可能离开那个家。”

“就算离开那个家，估计他也不可能去当和尚，大概是不愿意成家之后留下来照顾母亲吧？”

“甲野神经衰弱，说出那种傻话也不奇怪。这件事不合情理。就算甲野执意离开，难道伯母就放他走，然后招上门女婿吗？”

“她目前很担心，就怕事情发展成这样。”

“既然如此，把藤尾小姐嫁出去不是一个很好的办法吗？”

“是好办法。虽然好，可她却说考虑到万一发生什么事情，就会觉得心里没底。”

“简直是不知所云。使人如坠入五里云雾之中！”

“真是完全不得要领，令人不知如何是好。”

父亲一面抬眼望着儿子，一面抚摸着额头满是皱纹的头。

“这是什么时候的事情呢？”

“前些日子，到今天已经有一周了。”

“哈哈，我向您汇报考试合格的事只不过晚了两三天，而您却拖了一周才告诉我这件事。真不愧是父亲，磨蹭的程度是我的一倍以上。”

“哈哈，都是因为她的话让人理不出头绪啊。”

“的确是理不出头绪，不如就由我去快点把头绪理清吧。”

“你想怎么办？”

“首先劝说甲野娶媳妇，让他打消出家的念头，然后再和他们好好谈一谈，问清楚到底想不想让藤尾嫁给我。”

“你想自己去办这件事？”

“是的，一个人就足够了。毕业以后一直无事可做，如果连这种事都不能做的话，那可真的只是饱食终日了。”

“嗯，自己的事就应该由自己解决，你就去试试吧。”

“再是，如果甲野同意成家，我就打算让系子嫁给他，您同意吗？”

“可以，没问题啊。”

“我得先去问问她本人的想法……”

“不用问也可以吧？”

“可是，这不同于其他的事情，必须要问啊。”

“那就问问吧。叫她过来吗？”

“哈哈，这种事情怎么好由父亲和哥哥一起盘问呢。我自己去打探一下，如果她愿意的话，我再去告诉甲野。”

“嗯，就怎么办吧。”

宗近站起身来，西裤裤腿又恢复成两根圆筒。他撇下佛见笑、二人静、蚬子和尚以及活灵活现的布袋和尚摆件，穿过外廊走上一二楼夹层的楼梯。

“咚咚”地踏上两级楼梯，妹妹的漂亮鼓形和服腰结便映入眼帘。待踏上第三级时，则看到了倾斜着的浅蓝色蝴蝶结，妹妹圆润的半边脸颊正对着门口。

“呵，今天在学习呀，真难得。那是什么书？”宗近一屁股坐到书桌旁。系子“啪”地把书扣在书桌上，并把胖乎乎的手放在了上面。

“什么也不是。”

“竟然读什么也不是的书，真是个天字一号的闲人啊。”

“反正我就是这样呗。”

“把手拿开好不好？简直就像抓着纸牌似的。”

“纸牌也好什么也好，拜托你到那边去！”

“看来我碍你事了。系子，爸爸说了……”

“说什么？”

“他说你最近总是看爱情小说，真拿你没办法，希望你读一下《女大学》①之类的书。”

“哎呀，胡说！我什么时候看过那种小说了？”

“我可不知道呀，是爸爸这样说的。”

“你骗人！爸爸怎么可能说这种话？”

“是吗？可是，我一来你就把正在读的书扣在桌面，还像逮住老鼠一样拼命地按着，如此看来，爸爸的话似乎也不完全是胡说。”

“胡说！明明是胡说，你太卑鄙了！”

“卑鄙？这有些太过分吧。我岂不成了有卖国嫌疑的可疑分子吗？哈哈哈哈。”

“谁叫你不相信人家说的话呢？好吧，我就拿出证据给你看看。喂，你等一下呀。”

系子用衣袖遮住压在手下的书，然后把书从书桌上挪到身旁，有腰带挡着，哥哥无法看到。

“你可不能掉包呀。”

“别说话，再等一下。”

---

① 江户时代普及的女子修身养性之书。

系子躲着哥哥的视线不停地捣鼓着藏在长袖下的书。

“你看！”

系子终于把书拿了出来。她用双手小心地按着书，露在外面的书角中间可以看到一方朱印。

“这不是印章吗？诶……是甲野。”

“看到了吧？”

“向他借来的？”

“是的。这不是爱情小说吧？”

“这可不好说，因为我没看内容。算了，就放你一马吧。对了系子，你今年多大了？”

“你猜猜看。”

“这还用猜？只要到区役所问一下不就清楚了，我只不过是想做个参考才问你的。老实告诉我，对你有好处。”

“老实告诉你？听起来就好像我做了什么坏事似的。我就不说，我不喜欢别人强迫我。”

“哈哈，不愧是哲学家的弟子，不肯屈服于强权，佩服佩服！那我就换一种方式，敢问小姐芳龄几何？”

“你这么油腔滑调的，谁会告诉你呀？”

“唉，真没法子。彬彬有礼地问你，也会让你生气……是二十一，还是二十二？”

“差不多就那么大吧。”

“不清楚吗？你自己都不知道自己的年龄，哥哥真有点儿担心你啊。总之，你不可能未满二十吧？”

“你真是多管闲事！干吗要问人家年龄……你究竟想干什么？”

“我没有别的意思，只是想让你嫁人。”

原本还半开玩笑地和哥哥斗嘴的妹妹突然变了脸色。如同将炽热的石头放在冰块上，瞬间就冷了下来。系子顿时没了精神，那双欢快的眼睛也变得黯淡起来，她垂下头默默地数起榻榻米上的条纹。

“出嫁的事，你是怎么想的？不会不愿意吧？”

“不知道呀。”系子依旧垂着头，小声答道。

“不知道怎么可以呢？这可不是哥哥嫁人，是你要嫁人。”

“可我又没说要嫁人。”

“那，你是不想嫁人喽？”

系子点了点头。

“不嫁人？真的？”

系子没有回答，这回连头也不动一下。

“你不嫁人的话，哥哥就必须要切腹。这下可糟了！”

系子低垂着头，无法看清表情，但她那圆润的脸颊分明掠过一丝笑意。

“笑什么，我真的要切腹啊。你希望这样吗？”

“想切就切吧。”系子突然抬起了头，脸上堆满笑容。

“切腹倒是可以，不过这样也太残忍了。可能的话，我还是想继续这样活下去，这对我们双方来说都是好事吧？再说你只有我这么一个哥哥，我切腹的话，你也没什么可高兴的吧？”

“我又没说会高兴啊。”

“那你就权当救哥哥，点点头答应吧！”

“可是，你话也不说清楚，就莫名其妙地提出这种过分要求……”

“只要你有疑问，我会详细说给你听的。”

“算了吧，我可不想问什么，反正我不想嫁人。”

“系子，你的回答就像是地老鼠烟花一样滴溜溜地转个不停，简直是‘神经错乱’！”

“你说什么？”

“没什么，只不过是一句法律术语……我说系子，我们这样争下去也不会有结果，还是坦白和你说吧，其实是这样的……”

“就算你坦白跟我说，我也不会嫁人的。”

“难道你有附加条件？真够狡猾的……实话说吧，哥哥想娶藤尾小姐为妻。”

“你又来了。”

“什么又来了？我这可是头一回和你提这件事啊！”

“可是，你还是别找藤尾小姐吧，她可不想嫁到我们家里来呀。”

“上次你也这么说过。”

“是的，既然人家不愿意，那你就不要勉强嘛。不是还有很多其他的女孩子吗？”

“你说得非常有道理。哥哥堂堂一个男子汉，不会做强人所难的事。再说了，这也关系到系子的声誉。如果对方真的不愿意，哥哥就去找其他人。”

“干脆就找其他人吧。”

“可是，对方的意思还没搞清楚呢。”

“所以，你就想搞清楚吗？唉……”胆小的妹妹似乎有些吃惊，低头望着桌面。

“你知道吧，前些日子甲野家伯母来我们家和爸爸在楼下悄悄商量过事情。那时，他们就说起了这件事。听说甲野家伯母当时的意思是，虽然现在藤尾不能嫁过来，但只要我考上外交官、确定了身份之后，这件事随时都可以商量。”

“所以呢？”

“这不就行了吗？因为哥哥已经考上外交官了呀。”

“诶？什么时候能考上？”

“什么时候？我已经考上了！”

“哎哟，真的吗？太意外了！”

“你觉得哥哥能考取是件意外的事吗？简直太失礼了！”

“可是，你应该早点儿告诉我呀，人家可是一直在为你担心呢。”

“全是托你的福，实在是感激涕零。虽然感激涕零，但却忘记告诉你这件事，真是不好意思。”

兄妹二人心无旁骛地对视着，随后同时笑了出来。

笑过之后，哥哥说道：

“所以呢，哥哥才去把头剪了，因为过些日子就要去国外了。爸爸催我动身之前先娶个媳妇，安家立业之后再出国，所以哥哥就对他说，要娶就娶藤尾小姐，像她那种时髦女子才适合当外交官夫人，否则日后会拖后腿的。”

“既然你如此喜欢藤尾小姐，那就娶她吧……不过，还是女人看女人比较可靠啊。”

“才女系子的意见当然不会有错啦，哥哥一定会好好地参考的。目前，最主要的是必须和对方把事情谈清楚。如果对方不愿意，应该会明确地说出来。我想她们不会如此草率，因为我考上外交官就突然改变主意答应嫁给我吧。”

系子从鼻孔中发出两三声轻笑。

“她们会这样吗？”

“不知道呀，这个必须得去问一下……而且，要问最好去问钦吾先生，我们丢不起那个脸啊。”

“哈哈哈哈，不愿意的话对方肯定会拒绝，这是世间的通则，就算被拒绝也没什么难堪的……”

“可是……”

“……不过，我还是去问甲野吧。这件事我问是问……可是甲野那边也有些问题。”

“什么问题？”

“他有个必须要解决的问题……系子，是先决问题啊。”

“什么问题呀？我不是正在问你吗？”

“是这样的，听说甲野现在正嚷嚷着要去当和尚呢。”

“你胡说些什么呢，多不吉利呀！”

“这有什么，先不说吉利不吉利，在当今社会有出家当和尚的决心，本来就是一种非常可喜的现象。”

“你怎么能这样说话……他不会是因一时冲动而想当和尚的吧？”

“这可不好说。如今的社会，烦恼是一种通病。”

“那么，哥哥你就先做做和尚吧。”

“因为一时冲动吗？”

“无论是不是冲动都可以。”

“可是，我连理个平头都会被看做囚犯，如果真的剃个光头走进外国公使馆内，人家肯定会以为我是疯子。你是我唯一的妹妹，其他的事情我都可以答应你，唯独出家当和尚这件事还是免了吧，因为我从小就不喜欢和尚和油炸豆腐。”

“那钦吾先生也没必要去当和尚吧？”

“是啊，虽然觉得你的逻辑有点儿不通，不过，或许不当和尚也可以吧。”

“我不知道哥哥所说的话到底是认真的呢，还是在开玩笑。你这样真能做好外交官吗？”

“我如果不是这个样子，那才做不了外交官呢。”

“你……钦吾先生到底怎么了呢？你就实话实说吧。”

“事情是这样的，甲野他呀，说要把房子和财产全都给藤尾，他自己要离开那个家。”

“为什么呢？”

“听说是因为他疾病缠身，无法照顾伯母。”

“是吗？真是不幸啊。像他那种人应该不会在乎金钱和房子，或许这样做是个比较好的选择。”

“连你都赞成他的做法的话，先决问题就更加难以解决啦。”

“可是，即使金钱堆积如山，对钦吾先生来说也毫无用处呀，倒不如全部留给藤尾小姐为好。”

“你这么慷慨大度，可不像是女孩子呀。也难怪，反正都是人家的钱。”

“我也不需要那么多的钱，钱只会给人带来负担。”

“可是，我们家的钱还没多到给你带来负担的程度，哈哈哈哈。不过，你的想法令人佩服，你完全可以削发为尼呀。”

“喂喂，讨厌！我最讨厌什么尼姑和尚之类的了。”

“关于这点，哥哥也和你的看法一样。可是，放弃自己的财产并离开家门，实在是愚蠢至极。伯母曾说过‘财产姑且不谈……如果钦吾离开家的话，我一个人无依无靠，只能让藤尾招上门女婿。如此一来，藤尾就不能嫁给阿一先生了’，伯母说得有道理。也就是说，由于甲野的任性，哥哥的亲事告吹了。”

“如此说来，哥哥是为了娶藤尾小姐才想让钦吾先生留下来的喽？”

“嗯，从另一方面看，也可以这么理解。”

“这么说，哥哥岂不是比钦吾先生更加任性吗？”

“这句话说得倒很符合逻辑啊。可是，放弃自己理所当然应该继承的财产，难道你不觉得这很荒唐吗？”

“既然他不想要，那别人也没办法呀。”

“他是因为神经衰弱，才说出那种话来的。”

“他可不是神经衰弱啊。”

“他有病，这毫无疑问吧？”

“他没有病。”

“系子，你怎么今天说话这么果断，和平时可大不一样啊。”

“钦吾先生本来就是这么一个人，可大家却都认为他有病，那是大家错了。”

“可是，既然做出这种提议，就说明他不是一个健全的人。”

“自己的东西自己可以随意舍弃对吧？”

“那倒也是……”

“因为对他来说没有用，所以打算放弃对吧？”

“没有用……”

“对甲野先生来说，真的是没有用啊。这既不是逞强，也不是赌气。”

“系子，你真是甲野的知己啊！你比哥哥还要理解他。没想到你竟然如此信任他。”

“先不管是不是知己，我只不过说出了一个事实而已。如果伯母和藤尾小姐认为我说的不对，那是伯母和藤尾小姐的错。我最讨厌的就是说谎！”

“佩服！尽管没有学问却有出自真诚的自信，实在令人佩服！哥哥非常赞同你的想法。我说系子，哥哥再和你商量一件事，先不管甲野会不会离开那个家、会不会把财产让给藤尾，你愿不愿意嫁给甲野呢？”

“这根本就是风马牛不相及嘛！我刚才只不过是说出了事实而已。我之所以那么说，就是觉得钦吾先生可怜。”

“很好，你是个明白事理的人。你是我妹妹，但我还是佩服你。我刚才问的正是另外的问题呀，怎么样？你不愿意吗？”

“我……”系子说着，突然垂下头去。她似乎正在注视着和服夹领的花纹。过了片刻，随着双目的眨动，挂在睫毛上的一滴泪珠“啪”地滴落到膝盖上。

“系子，你怎么了？你今天心情变得这么快，哥哥都不知该如何是好了。”

系子紧闭嘴唇没有应声，随着嘴角的抽搐，眨眼间又落下两滴泪珠。宗近从父亲给他的西装口袋里掏出一条皱皱巴巴的手帕。

“来，擦擦吧。”说着，宗近把手帕递到了系子胸前。妹妹像个固定在那里的人偶，一动也不动。宗近右手把手帕递过去，向前探着身体，从下方望着妹妹的面孔。

“系子，你不愿意吗？”

系子默默地摇了摇头。

“这么说，你愿意嫁给他喽？”

这回系子既不点头也不摇头。

宗近把手帕放在妹妹膝上，站直了身体。

“别哭了。”宗近注视着系子的面孔。两人都保持着沉默。

系子终于拿起手帕。粗纹铭仙绸①的膝上，泪痕依稀可见。系子把手帕放在膝上，小心地抚平皱褶，又对折两次使其变成四层，紧紧地用手按着手帕的边角。系子随后抬起头来，双目早已是泪光涟涟。

“我不嫁人！”系子说道。

“你不嫁人？”宗近下意识地重复着妹妹的话，然后提高语调说道：

“开什么玩笑！刚才你不是说不反对嫁给甲野吗？”

“可是，钦吾先生不打算娶媳妇呀。”

“这事儿不问他怎么知道……所以哥哥才想去问他的嘛。”

“请不要去问他。”

“为什么？”

“不为什么，就是不要问他。”

“那就没有办法了。”

“没办法就没办法，反正你不要问他。我目前很好，没有任何不满之处。嫁人的话，反而会不适应。”

“我真服了你啦！你什么时候变得这么固执呢？系子，你要知道，哥哥没有那么自私，并非是为了娶藤尾才叫你嫁给甲野。现在我和你商量这件事，完全都是为你着想。”

“这我明白。”

---

① 一种平纹混纺丝绸，质地结实且便宜，多用于女性日常着用的和服以及床上用品。产于秩父、伊势崎、足利等地。

“你明白的话，接下来就好说了。首先，你不讨厌甲野吧？……好，反正哥哥是这么认为的，这一点没有问题吧？然后呢，你不希望哥哥问甲野愿不愿意娶你，是吧？虽然哥哥不明白其中的原因，但也没关系……假如在我们没有问甲野的情况下，甲野说愿意娶你，那你也愿意嫁给他是吧？……你不是说金钱、房子都无所谓吗？如果你愿意嫁给身无分文的甲野，反而能体现出你的品格，这才是真正的系子！哥哥和爸爸绝不会说半个不字……”

“出嫁之后，人就会变坏吗？”

“哈哈，好大的问题啊。为什么这么问？”

“不为什么……如果人变坏的话，就不讨人喜欢了。所以呢，我想一辈子都像现在一样陪伴在爸爸和哥哥的身边。”

“爸爸和哥哥的身边……当然爸爸和哥哥也想终生都和你在一起。可是系子，你想过没有，出嫁之后你会变得比现在更加完美，而且能够得到丈夫的宠爱，这样不是很好吗？……要紧的是摆在面前的事情。总之，刚才那件事就交给哥哥办，可不可以呢？”

“什么事？”

“你不愿意问甲野，可要等甲野主动上门娶你的话，真不知会等到什么时候……”

“无论等到什么时候，他都不会来的。我很清楚钦吾先生内心在想什么。”

“所以呢，这件事就交给哥哥办吧，哥哥一定会让甲野答应娶你。”

“可是……”

“哥哥一定会让他答应！你放心好了，这件事就包在哥哥身上了！等头发留长之后哥哥必须要出国，到时候哥哥就不容易见到系子了，为了报答你平日对哥哥的照顾，必须得把这件事办成啊……就当作那件狐皮坎肩的回报，你说可以吧？”

系子没有回答。父亲在楼下唱起了谣曲。

“你瞧，又开始了……那我走啦！”宗近走下了楼梯。

十七

小野和浅井来到桥上。他们从绿色麦田中走出，前方的路又淹没在绿色麦田中。一条铁道延伸至深邃的谷底。堤坝高耸，充满绿意的春色逐渐复苏，终于也来到堤坝之上，如同弧形屏风般地环绕着壮观的峭壁，一直延伸到远方。断桥距铁轨达十丈高，自南向北横跨山谷。站在桥栏杆边向下俯视，首先映入眼帘的是遍布两岸的绿色，然后才是石墙。向石墙底部望去，可见一条细长的褐色小路，铁轨在细长的小路上发出一线亮光。两人在断桥上停下了脚步。

“好美的景色啊。”

“嗯，景色是不错。”

两人靠在桥的栏杆上。极目远眺，只见无边无际的麦子似乎在一点点地长高。今天天气暖和得几乎令人感到燥热。

麦田宛如一张宽阔的绿草席，它的尽头是风格迥然不同的一片普通的树林。黑压压的常青树林中，有一团绚丽的黄绿色，如轻雾一般仿佛能被吹散，似乎是樟树的嫩叶。

“好久没来郊外了，真是心旷神怡啊。”

“这种地方，偶尔来看看也不错。不过，我刚从乡下回来，一点儿都不感到稀奇。”

“对你来说，应该是这样。带你来这种地方，还真是委屈你了。”

“没事儿，反正我闲着也是闲着。不过，人也不能每天都无所事事。

对了，你有没有什么赚钱的路子？”

“这方面我没什么门路，我觉得你应该有很多门路吧？”

“唉，最近学法律的不好过啊，跟学文的一个样。没有银表，根本就行不通。”

小野背靠在桥栏杆上，从西装内侧口袋里取出那个银制烟盒，“啪”的一声打开，只见里面整齐地摆着压金箔滤嘴的埃及香烟。

“来一根吧？”

“哦，谢谢。好漂亮的烟盒啊。”

“别人送的。”小野自己也取出一根香烟后，又把烟盒放进西装内侧口袋。

两人吐出的烟雾袅袅升起，逐渐融入天空。

“你一直都在抽这么高级的香烟吗？看来你手头很宽裕啊，能不能借我些钱呢？”

“哈哈哈哈，要借钱的应该是我啊。”

“看你说的，怎么会有这种事？借一点儿吧。我这次回老家开销太大，目前手头很紧。”

对方看起来很认真。小野向旁边吐出一口烟。

“需要多少？”

“三十元或二十元都行。”

“我哪来那么多钱呢？”

“那十元也行，五元也行啊。”

浅井不断降低金额。小野将双肘放在身后的铁栏杆上，把山羊羔皮皮鞋略微向前伸出。他嘴里叼着香烟，透过眼镜片望着鞋尖上的花纹。春日迟迟，艳阳高照，阳光照耀着仔细擦拭过的锃亮皮面，上面微微地蒙着一层尘埃。小野用手中的细手杖照着鞋帮“砰砰”地敲了几下，尘埃离开鞋面飞至寸余高。手杖敲击之处出现了几道黑印。并排而立的浅井，鞋子笨重、粗糙，宛如士兵的军靴。

“十元的话，我还可以勉强拿出……什么时候能还我？”

“这个月底就能还你，可以吗？”浅井把脸凑了过来。小野取下嘴里的香烟，用手指根夹着香烟弹了一下，一截烟灰落在鞋面上。

小野身体未动，只是向旁边扭动白色衣领上的头，只见浅井胳膊架在栏杆上手托脸颊，那张脸和自己的脸有半尺距离。

“月底也可以，什么时候都可以……不过，我想求你一件事。你能帮帮我吗？”

“嗯，你说吧。”

浅井爽快地应承下来，同时松开托腮的手，挺直了腰杆。两人的面孔几乎碰到一起。

“其实，是井上老师的事。”

“哦，老师现在怎么样？回来之后，我一直没有时间前去拜访，太不应该了。你见到老师的话，请转达我的问候，顺便也问候一下小姐。”

“哈哈哈哈。”浅井高声笑了起来，并在栏杆上探出身体，向桥下吐了一口唾沫。

“就是关于那位小姐的事……”

“你们要结婚吗？”

“你别急好不好，扯得太远了……”小野停下话头，朝麦田眺望了一会儿，突然把手中的烟头抛了出去，白色袖口贴边和景泰蓝袖扣发出“吧嗒”的声响。一道寸余长的金光掠过半空落到桥畔，落下的烟头又升起一股烟雾。

“可惜了。”浅井说道。

“你真的愿意帮助我吗？”

“当然愿意，接着说呀。”

“接着说？我根本就还没说什么呀……我一定会帮你筹钱，但你必须要答应我一件事。”

“你就直说吧，我们是在京都就认识的老朋友，有事尽管吩咐好了！”

浅井显得非常热情。小野收回一只胳膊肘，转过身体望着浅井：

“其实，我一直都在等你回来，因为我想你应该会帮助我。”

“这么说，我回来得正是时候。你是想交涉什么事情吗？谈结婚条件吗？这年头娶个没有钱的媳妇会很难过的。”

“不是为这个。”

“可是，把条件先谈好，对你的将来会有好处呀。听我的没错，我去帮你谈这件事。”

“如果真要娶对方的话，去谈一下也未尝不可……”

“反正早晚都要娶的吧？大家心里都这么想啊。”

“谁这么想？”

“谁？当然是我们大家啦。”

“事实并非如此。我怎么会娶井上家的小姐呢……我们根本就没有什么正式约定。”

“是吗？不会吧……那可就怪了。”浅井说道。小野心中暗想，真下作，也正是这种人，才能满不在乎地向对方提出退亲的事。

“你如此取笑我的话，这事就没法说了。”小野的口气，一如既往地中规中矩。

“哈哈。何必这么认真呢？太守规矩会吃亏的呀，做人脸皮要厚一些才行！”

“好啊，再给我些时间。我现在还没修炼到家嘛。”

“要不要我带你出去操练一下？”

“那就请多多关照……”

“你嘴上这么说，没准儿背地里已经在拼命修炼了。”

“怎么会呢？”

“不见得吧。看你最近打扮得这么时髦，就凭这一点……特别是刚才你拿出的那个香烟盒来路不明，这一点也很可疑。对了，你的香烟好像也有一股奇怪的味道哟。”

说到这里，浅井举起快烧到指根的烟头，放在鼻子前面闻了两三次。小野觉得浅井开的玩笑越来越无聊了。

“来，我们边走边谈吧。”

为了不让浅井的恶作剧继续下去，小野迈开脚步走到桥中央。浅井也把胳膊肘从桥栏杆上拿开。阳光从半空倾泻而下，洒落在左右两侧高出地表的麦田上，暖洋洋的绿意掠过麦穗在田畦上升腾。原野笼罩在一片暑气之中，两人感到几乎快要窒息。

“真热啊！”跟在后面的浅井说道。

“是很热。”小野停下脚步等候浅井跟上来，待两人并肩时，又朝前走去。小野边走边进入正题。

“刚才的那件事儿……其实，两三天前我去井上老师家的时候，老师突然和我提起了那桩亲事……”

“这不是正合你意吗？”浅井说道。见浅井还想继续说下去，小野加快语速，一口气地把话说完。

“当时老师的情绪比较激动，而且老师又有恩于我，我实在不忍心伤害他的感情，所以就请求老师宽限几天让我回来好好考虑一下……”

“你也太谨慎了……”

“你听我把话说完。若想批评的话，待会儿我会洗耳恭听……你也知道，我以前曾得到过老师极大的恩惠，对老师的话不能有丝毫违抗，否则于情于理都说不通……”

“嗯，是说不通。”

“话虽如此，但结婚不同于其他的事情，这可是关系到终身幸福的头等大事，即便是恩师的命令，我也不可能轻易地服从。”

“嗯，是不能服从。”

小野狠狠地望了对方一眼，没想到对方却是一副一本正经的样子。谈话继续进行——

“假如我对老师有过明确的承诺，或者是和小姐有着必须要承担责任的关系的话，那根本就用不着老师催促，我自己就会主动把事情处理好。然而实际上，我在这方面真的是问心无愧啊。”

“嗯，你是问心无愧的。我敢肯定，世上再也找不出像你这种高尚、纯洁的人了。”

小野又狠狠地望了对方一眼。浅井丝毫没有察觉。谈话仍继续进行——

“可是，老师却一味地认为我必须承担这个责任，所以想必以后会据此生出种种事端吧。”

“嗯。”

“事到如今，我总不能再回到原点，指出老师的错误，告诉他‘您的想法在根本上错了’……”

“这件事，都怪你为人太老实了。你应该圆滑一些，否则会吃亏的。”

“我明白自己会吃亏，但我就是这样的性格，不会直截了当地驳斥对方的看法，何况对方又是对我恩重如山的老师啊。”

“是啊，对方是你的恩师啊。”

“而且，从我的角度来说，目前我为了写博士论文而忙得不可开交，哪里还有心情去谈婚论嫁呢？”

“你还在写博士论文吗？真了不起啊！”

“也没什么了不起的。”

“了不起就是了不起。一般人可做不到这一点，真不愧是银表得主啊！”

“这个不提也罢……总之，情况就是这样的，老师的好意令人不胜感激，但我还是打算先回绝掉这门亲事。只是以我的性格，每当见到老师就不禁心生怜悯，拒绝的话实在难以说出口啊。所以，我才想拜托你来办这件事。怎么样？你能答应我吗？”

"原来如此，小事一桩！我去见老师，帮你把话说清楚吧。"

浅井满口答应下来，就像毫不费力吃下一碗茶泡饭似的。如愿以偿的小野向前走了一两步，又接着说道：

"不过，我愿意照顾老师一辈子，当然我也不能总是像现在这样光说不做……其实，老师的经济条件已经大不如从前，所以就更加令人同情。我觉得这次他和我谈话的目的也不单纯是结婚的问题，而似乎是借此暗示我需要在经济上帮助他。所以，我一定会帮助他，我会尽一切努力帮助老师。不过，因为结婚就帮助，没结婚就不帮助，我压根儿就没有那种世俗的想法……老师于我有恩，这是铁的事实。在我报答老师之前，恩情是不会平白无故消失的。"

"实在是佩服你啊！老师若是听到这番话，一定会高兴的。"

"请把我的想法好好地转告给老师。万一老师误解我的话，事情可就麻烦啦。"

"好！我会好好地和老师说，绝对不会伤害他的感情。不过，你得借我十元钱呀。"

"我会借给你的。"小野笑着答道。

锥子是钻孔的工具，绳索是捆绑物品的手段。浅井则是解除婚约的器具。没有锥子就别想在松木板上钻洞，没有绳索就无法捆住蝾螺，只有浅井才能以去澡堂洗澡般的心情应下这份谈判的差事。小野是个才子，能够得心应手地使用工具。

然而，只是提出解除婚约的要求和提出要求之后还要处理好遗留问题，这是两种并不等同的能力。抖落枯叶的人未必会打扫院落。浅井是个不拘小节的人，即便参观皇宫也会毫无顾忌地抖掉枯叶。同时，他也是个不负责任的人，即便参观皇宫也不会去拂拭一丝纤尘。浅井胆子很大，还未学会浮水就敢潜入水中。不，他简直就是一个英雄！他根本就没有考虑过潜水时必须掌握浮水的技术。他乐于答应别人的请求，抱着试试看的心情，把所有事情都应承下来，仅此而已。假如把善恶、是非、轻重和事情的结果排除在外考虑问题的话，浅井其实是个没有恶意的善良人。

小野对浅井的这种性格当然心知肚明。他之所以委托浅井去办这件事，是因为他对圆满解决问题已经不抱有希望，只要有人替他提出解除婚约的要求即可，后果怎样都无所谓。假如引起对方的不满，小野打算逃避。就算逃脱不掉，他也已经做好了准备，让对方不得不忍气吞声地接受现实。小野已经和藤尾约好明天一起去大森游玩，只要他们一起去了大森，就算事情完全暴露，估计自已也无法和藤尾断绝关系了。到时候，再如约给予井上家物质方面的帮助。

小野在心里打定主意，当浅井爽快地答应了他的请求时，不禁产生了一种如释重负的感觉。

“阳光这么一照，好像麦子的香味已经飘到鼻尖上了。”小野的话题总算转到了自然方面。

“有香味吗？我一点儿都没有闻到。”浅井抽动着蒜头鼻子嗅了几下，然后问道：

“现在你还常去那个哈姆雷特家吗？”

“甲野家吗？我经常去。过一会儿也要去呢。”小野若无其事地说道。

“听说他前些日子去了一趟京都。已经回来了吧？不知他在那边有没有闻到过麦香味……像他那种人，太没意思了。不知为何整天都阴沉着一张脸。”

“是啊。”

“像那种人，还是早点死去为好。他有很多财产吗？”

“好像有很多啊。”

“他的那个同类怎么样了？在学校偶尔会遇到他。”

“是宗近吗？”

“对，对。我打算这两三天内去他家一趟。”

小野突然停下了脚步。

“找他干什么？”

“请他帮我介绍工作，不到处活动活动可不行呀。”

“可是，宗近现在正为考不上外交官而发愁呢，你去求他也没用。”

“没关系，我去试试看。”

小野把目光转向地面，默默地走出了四五米。

“你打算什么时候去老师家？”

“今晚，或者是明天早上去。”

“是吗？”

拐过麦田，前面出现了一道两旁是杉树林荫的缓坡。两人一前一后地向坡下走去，甚至连说话的工夫也没有。下了坡后，当两人并肩走过稀疏的杉树篱笆墙时，小野开口了：

“如果你去宗近家的话，不要和他说有关井上老师的事。”

“我不会说的。”

“真的，千万别说。”

“哈哈，你还挺腼腆的嘛。这有什么关系？”

“有些小小的麻烦，所以请务必……”

“好，我不说。”

小野很不放心，他甚至想撤销刚才委托浅井的事。

小野在十字路口和浅井分手，内心七上八下地来到甲野宅邸。在他走进藤尾的房间过了约十五分钟后，宗近出现在甲野的书房门口。

“喂！”

甲野像刚才一样，坐在那张椅子上，依旧画着那个几何图案。圆内的三角鳞纹图案已经完成。

听到有人呼唤，甲野抬起头来。这是一种极其简单的抬头方式，没有吃惊、激动、恐惧，更没有装腔作势。所以说，这是一种哲理性的抬头方式。

“是你呀。”甲野说道。

宗近毫不客气地走到桌角，突然间他那两条浓眉皱起了八字：

“哎呀，屋里空气真糟糕！对身体有害！开会儿窗户吧。”宗近拉开上下窗栓，握着中间的圆把手，仿佛扫地般地径直推开面前的法式落地窗。无尽的春色伴随着院落里新芽萌动的草坪的绿意，一起涌进房间内。

“如此一来，屋子里就亮堂多了。啊，心情真舒畅！院子里的草坪几乎都绿了。”

宗近回到桌子旁，这才坐了下来。他坐的椅子，正是刚才神秘女人坐过的那把椅子。

“你在干什么呢？”

“嗯？”甲野停下手中的铅笔，把画满图案的纸张顺着桌面推到了宗近面前。

“怎么样？画得还不错吧？”

“这是什么呀？你怎么画了这么多呀！”

“我已经画了一个多小时。”

“我不来的话，估计你会一直画到晚上吧？真无聊。”

甲野没有作声。

“这跟哲学有什么关系吗？”

“也可以说有关系。”

“你大概又想说世界万物皆具哲学象征吧？一个人的头脑里竟然能装下这么多东西。难道你想写一篇‘染坊画匠与哲学家’的论文吗？”

甲野还是没有作声。

“你呀，还是那副老样子，磨磨唧唧的。每回都让人捉摸不透。”

“今天尤其让人捉摸不透。”

“不会是天气的原因吧？哈哈哈哈。”

“与其说是天气的原因，不如说是因为活着的缘故。”

“是啊，明明白白、活蹦乱跳地活在这世上的人并不多。你我二人不也是这样，磕磕绊绊地活了将近三十年……”

“人生就像一口大锅，永远稀里糊涂地待在里面好了。”

甲野总算露出了笑意。

“我说，甲野，今天来是想向你汇报一件事，顺便再和你商量点儿事。”

“搞得挺复杂嘛。”

“过些日子我就要留洋啦。”

“留洋？”

“嗯，去欧洲。”

“是件好事，只是别像我爸爸那样耗尽自己啊。”

“这可不好说，不过只要渡过印度洋，应该就没事了吧？”

甲野哈哈大笑起来。

“是这样的，最近我赶上好机会考上了外交官，所以马上就去剪了这么个头，打算趁着这个好机会出国走一遭。俗事多多，难得空闲，我可没时间画圆圈三角形之类的东西。”

“哦，那就恭喜了。”甲野隔着桌子仔细地观察着对方的头，但未作评价，也没有提出问题。宗近也没有做进一步说明。于是，发型的话题便没有继续下去。

“甲野，以上就是向你汇报的事。”宗近说道。

“你见到我母亲了吗？”甲野问道。

“还没有。今天我是从这边的房门进来的，根本就没经过伯母的和式房间。”

果然，宗近脚上仍然穿着鞋子。甲野靠在椅背上，仔细地打量起面前的这个乐天派的头、从衬衣领子中鼓隆出来的印花领带结，以及他身上那套父亲穿过的旧西装。

“在看什么呢？”

“没看什么。”甲野答道，依旧盯着宗近看个不停。

“我去告诉伯母一声吧？”

这回甲野干脆一言不发，还是盯着宗近看个不停。宗近在椅子上欠了欠身，似乎想要起身。

“还是不去为好。”

桌子对面传来清晰、明确的制止声。

留着长发的人徐徐地站起，他一边抬起右手撩起前额的头发，一边用左手撑住椅背，把头转向亡父的肖像画：

“你想告诉我母亲，还不如告诉这幅肖像画。”

穿着父亲的旧西装的人瞪大眼睛，望着站立在室内、头发乌黑光亮的主人，然后又瞪大眼睛望着墙壁上的故人肖像画，最后把目光在黑发主人和故人肖像画之间移来移去，将两者做了一番比较。比较结束之后，站立着的人转过瘦削的肩膀，在宗近的头上方开口说道：

“尽管父亲已经死去，但他比活着的母亲更值得信赖……更值得信赖啊！”

听到这句话，坐在椅子上的人又不由自主地把脸转向画像，并且注视了许久。屋内的一切，皆在壁上活着的双目的俯视之下。

过了片刻，坐在椅子上的人开了口：

“伯父也太可怜了。”

站立着的人答道：

“那双眼睛是活的，还活着啊。”

说完，便开始在房间内走了起来。

“我们到院子里去吧，房间里太压抑了。”

宗近从椅子上站起身来，走到甲野身旁一下子拉住他的手，穿过开敞的法式落地窗，走下两级石阶来到草坪上。当双脚踏上柔软地面时，宗近问道：

“究竟是怎么回事？”

草坪向南不足二十米长，尽头是一道高大的栎树树篱。树篱宽不足一米，繁茂的枝叶后面隐藏着一个五坪大小的池塘，池塘对面那间扩建的凸出的和式房间内，摆放着藤尾的书桌。

两人缓慢地迈着步子，走到了草坪尽头。回来时多绕了四五米，穿过树丛返回书房。两人都默不作声，步伐也出奇地一致。树丛中央骤然开阔，顺着两三块踏脚石，当两人走到通往池塘的拐角时，突然从和式房间方向传来山鸡般尖锐的笑声。两人不约而同地停下脚步，视线也转向同一个方向。

通往池塘有一条四尺余宽的狭窄小路，小路一直延伸至池水边。池塘对面是枝叶横生的浅葱樱，长长的树枝遮住了屋檐，小野和藤尾正站在外廊边缘面朝这边开怀大笑。

左右两边是不规则生长的春季的杂木，头上方是樱树枝，脚下是扎根于温暖池水中并浮出水面的荷叶。两个人置身其中，构成了一幅活人画①。因为画框是由纯自然景观聚集而成，因为画框形状端正得丝毫不损雅趣、错落有致又不乱人眼目，因为踏脚石、池水、外廊之间的距离恰到好处，因为画中人所处的位置不高也不低，最后是因为事情来得太突然，如同呼吸之间出现的幻影，因此两人的视线聚集到了池塘对面的二人身上。与此同时，池塘对面的二人也把视线落在池塘这边的两人身上。四人面面相觑，像被钉子钉住般地呆立不动。在这间不容发的瞬间，只有率先打破僵局的人才能成为胜者。

只见女子一只穿着白色布袜的脚迅速向后退去，她从鲜艳得令春天黯然失色的浅褐色古风图案的腰带中，不顾一切地抽出一条蜿蜒盘旋的蛇形物件。她握着膨胀的蛇头，在空中挥舞着纤细的金色蛇身，一道暗红色光芒自蛇尾迸射出来。接下来的一瞬间，一条灿烂的金链如闪电般地挂在了小野胸前。

“呵呵，这个最适合你了！”

---

① 由真人站在背景画前装扮画中人，多以历史人物为题材。明治、大正时期，作为集会时的娱乐而流行。

藤尾尖锐的声音敲击着沉静的水面，然后反弹回来，刺向两人的耳朵。

“藤……”宗近正待向前迈步，甲野本想捅他侧腹一下制止，却变成向前推了他。活人画从宗近的视野中消失了。甲野从后面冲了上来，把脸凑近好友的耳畔，低声说道：

“别说话……”然后把一头雾水的好友拉进了树丛。

甲野把手搭在好友肩上，推着他走上石阶返回书房，默不作声地把两扇门扉似的法式落地窗“啪嗒”地关上，又习惯性地把上下两根窗栓插上。然后又走向门口，“咔嚓”地转了一下原本就插在锁孔里的钥匙，一下子把门锁上。

“你这是干什么？”

“把门锁好，以防有人进来。”

“为什么？”

“不为什么。”

“究竟是怎么回事？你的脸色很糟糕。”

“我没事。你先坐下吧。”甲野把面前的椅子拉到书桌旁。宗近像个孩子似的听从了甲野的吩咐。等对方坐下之后，甲野也面向书桌，缓缓地坐在平日坐惯的安乐椅上。

“宗近，”甲野面朝墙壁唤了一声，然后转过头来对着宗近说道，“藤尾可靠不住啊！”

平静的语气中，隐含着一丝说不出的温暖。甲野同情宗近，如同为了让绿意重返所有枝杈而在孤寂之中悄然进行的春天的律动。

“是吗。”

双臂交叉抱在胸前的宗近简短地答道。随后，又无精打采地加上一句：

“系子也这么说过。”

“你妹妹比你有眼光。藤尾靠不住，她可是个浮华的人。”

“咔嚓”，有人在门外转动门把手。门打不开，于是门外的人开始“咚咚咚”地用力敲门。宗近回过头去，甲野却连眼皮都懒得抬一下。

“别管她！”甲野冷冷地说道。

门外的人好像把嘴贴在门上“哈哈哈”地大声笑着，接着传来向和式房间方向奔跑的脚步声。房间里的两人面面相觑。

“是藤尾。”甲野说道。

“是吗？”宗近应道。

随后房间内静了下来，只有书桌上的座钟嘀嗒作响。

“金表也别要了！”

“嗯，不要吧！”

甲野依旧面对墙壁而坐，宗近还是双臂交叉抱在胸前。座钟“嘀嗒嘀嗒”地走动着。和式房间的方向传来一阵哄笑声。

“宗近，”甲野又把头转向宗近，“藤尾讨厌你，你什么都不说为好。”

“嗯，我什么也不说。”

“你的人品，藤尾根本就无法理解。她是个肤浅、轻佻的人，就把她让给小野吧！”

“所以我就剪了这么一个头。”

宗近从胸前抽出关节粗大的手，“啪”地在刚刚剪过的头顶敲了一下。

甲野的眼角浮现出一丝若有若无的笑意，他深深地点了点头，然后说道：

“既然剪了这个头，藤尾之类的就不需要了吧？”

“嗯哼。”宗近只是轻轻地应了一声。

“如此一来，总算可以放心了。”甲野轻松地跷起一条腿，把它搭在另一条腿的膝盖上。宗近吸起烟来，他吹出一口烟，像是自言自语地说道：

“我要重新开始。”

“重新开始，我也要重新开始。”甲野也像是自言自语地答道。

“你也要重新开始吗？怎么开始呢？”宗近拂开眼前的烟雾，饶有兴趣地把脸凑过来。

“我要像以前那样从身无分文重新做起，这应该算是重新开始吧。”

宗近大吃一惊，甚至忘记把夹在手指间的敷岛①牌香烟送到嘴边。他似乎不敢相信自己的头脑，反问道：

“像以前那样从身无分文重新做起，是什么意思？”

“我把这栋房子和所有财产都给了藤尾。”

甲野像往常一样平静地答道。

“给了藤尾？什么时候？”

“就是刚才，我在画这个图案的时候。”

“这……”

“刚好那时我在这个圆圈内画三角鳞纹……那个图案画得最好了。”

“怎么能轻易地说给就给……”

“我不需要那些东西，越多越是一种累赘。”

“伯母同意了这件事？”

“没有同意。”

“既然没有同意……那伯母不是很难办吗？”

“不给的话，她才难办呢。”

“可是，伯母不是一直在担心你会不会做出什么傻事来吗？”

“我母亲是个伪君子！你们都被她欺骗了。她不是母亲而是个谜，是颓废末世的特有产物。”

“你这么说，也太……”

“或许你认为因为她不是我的亲生母亲，所以我才对她怀有偏见是吧？如果你这样认为，那我也没有办法。”

---

① 日本香烟品牌。

“可是……”

“你不相信我吗？”

“我当然相信你。”

“和母亲相比，我更高尚、更聪明、更懂得做人的道理！而且，和她相比，我是个善良人！”

宗近沉默不语。甲野继续说道：

“母亲让我别离开家，其实是希望我主动离开这个家；她让我继承财产，其实是希望我交出财产；她让我照顾她，其实是不希望我照顾她……所以，表面上看似乎我违背了她的意愿，其实所有的事情都如她所愿……你看着吧，等我离开家后，我母亲一定会说这都是我的错，世人也会相信她所说的话……为了成全母亲和妹妹，我宁愿做出这一切的牺牲。”

宗近突然从椅子上站起来，走到桌角并把一只胳膊肘支在桌面上，他狠狠地盯住甲野说道：

“你小子，是不是疯了？”

“我完全明白大家会这么想……迄今为止，大家也都一直在背后说我是个疯子。”

这时，泪水从宗近那双又圆又大的眼睛里不停地流出，“吧嗒吧嗒”地滴落在书桌上的莱奥帕尔迪诗集上。

“你为什么不早点儿说？把她们赶出去不就好了吗……”

“赶她们出去的话，只会使她们越发堕落。”

“就算不赶她们出去，你也没有理由离开家呀。”

“我不离开的话，我的人格也会堕落下去。”

“你为什么要放弃全部财产呢？”

“因为我不需要。”

“怎么不事先和我商量一下呢？”

“我只是把我不需要的东西给她们而已，没有什么商量的必要啊。”

“哦。”宗近答道。

“如果为了自己不需要的金钱而让继母和妹妹堕落，这也不是值得夸耀的事情。”

“这么说，你是真的打算离开家喽？”

“是的。待在这里的话，大家都会堕落。”

“离开家后，你打算去哪里？”

“我也不知道去哪里。”

宗近随手拿起桌上的莱奥帕尔迪诗集，将书脊竖起，轻轻地敲击着倾斜的榉木书桌边角，似乎陷入了沉思。过了片刻，宗近开口说道：

“要不就来我家吧？”

“去你家也不是个办法。”

“不愿意吗？”

“不是不愿意，但这也不是个办法。”

宗近目不转睛地望着甲野。

“甲野，拜托你，就来我家吧。就算不是为了我和爸爸，也请你多为系子着想，来我家吧。”

“为系子着想？”

“系子可是你的知己啊！就算伯母和藤尾小姐再怎么误解你，我也看错了你，全日本的人都想加害于你，系子也绝对会站在你这一方。虽然系子没有学问也没有才气，但是她能够看到你的价值，她把你整个人都看得一清二楚。系子虽然是我的妹妹，可她是个了不起的女孩，是个值得尊敬的女孩。就算身无分文，你也没有必要担心她会堕落……甲野，拜托你就娶了系子吧！你离开家也好，隐居深山也好，到哪里去流浪都随你的便。你想做什么都可以，但拜托你带上系子一起走……我已经答应系子帮她把这件事谈妥。你不答应的话，我就没脸回去见妹妹了。那无异于害死唯一的亲妹妹。系子是个值得尊敬的女孩，是个真诚的女孩。说真的，为了你，她愿意献出一切！害死她太可惜了！”

宗近一边说，一边摇晃着坐在椅子上的甲野的瘦削肩膀。

十八

小夜子从阿婆手中接过点心袋子，底朝上把点心倒入出云烧[1]盘子里，国产饼干遮住了盘子中央的青花凤凰图案。盘子的黄色边缘几乎都空着，上面摆着一双竹筷，小夜子小心翼翼地把盘子从起居室端进客厅。客厅里，浅井和孤堂先生正在重温京都时代的旧谊，相谈甚欢。时值早晨，阳光正逐渐逼近廊檐。

“小姐以前就熟悉东京吧？”浅井问道。

小夜子把盛点心的盘子放在主人和客人之间，向后缩回瘦弱的肩膀，然后小声答道“是”，便有礼貌地站在一旁。

“她是在东京长大的哟。”先生替小夜子补充了一句。

“哦，就是啊……没想到都长这么大了。”浅井突然转移了话题。

小夜子露出凄寂的笑容，一言不发地垂下头去。浅井毫无顾忌地望着小夜子。尽管他在内心想，等会儿这个女子的婚姻大事就要被破坏掉，但还是满不在乎地望着对方。浅井对婚姻问题的看法，就如街头算命先生那般轻率。他对女子的未来以及终身幸福等，几乎没有什么同情心。在他看来，既然受人之托，只要把对方委托的事情办成即可。他认为这才是合格的法学学士的做法。法学学士做事最讲究实际，而讲究实际则是最好的方法。浅井是个缺乏想象力的人，而且他并不认为缺乏想象力是一种遗憾。他相信想象力和理性思考的作用完全不同，想象力反而会阻碍正常的理性思考。在某些场合，发挥想象力是一种好的选择，它可以使人性恢复至健全水准，这是仅凭知识判断所无法比拟的。在法律学的课堂上，他从未听哪位先生这么说过。因此，浅井对这个道理一无所知。在他看来，只要提出退亲的要求便万事大吉。夫子的一言对小夜子的凄苦命运到底会产生何种影响？这个问题，恐怕浅井做梦也不会去考虑。

就在浅井毫无意义地望着小夜子时，孤堂先生反常地咳嗽了几声，小夜子不安地把目光转向父亲：

“您吃过药了吗？”

“早上的已经吃了。”

“您觉得冷吗？”

“冷倒不冷，只是有些……”

先生把左手的三根手指搭在右手手腕上。小夜子竟忘记了浅井的存在，一个劲儿地望着正在把脉的先生的面孔。先生的面孔和胡须一样，日渐消瘦、细长起来。

“怎么样？”小夜子担心地问道。

“好像有些快，看来烧还没退。”先生微微皱起眉头。每逢父亲因为量体温而焦躁不安、神情不爽时，小夜子便感到无比悲伤。如同在原野里突遇骤雨，父女俩来到唯一能够躲避的杉树下，可是仰头一看，一道闪电击中了树梢。与其说害怕，小夜子更多的是担心老人。如果是因自己照料不周而令老人发怒，还有办法使他心情好转。可如果是凭意志无法战胜的疾病，光靠孝顺是解决不了问题的。老人这几天一直咳嗽，原以为是一时的感冒，小夜子也没放在心上，可偷偷问过医生之后，才知病情并不乐观，并不是那种两三天不退烧而令人焦急的小毛病。告诉老人实情的话，他一定会担心。瞒着他的话，只能靠他自己凭意志硬撑着，而且动不动就发火。照这样下去，恐怕一年之后老人的神经将裸露在外，即使触碰到空气也会暴跳如雷。因为此，昨晚小夜子整夜未曾合眼。

---

① 出云国（现岛根县东部）出产陶器的总称。包括乐山烧、布志名烧等。

“还是把外褂穿上吧？”

孤堂先生没有回答，而是问道：

“有没有体温计？还是量一下看看吧。”

小夜子起身向起居室走去。

“您怎么了？”浅井随口问道。

“没什么，只是有点儿感冒。”

“哦，是吗……树木已经长出绿叶了呀。”浅井说道。先生颇感意外，本以为他会详细地询问自己生病的原因、经过以及目前的病状，没想到他竟对此毫不同情、毫不关心。

“喂！没有吗？怎么回事？”先生冲着隔壁房间问道，他的声音比平时都要大，接着又咳嗽了两声。

“是，马上拿过去。”小夜子小声地答道。然而，却迟迟不见体温计送来。先生把头转向浅井，有气无力地答了一句：

“啊，是吗？”

浅井感到百无聊赖，他想快点把事情办好回去。

“老师，小野一点儿也靠不住呀，他现在只会追求时髦，他根本就不想和小姐结婚啊。”浅井语无伦次，一口气把话说完。

孤堂先生深深凹陷的眼眸射出犀利的目光，犀利之色逐渐扩散，整张脸都充满了不悦。

“我看这件事还是取消为好。”

小夜子正在隔壁房间里寻找不知放在哪里的体温计，当她拉出长火盆的第二个抽屉时，听到了浅井的话，抽屉只拉出两寸便停下了手。

先生的表情越发不悦起来。缺乏想象力的浅井根本无法预料事情的结果。

“小野近来变得非常时尚，小姐嫁给他会吃亏的呀。”

满脸不悦的先生终于忍无可忍。

“你来就是为了说小野的坏话吗？”

“哈哈，老师，我说的都是事实啊。”

浅井不知趣地放声大笑。

“谁要你多管闲事！轻浮的家伙！”先生厉声驳斥道，声音已然变得非同寻常。浅井大吃一惊，这才意识到情况不妙，一时间沉默下来。

“喂，还没找到体温计吗？你到底在磨蹭什么呢？”

外间没有回应，半开着的格子纸拉门上悄无声息地映出一条身影，拉门底下出现一个细长的白木筒。先生坐在榻榻米上拿起木筒砰的一声拔下盖子，取出体温计在阳光下用力甩了两三次，一边甩一边说：

“你为什么多管闲事呢？”然后就着阳光查看体温计的刻度。先生的注意力一半都集中在体温计上。趁此机会，浅井总算回过神来：

“其实，我是受人之托。”

“受人之托？谁托你的？”

“是小野委托我来的。”

“小野委托你的？”

先生表情茫然，竟忘记了把体温计放在腋下。

“他就是那种性格，担心亲自到老师家会说不出口，所以就委托我前来。”

“哼，你再说详细一些。”

“他说在两三天之内必须要给您一个答复，所以就委托我来代办。”

“我问的是他想退亲的理由，你能不能详细地说给我听听？”

隔扇门的另一侧传来小夜子擤鼻涕的声音。虽然声音很小，但在仅隔一扇门的另一侧还是能够清楚地听到。声音从门楣附近传来，看来小夜子就站在门的另一侧。浅井听到这个声音后，不知会做何感想。

“理由嘛，就是他必须要取得博士学位，目前实在是不能分心考虑婚姻问题。”

“也就是说，对他来说博士称号比小夜子更重要喽。”

“也不能这样说吧，假如他拿不到博士学位，就会对他的将来非常不利。”

“好，明白了。理由就是这个？”

“还有，他说没有和老师签订过任何契约。”

“他说的契约是指具有法律效力的契约吧？就是双方签字画押的字据吧？”

“也不一定非得是字据……他还说，长期以来一直蒙您关照，他愿意为你们提供物质上的帮助以表谢意。”

“他的意思是按月给我一些钱？”

“是的。”

“喂！小夜子，你过来一下！小夜子——小夜子！”先生的声音越来越大，但一直没有回应。

小夜子蹲在隔扇门外，一动也不动。先生只好把头又转向了浅井：

“你有妻子吗？”

“没有。虽然我想娶妻，但必须先养活自己才行啊。”

“没有娶妻的话，那你就好好听我说，以便日后做个参考……人家好好的女儿，可不是一件玩具啊！他想用小夜子换取博士学位，让人情何以堪！你想想看，无论多么贫穷，人家的女儿好歹也是个活生生的人啊！对我来说，女儿是心肝宝贝。你去问问小野，为了取得博士学位是不是可以不顾人的死活？还有，你再和他说，比起具有法律效力的契约，井上孤堂更看重道义上的契约……他说按月给我们钱？是谁让他这么做的？过去我之所以照顾小野，是因为他哭着跑来求我，我完全是出于同情、出于好心才做了这一切。还说什么物质上的帮助，简直无礼至极！……小夜子呀！你出来一下，我有话说。喂！你去哪儿了？”

小夜子在隔扇门外啜泣着，先生不停地咳嗽，浅井不知该如何是好。

浅井万万没有想到先生会大动肝火，他认为先生没有理由发怒。自己所说的都是事实，若想在社会上出人头地，在谁看来博士学位都是极为重要的。取消本来就模棱两可的约定，也算不上是忘恩负义的行为。假如接受恩惠却不思回报，这的确有些说不过去，但现在小野提出要对所受到的恩惠给予物质上的回馈，那就应该欣然接受、以成全对方才是。没成想，先生竟会突然动怒。这让浅井百思不得其解。

“老师，您不要这么生气嘛。如果您不满意，那我就再去找小野谈谈。”浅井说道，他似乎意识到了事情的严重性。

先生沉默了片刻，待情绪稍微稳定下来，遗憾地说道：

“看来你把婚姻问题想得太简单了，根本就不是那么一回事儿。”

浅井虽然没有明白先生话里的意思，但先生的神情还是令他内心为之一动。浅井没有回答，他所理解的婚姻是建立在一种权宜的基础上，可以根据需要随时缔结婚约，也可以根据需要随时解除婚约。

“你根本就不懂女人心，所以才来当说客的吧？”

浅井还是一言不发。

“因为你不懂什么是人情，所以才会满不在乎地说出这种话吧？你是不是以为只要小野退了亲，小夜子从明天开始就可以随便嫁到别处，所以才会说出这种话呢？没有什么任何特别的理由，就被自己五年来一直死心塌地认为是丈夫的人突然退婚，她怎么还能满不在乎地嫁到别处呢？或许世上也有这种女人，但小夜子绝不是那种轻浮的女人。我们自小就想把她培养成正派的人……你如此冒失地替别人来解除婚约，耽误了小夜子的终身大事，难道就没有丝毫愧疚吗？”

先生凹陷的眼睛变得湿润起来，他不停地咳嗽。浅井受到了触动，暗想如果先生说的是事实，确实令人敬佩，于是心里可怜起先生来。

“老师，那就请您再等些日子，我回去再找小野谈谈。我只不过是受小野的委托而来，对详细情况一无所知啊。”

“不，你不必再和小野谈什么了。既然他不愿意，我也不想强迫他娶我女儿。不过，你最好让他本人亲自来把事情说清楚。”

“可是，小姐的想法……”

“小夜子怎么想，小野应该很清楚！”先生的回答犹如一记耳光抽在对方脸上。

“不过，如此一来小野也会很难办，我再去和他谈谈……”

“你回去就对小野说，井上孤堂再怎么疼爱女儿，也绝不是那种强人所难、低三下四地恳求对方娶自己女儿的卑鄙小人！……小夜子啊！喂！你在不在？”

隔扇门的另一侧传来声响，似乎是衣袖触碰到门的下方。

“这样回话可以吧？”

还是没有任何回应。过了片刻，传来“哇”的一声，似乎小夜子把脸埋在了长袖中。

“老师，我再找小野谈谈吧。”

“用不着再谈了！你告诉他亲自来退亲！”

“总之……我会这样转告小野。”

浅井终于站起身来。先生把他送到房门，当他向先生鞠躬告辞时，先生哀叹道：“真不该生女儿啊！”

离开先生家，浅井总算松了口气。迄今为止，他从未有过这种体验。走出小巷，在荞麦面馆的灯笼式招牌前往右拐便来到街上，他走到车站，纵身跃上即将驶离的电车。

大约一小时之后，纵身跃上电车的浅井无精打采地走出宗近家的大门。随后，又驶出两辆人力车，一辆驶向小野的寄宿处，另一辆则驶向孤堂先生家。又过了五十多分钟，宗近家房门前的松树下，又有一辆遮着黑车篷的人力车抬起车辕，朝甲野家的方向飞驰而去。在此，必须按顺序对这三辆车的目的分别进行说明。

宗近乘坐的人力车在小野的寄宿处前停下时，小野刚刚吃完午饭。托盘仍摆放在那里，木饭桶也还未撤下。主人公坐到书桌前，凝望着自口中吹出的浓浓烟雾陷入沉思。今天和藤尾约好一起去大森，既然已经约好就必须要去。然而，一旦赴约成为铁定的事实，小野反而莫名地感到不安，内心产生一种负罪感。假如没有这个约定，或许心里会舒服一些吧，或许还可以多吃一碗饭。但既然已经主动掷出骰子，事情已成定局，无论如何都要渡过卢比孔河[1]。可是，若无其事地渡过河流的恺撒是个英雄。普通人到了关键时刻，总是会思前想后。每当小野到了这种关键时刻，必定会心生悔意并打起退堂鼓来。一只脚跨进即将离岸的小船，当船夫拿起竹篙说启航时，谁都会本能地大喊“等等”，并希望岸上有人伸手拉一把。因为只是一只脚跨上小船，仍有回到岸上的机会。约会也是如此，在还未履行之前，就不能说已经毫无退路。梅瑞狄斯[2]的小说中有这样的情节——男人和女人密谋在车站会面私奔，假如事情进展顺利，只要火车汽笛一响，两人便会就此失去名誉。在这决定两人命运的关键时刻，女人没有如约来车站。最终，男人只得满面惆怅地坐进马车失望而回。事后才知道，原来是一个友人把女人扣留下来，故意使她错过了约会的时间。和藤尾约好一起去大森的小野，一边望着袅袅升起的烟雾一边想，假如能通过这种方式爽约的话，说不定反倒是件值得庆幸的事。况且，浅井还未带消息回来。如果孤堂先生答应解除婚约，无论结果如何都对自己有利。如果先生不答应，那就按事先准备好的走投无路时的计划，尽快前往大森赴约，如此一来便能顺利渡过难关。当然，没有必要等待先生明确的否定回复。尽管如此，但到了做出决定的关键时刻，小野还是有些担心。绞尽脑汁想出的计划，正在被人情逐渐地瓦解。想象力正在阻止小野，希望他不要去实行计划。正因为小野是诗人，才具有丰富的想象力。

正因为想象力丰富，小野才不愿意亲自去退亲。若是让他亲眼看到先生和小夜子的面孔、房间的模样以及父女两人的生活状况，再将所看到的一切与未来连在一起，使其呈现在想象的镜子里面时，将会出现两种不同的结果：当小野本人也在镜子里时，周围的景象是春天，他们过着富足

---

① 卢比孔河是一条意大利北部的河流。英谚“横渡卢比孔河（Crossing The Rubicon）”意为破釜沉舟。

② George Meredith （1828—1909），英国维多利亚时代的小说家、诗人。夏目漱石尤其喜爱其作品。此处的情节出自《利己主义者》（*The Egoist*）。

的生活，一切都幸福美满；如果把自己的身影从镜子里抹去，周围将会变得一片黑暗，所有事情都变得悲惨无比。明明意识到这些，却偏要斩断自己的灵魂去谈判，这与明知小小的炉灶将要升起一缕青烟，却故意抽走薪柴并无两样。小野不忍心这么做。人可以闭着眼睛吞下苦涩的东西，但无法睁着想象的眼睛挥刀斩断与自己息息相关的缘分。正因为如此，小野才委托毫无想象力的浅井去做这件事。事成之后，只要摧毁自己的想象世界即可。虽然小野对此事没有把握，但已经下定决心。然而，即使杀死一条狗也不是一件容易的事，若想在与生俱来的思想世界里，找到于己不利的部分将其涂黑或者剔除，实在是一件愚蠢的穷极之策，自古以来千千万万人都尝试过，却都以失败而告终。人心，可不是一张稿纸。

在做出这个决定的当天夜里，想象力便在小野身上复活了：瘦削的面颊、深陷的眼窝、乱蓬蓬的头发、细若游丝的气息……

接下来，场面为之一变：鲜红的血液、风雨交加的凄凉夜晚、寒光照人的灯火、白色纸灯笼……

惊悚之间，想象戛然而止。

想象停止时，小野突然想起约会的事情，进而想起赴约之后将会产生的不好结果。于是，想象的力量又在他内心掀起层层波澜——良心被送进当铺，一辈子都无法赎回，利上滚利，压得他腰酸背痛，最终直不起腰。他夜不能眠，世人在背后对他指指点点。

小野茫然地望着香烟燃起的烟雾，御赐的银表滴滴答答地催促他尽快履行约定。正如全身放松坐在雪橇上那样，不需要本人做什么，雪橇就会自然而然地滑向约定的深渊。世上再也没有比时间的雪橇更准确的滑行工具了。

——还是去吧。只要不和她发生肉体关系，即使去了也没有关系吧。只要不越雷池一步，事情就应该还有转机。至于小夜子，等浅井那边有了消息之后再考虑对策吧。

当香烟的烟雾越来越浓、朦朦胧胧地将未来的影子笼罩在里面时，宗近那健硕的身躯出现在现实世界中，小野的想象顿时烟消云散。

宗近忽然走了进来，也不知他是什么时候到的、女佣是怎样带他进来的。

“真是一片狼藉啊！”宗近边说边将红漆托盘拿到走廊，又将黑漆木饭桶拿出去，连茶壶也一起端了出去，然后在屋子中间坐下说道：

“怎么样？”

“哎呀，太失礼了。”主人不胜惶恐地转过身来。女佣恰在此时赶来，将水壶和餐具撤下。

把一切交给时间，而没有勇气采取行动的人，最终的命运将是自然而然地履行约定。时间一分一秒地过去，内心的不安逐渐加剧，一点点把小野带往可怕的境地。此时，宗近突然出现，在半途挡住了不得不滑向深渊的人。被挡住的人受到了阻碍，却也因此得以享受像以前那样的片刻的安宁。

做人当然必须要守约，但夺走履约条件的人并不是自己。自己主动爽约和因受到外界干扰而失约完全是两种心情。当约定难以履行之时，受到他人的妨碍反而是一件好事，因为这样可以免除自身的责任。如此一来，当对方责问“为什么不守信？”时，就可以堂堂正正地回答：“虽然为尽义务而乐于前往，但由于遭到了宗近的阻挠而没有去成。”

宗近的到来，小野其实是打心眼里欢迎的。然而不幸的是，这份欢迎之情却因一种不愉快的关系而被深深地埋在内心深处。

宗近和藤尾是远亲。无论是自己为藤尾布下圈套，还是藤尾为自己布下圈套，总之两人已经在暗中约好进一步发展关系，使任何人都不能把两人拆散，并且即将付诸行动。然而就在这一关键时刻，突然有人闯了进来。先不说对方是否坏了自己的好事，总之让人非常愧疚。若来者是与自己毫不相干的旁人倒也罢了，没想到突然闯入的不是别人，而是藤尾的亲戚。

如果仅仅是亲戚，那倒也没什么。但对方是心里一直都装着藤尾的宗近；是被客死异国的人很早之前就指定为女婿的宗近；是直到昨天为止仍不知道小野和藤尾的关系，依然怀抱着昔日美好愿望的宗近；是浑然不知钱已被偷，仍然守护着空保险柜的宗近。

金链宛如一道闪电，将春天的秘密之云劈成两半。假如被金链从梦中唤醒之后，浅井再把井上先生的事告诉宗近的话，事情就不妙了。“同情”仅仅是针对对方所说的话，而“愧疚”则多了一层对不起对方的意思。一旦事情比较棘手，利害得失直接回到自己身上时，就得使用“不妙”一词了。小野望着宗近的面孔，暗想事情实在不妙。

小野欢迎宗近来访的一点好意如同一枚果核，无地自容地被“同情”的外皮裹在其中，“同情”的外面还裹着一层令人不快的“愧疚”的外皮。而最外面的“不妙”的外皮，就如泼洒开来的黑墨汁，漫无边际地连接着未来。而此时的宗近，无疑就是掌控着未来的主人公。

“昨天失礼了。”宗近说道。小野面红耳赤地垂下了头，他提心吊胆地点燃一支香烟，暗想宗近接下来大概会提起金表的事。然而，宗近却丝毫没有这个意思。

“小野，刚才浅井到我家里来了。就是为了这件事，我才特意来找你。”宗近开门见山地说道。

小野一下子紧绷了神经，过了片刻，他憋在嘴里的烟才从鼻孔郁闷地喷出。

“小野，你千万不要以为这是冤家找上门来了。”

“不，怎么会……”小野说着，内心又暗吃一惊。

“我可不是那种故意找茬，乘人之危落井下石的人。你看，我把头都剪好了。我根本就没有这种闲工夫，就算是有工夫，也有悖我们的家风……”

小野明白了宗近的意思，但他不知道宗近为什么要剪那种头。只是他没有勇气去问，所以只能保持沉默。

“如果你认为我是那种卑鄙的人，那我在忙碌之中特意跑来你家便毫无意义了。你受过教育，也是个明白事理的人。如果你把我看成那种人，那么接下来我要说的话，将对你起不了半点作用。”

小野依旧默不作声。

“我就算再怎么无聊，也不会为让你看不起而驱车赶来……浅井说的，都是事实吧？”

“浅井是怎么说？”

“小野，我可是认真的啊！你听我说，人生在世，一年至少有一次必须对人以诚相待。光凭一张表皮过日子，谁还愿意和他打交道呢？就算他愿意和我们打交道，也很没趣。我今天来这里，就是为了和你打交道。怎么样？你明白我的意思吗？”

“是，明白了。”小野老老实实地回答。

“明白的话，那我们就可以进行平等的对话了。你看起来似乎很不安，一点儿都不平静。没错吧？”

“也许……是吧。”小野看上去很无奈，只得坦白地承认。

“你如此坦率，我反倒同情起你来。浅井说的都是事实吧？”

“是。”

“在现在这个只注重表面的浮躁社会里，没有人去理会他人是否不安，是否不宁静。不要说顾及他人，很多人明明自己不安也会装出一副春风得意的样子。或许，我也是其中的一个。不，不应该说或许，我的确就是其中的一个。”

此时，小野抢着拦住对方的话：

“我很羡慕你。其实，我一直在想，如果能做到像你那样就好了。从这一点来说，我的确是不值一提的人。”

看得出来，小野并不是在迎合对方。他的那层文明表皮已经裂开，从中流露出了真心话。尽管他的语调无精打采，但却透着一股真诚。

“小野，你意识到这一点了吗？”

宗近的话里带着一丝暖意。

“意识到了。”小野答道。过了片刻，他又重复道：

“意识到了。”然后，垂下了头。宗近把脸凑近小野，对方依然垂着头，随后说道：“我性格懦弱。”

“为什么？”

“没有办法，这是天生的。”

小野还是垂着头回答。

宗近的脸凑得更近了。他支起一条腿，把胳膊肘放在膝盖上，用手托住凑向前面的脸，然后说道：

“你比我有学问，头也比我聪明，我很尊敬你。正因为尊敬你，我才来挽救你。”

“挽救我……”小野终于抬起了头，他的脸几乎与宗近碰在一起。宗近逼迫似的说：

“在这种关键时刻，如果不把你那与生俱来的性格彻底改变一下，你会终生都活得不安宁。就算你如何用功，就算你成为学者，一切都无法挽回。就看你的了，小野，希望你能真诚待人。世上有很多人一辈子都不明白何谓真诚，他们披着一张皮活在这世上，和用泥土制成的人偶没什么两样。如果本来就没有真诚的话，那就另当别论，可明明怀有真诚却成了人偶，实在是太可惜。对人以诚相待，就连心情也会变得舒畅。你有过这种体验吗？”

小野低垂着头。

“没有的话，你就体验一回看看，就是现在！这种事一辈子只有一次，今天错过了，以后就没有机会了，你将到死也不明白真诚待人的感受。在你死去之前，你会像长毛犬那般，惶惶不可终日地到处乱转。人正是通过真诚待人的机会的不断积累，才会不断完善自身的人格，才会觉得自己活得像个人……这绝不是危言耸听。只有亲身体验过，才会明白这个道理。就拿我来说吧，既没有学问也不肯用功，考试名落孙山，整天无所事事地到处闲逛。可尽管如此，我还是比你活得坦然。我妹妹还以为那都是因为我感觉迟钝的缘故。她说得没错，或许我真的感觉迟钝……不过，我真那么感觉迟钝的话，今天就不会驱车来你这里了。小野，我说的没错吧？”

宗近脸上露出笑容，而小野却没有笑。

“我之所以活得比你坦然，并不是由于有没有学问，也不是由于用不用功，与这些没有任何关系，重要的原因是我常常会真诚待人……也许，说我一贯能够做到真诚待人比较恰当。越是能够做到真诚待人，就越能增强自信；越是能够做到真诚待人，就越能活得从容不迫；越是能够做到真诚待人，就越能感受到精神的愉悦。只有真诚待人，才能感受到自己确实存在于天地之间。所谓真诚待人，小野，就是真刀真枪的意思，它意味着脚踏实地，意味着无论如何都不能来虚的，意味着必须全身心地投入。嘴上花言巧语，或者耍些小花招的人，无论如何都称不上真诚待人。只有把头脑里的东西毫无保留地展现给世人看，才能体会到真诚待人的感觉，才能感到心安理得。其实，昨天我妹妹向我袒露了真诚，甲野也袒露了真诚，而我在昨天和今天也都是真诚待人的。你也趁这个机会真诚一次吧！世界上多出一个真诚的人，不但可以挽救当事人，也可以挽救整个世界……怎么样？小野，你没明白我的意思吗？”

“不，我明白。”

“我可是认真地问你啊。”

“我真的明白了。”

“那就好。”

“谢谢你。”

“那么，我们回到正题……那个叫浅井的，简直就是个不通人性的家伙，如果事情都按他所说的去办，结果将会很糟糕……或许本来应该把浅井带到这里，让他把对我说过的话再逐一向你重复一遍，然后再比对你所说的，对事情做出一个正确的判断才合适。我就算再怎么笨，也明白这个道理。然而，现在事情牵涉了真诚与否，问题就比较严重。说什么有没有契约，这不都是废话吗？又说什么成了家就不能取得博士学位，取得不了博士学位就会脸面无光，这些孩子气的谎话，应该都不是问题吧？喂，你说是不是？”

“是，都不是问题。”

“目前重要的是拿出诚意，想想该如何把事情处理好，这就是你所要做的。如果你不介意，我可以帮你出谋划策，就算替你跑一趟也可以。”

此时，垂头丧气的小野坐直了身体。他抬起头，从正面望着宗近，目光中透着一股前所未有的坚定。

“真诚的处理方式是尽早和小夜子结婚。如果抛弃小夜子，就会对不起她，也对不起孤堂老师。都是我的错，不应该向孤堂老师提出退亲的事。我也对不起你。”

“对不起我？好了，不提这个，你以后会知道的。”

“实在是对不起……如果没提出解除婚约就好了。如果没提出解除婚约……浅井已经去退亲了吧？”

“他当然按照你所说的去退了亲，可是听说井上先生要求你亲自去退亲。”

“那我现在就去，我马上就去向他们赔罪。”

“别急，刚才我已经委托父亲去井上先生家了。”

“您父亲？”

“嗯，听浅井说，井上先生大发雷霆。另外，小姐也哭成了泪人。我担心来你这儿谈事情时，那边万一发生什么事可就麻烦了，所以就托我父亲去应付一下场面，顺便安慰他们一下。”

“谢谢你想得这么周到。”小野弯腰施礼，头几乎贴在榻榻米上。

“没关系，反正老人家也是闲着，只要对你有帮助，他什么事都愿意做。所以，就这么安排了……如果这边谈得顺利，我会雇辆车去井上先生家把小姐接过来……小姐来了之后，你要当着我的面亲口对她说，她是你未来的妻子。”

“我会说的。我过去也可以。”

“不必了，把小姐叫过来是因为我还有其他的事情。事情办好之后，我们三人再一起去甲野家。然后，你必须当着藤尾小姐的面把刚才的话再说一遍。”

小野看起来有些畏缩的样子。宗近随即接着说道：

“或者，由我来把你的妻子介绍给藤尾小姐也可以。”

“有必要这么做吗？”

“你不是说要真诚待人吗？那你最好在我的面前和藤尾小姐干净利落地断绝关系。带小夜子小姐去，就是为了让她做个见证。”

“带她去也可以，但这样做好像让人太难堪……能不能尽量采取温和的方法处理……”

“我也不喜欢让人难堪，但为了挽救藤尾小姐，这也是迫不得已。以她的性格，用普通方法根本就无法改变。”

“可是……”

“这样做会让你很没面子是吧？事情都到了这种地步，你却还在因顾忌面子问题而磨磨蹭蹭地不肯付诸行动，说明你只是在做表面文章。你不是刚刚说过要真诚待人吗？我认为，所谓真诚待人，最终是要付诸‘行动’这两个字。口口声声把真诚挂在嘴上的话，那只有嘴会变得真诚，人是不会变得真诚的。如果你想告诉别人你这个人已经变得真诚，那就必须要拿出确凿的证据来，否则说什么都没用……”

“那我就做吧！即使人再多也无所谓，我能做到！”

“很好。”

“还有，我全部实话实说吧……其实，我们今天约好要去大森。”

“去大森？和谁？”

“那个……就是刚才说的人。”

“是和藤尾小姐？几点去呢？”

“我们约好三点钟[1]在车站见面。”

“三点……现在几点钟了？”

宗近的西装马甲内响起了“咔嗒”的一声。

“已经两点了，反正你也不会去吧？”

“我不去了。”

“不用担心，藤尾小姐不可能独自一人去大森。你不用去管她，只要一过三点钟，她自己应该会回家。”

“哪怕迟到一分钟，她也不愿意继续等，应该会马上回家的。”

“那正好……诶，好像下雨了。你们约好即使下雨也去吗？”

“是的。”

“这雨……看来一时半会停不下来……还是先写封信把小夜子小姐请过来吧。估计我父亲已经等得不耐烦了，在为我们担心呢。”

与春季极不相符的骤雨斜着下落。整个天空深不可测，千丝万缕的雨丝从云层深处不断地被抽出并降落到地面。气温骤降，使人感觉身边有只火盆才好。

信在滴滴答答的雨声中写好了。当人力车载着送信人，在雨中摇曳着一溜烟儿地远去时，叙述之笔暂且转向他处。先前离开宗近家的第二辆人力车已经抵达孤堂先生租住的家，正在努力地完成它所承担的使命。

孤堂先生因发烧而躺在被窝里，后面的墙上挂着那幅珍藏的义董挂轴，小夜子把冰袋放在他的前额冷敷降温。小夜子蹲在父亲枕边，一直低垂着头，睁着一双哭得红肿的眼睛，似乎正在数着冰袋扎口处的皱褶。宗近的父亲稳稳地端坐在距铁线花图案的被子二尺远之处，他那结实的膝盖超出坐垫轻轻地压在榻榻米上，与血色皆无的孤堂先生的瘦削面孔相比，显得威风凛凛。

---

① 当时东海道线的始发站为新桥，下午三点在新桥见面的话，到达大森要接近四点，显然他们的计划并不是单纯的郊外踏青。

宗近老人的嗓门依旧很大，孤堂先生的声音也比平时高。两人正在进行着一场对话。

“老实说，就因为这样，我才突然登门拜访。在您贵体欠佳之时贸然来访，实在冒昧。但因情况紧急，还请多多包涵。”

“哪里，我这副样子才有失体统，实在是不胜惶恐。本应起来向您打个招呼……”

“您别客气，您这样躺着，我们反而比较容易说话，结果也是方便了我，哈哈。”

“非常感激您的一片好意，还劳您特地跑一趟。”

“哪里哪里，如果是从前，我们这算是武士间的惺惺相惜。哈哈哈哈，说不定哪一天我就会需要您的帮助。话说回来，您隔这么久又搬回东京，想必各方面多有不便，很劳神吧？”

“已经二十个年头了。”

“二十年？真是太久了，已经是很久以前了。您在东京有亲戚吗？”

“就跟没有一样，因为已经很久没和他们来往了。”

“原来如此。这么说，你们能依靠的只有小野先生一个人喽？真是的，岂有此理。”

“怪我们太倒霉。”

“唉。不过，总有解决办法的，请不必太担心。”

“我没什么好担心的，只是我们太倒霉了。刚才我已经和女儿说过，这都是命中注定的。”

“可是，多年来您为此付出这么多努力，现在却说放弃就放弃，未免也太可惜。不如这样，您就把这件事情交给我们来办吧。我儿子也说了，他愿尽一切努力帮助你们。”

“非常感激你们的一片好意。不过，事情到了这个份儿上，既然对方不愿意娶，我女儿其实也没有必要嫁。就算她想嫁，我也不会答应……”

小夜子轻轻拿起冰袋，用毛巾仔细地擦拭着父亲的额头。

“冰袋就暂时不要用了……小夜子，不嫁给他也可以吧？”

小夜子把冰袋放进盆里，用双手支撑着榻榻米垂下头去，她的脸庞几乎遮住了盆子，眼泪扑簌扑簌地滴落在冰袋上。

“可以吧？”孤堂先生又问道，同时将枕头上花白的头向后转了半周，刚好看见眼泪滴落到冰袋。

“您说得对，您说得对……”宗近老人接连重复了两遍。孤堂先生把头转了回来，他双眼噙着泪水注视着宗近老人，过了片刻才开口说道：

“可是，如果因此而使小野和那个叫藤尾的女人结了婚，那就太对不起您儿子了。”

“不……这个嘛……您尽管放心，我儿子已经决定不娶她了。也许……不不，绝对不会娶她。就算他想娶，我也不会答应。我绝对不允许儿子娶回一个讨厌他的女人。”

“小夜子，你听，宗近先生的父亲也这样说。我们的想法都是一样的。”

“我……不嫁给他……也可以。”小夜子在父亲的枕头后面断断续续地说道，声音在“哗哗”的雨声中依稀可辨。

“不，这样可不行啊。如此一来，我来这里就毫无意义了。小野先生想必也有不少苦衷，还是等我儿子的消息吧，就按照刚才所说的那样，请你们再等等……虽然我这么说未免有夸口之嫌，但我儿子是个明白事理的人，他一定会把事情处理好，不会给你们造成任何麻烦。如果他觉得解除婚约对你们有益，那他就一定会朝这个方向努力……虽然我们今天是初次见面，但请你们务必相信我……是时候了，应该有消息了，偏偏在这个时候下雨……”

雨仍在下，随着“嘎吱嘎吱”的车轮声，一辆人力车停在了格子玻璃门外。门被拉开，屋内骤然一亮，一双湿透的草鞋踏了进来。——在此，叙述之笔将转向第三辆人力车所承载的使命。

系子坐在第三辆人力车里，一路“丁零丁零”地向甲野家疾驰而去。

甲野正在收拾书房。他把书桌抽屉逐一拉开，把不知攒了多久的信件一封封地撕碎扔掉。不一会儿，地板上堆积起来的碎纸片便几乎接近膝盖高了。甲野踩着纷乱的碎纸片站起身来，从抽屉里一张张地取出写着小字的便笺，其中也有五六页装订在一起的，大部分都是洋纸，而且写的都是英文。甲野草草看过之后，随即将它们摞在书桌上，有些甚至没读上半行便将其撇下。过了没多久，书桌上堆积起来的纸张已有近一尺高。抽屉基本上都空了。甲野用双手上下夹着这一摞纸张走到暖炉旁，然后默默地将它们都抛了进去。摞好的纸张离开主人的手，散乱着飞进暖炉。

桌子上有一个葡萄叶状的青铜烟灰缸，烟灰缸上放着一盒火柴。甲野伸手拿起火柴盒摇了摇，里面发出五六根火柴碰撞的声音。甲野又走到书桌前，拿起放在莱奥帕尔迪诗集旁的黄色封面日记本，再次来到暖炉前。他用大拇指压着日记本的书口，迅速地翻阅了一遍，只见黑墨水和灰色铅笔字迹不断地在眼前掠过，直到出现黄色封面。他全然不清楚自己到底写了些什么，只记得昨晚临睡前在最后一页写下的最后两句：

入道无言客，出家有发僧。

甲野狠下心来，把日记本放到废纸堆上，然后在暖炉前蹲下身来。随着“嗤”的一声划着火柴的声音，安静地散落着的纸张懒散地伸着懒腰，自下而上地变得温热起来。纸张的最下层开始蠕动起来，纸张和纸张之间升起一股烤焦的烟味儿。

“嗯，还有东西要写。”

甲野猫着腰，从浓烟中一把抓起日记本。日记本的纸张已经被烤焦。随着“呼”的一声，暖炉中剧烈地燃起了火苗。

“哎呀，怎么了？”

母亲站在门口，用奇怪的眼神望着暖炉。甲野闻声侧过身体望着母亲，把手伸向暖炉。

“太冷了，我想暖和一下。”甲野话音一落，又转过头俯视着暖炉。淡黄色的火焰正在燃烧，与不时蹿出的几缕蓝色、紫色的火焰交织在一起，然后钻入烟囱。

“哦，那你就好好取暖吧。”

就在此时，有四五条雨丝随风飞来，撞在窗户玻璃上四处飞溅。

“下起雨来了。”

母亲没有回答，走了几步来到房间中央，装模作样地望着钦吾说道：

“觉得冷的话，就往里面加些炭吧？”

熊熊燃烧的火焰吐着紫色的火舌，转眼间就熄灭了。暖炉里面一团漆黑。

“已经够了，火已经熄灭了。”

说完之后，钦吾转过身来，背对着暖炉。就在此时，亡父的眼睛从墙壁上发出一道光亮。外面，雨“哗哗”地下着。

“哎呀，信件扔得到处都是……都不要了吗？”

钦吾望着地面。撕碎的信件散落了一地，有的仅剩两三行字，有的仅剩五六行字，更有甚者撕得仅剩不足半行字。

“全都不要了。”

“那就打扫一下吧，垃圾桶放在哪里？”

钦吾没有回答。母亲向书桌下面张望，隐约看见脚踏板后面有一个洋式的藤条垃圾桶。母亲弯着腰伸出手，从窗外射进的阳光照在她那蓝色缎子腰带上。

钦吾伸出右手，抓住罩着椅套的椅背，然后侧过瘦弱的肩膀，把椅子拖到书桌旁。

母亲从书桌下拽出垃圾桶。她将撕碎的信件残片一张一张地拾起来丢进垃圾桶，甚至还把揉成一团的纸片小心地展开来看。写着“他日拜访后……”的纸片被丢了进去，写着“……恕难从命。不过，情况允许的话……”的纸片也被丢了进去，写着“……终究无法忍受……”的纸片则连背面也看了一遍。

钦吾斜眼望着母亲，他在拖到书桌旁的椅背上用力一撑，穿着蓝色布袜的脚便敏捷地跳到白色椅套上，之后又跳到书桌上。

“哎呀，你要干什么？”母亲手持信件残片，抬头望着钦吾，双眼间明显流露出惊慌的神色。

“我要取下画像。”钦吾站在书桌上平静地答道。

“画像？”

惊慌变成了惊讶。钦吾的右手已经抓住烫金画框。

“你等一下。”

“什么事？”钦吾的右手仍然放在画框上。

“你取下它想做什么？”

“我要把它带走。”

“你要去哪里？”

“我要离开这个家，我只带走这幅画像。”

“什么？你要离开家？……就算你要离开，也不用这么急着取下画像嘛。”

“我做错了吗？”

“你没有做错。你想要的话，就把它带走好了。只是，没有必要这么着急吧？”

“可我必须马上把它取下来，因为时间不多了。”

母亲表情复杂，呆呆地站在那里。钦吾的双手抓住了画框。

“你说要离开，这是真的吗？”

“是真的。”

钦吾头也不回地答道。

“什么时候？”

“过会儿就走。”

钦吾双手抓住画框摇晃一下向上托起，把它从挂钉上摘下来。画框与墙壁之间，还连接着一根细绳，似乎一松手就会绳断画落。钦吾只得仔仔细细地双手抱住画框。母亲在下面说道：

“可是雨这么大……”

“下雨也没关系。”

“你至少也得向藤尾打个招呼再走吧？”

“藤尾不是不在家吗？”

“所以我就让你等她一下嘛。你这样莫名其妙地说走就走，不是成心让我为难吗？”

“我没有为难您的意思。”

“就算你没有这个想法，也要考虑一下别人会怎么看这件事。实在要走的话，也应做好准备安安稳稳地走，否则我都没有脸面见人。”

“脸面……”钦吾手持画框边说边把头向后转去，他那细长的眼睛望了母亲一眼，然后视线又转向门口，忽然停了下来。母亲惊慌地向后看去。

“哎呀！”

系子仿佛从天而降似的，静静地站在门口，她正缓缓地向他们躬身施礼。当她那头蓬松的厢发重新抬起时，人已经快步走到书桌旁。系子把两只白色布袜并拢在一起，仰起脸望着钦吾说：

“我是来接你的。”

“请给我剪刀。”

钦吾站在书桌上向系子说道。他用下颚示意，剪刀就放在莱奥帕尔迪诗集旁。随着“咔嚓”一声，画框离开了墙壁，剪刀则“当啷”地掉在地板上。钦吾双手抱着画框在书桌上转过身来。

“我来这里，是因为哥哥让我接钦吾先生回去。”

钦吾将捧在眼前的画框慢慢地放下来：

“请帮我接一下。”

系子稳稳地接过画框。钦吾从书桌上一跃而下。

“我们走吧……你是坐人力车来的吗？”

“是的。”

“这个画框能装进去吗？”

“能装进去。”

“好，我们走。”钦吾又接过画框，向门口走去，系子也跟在他的身后。母亲唤住两人：

“等一下！……也请系子小姐等一下！我不知道钦吾到底是因为什么事非要离开这个家，但你也要考虑一下我的感受，你这样一走，我还有什么脸面见人呢？”

“脸面什么的都无所谓。”

“你怎么能这么说话呢……简直就像个不懂事的孩子。”

“孩子也没什么不好的，真能变成孩子就好了。”

“又说这种话……你觉得从小孩长成大人容易吗？时至今日，我们为你付出的辛苦可不是三言两语就能概括的，你再好好想想吧。”

“我想过了，所以才决定离开。”

“为什么？唉，你怎么这么不懂事呢……总之，事情搞成这样，都怪我没有尽到责任，事到如今无论怎么求你、劝你都无济于事……可是，这让我怎么面对你死去的父亲……”

“您不用担心我父亲，他不会说什么的。”

“不会说什么？……你，又何必这么由着性子折磨我呢？”

甲野手持画框，再也不想说什么了。系子一动不动地站在甲野身旁。暴风雨围住房间肆虐，狂风自远处呼啸而至，声音既高亢又低沉。甲野默默地站在风雨声中，系子也默默地站着。

“你明白一些了吧？”母亲问道。

甲野依然默默无语。

“我说了这么多，你还是不明白吗？”

甲野还是没有开口。

“系子小姐，你瞧，他就是这个样子。请你回去以后，把所看到的如实转告你的父亲和哥哥……真是的，让你看到这种场面，实在是丢尽了脸面。”

“伯母，既然钦吾先生想离开家，那您就痛痛快快地让他走吧。我觉得您勉强留他也不会有什么结果的。”

“连你也这样说，那就没办法了。请恕我直言，因为你还年轻，所以才会有这种肤浅的想法……我们家又不是孤零零地住在深山老林里，就算想离开，也不能说走就走呀。现在他这一走，自己倒无所谓，留下的人可就麻烦了。”

“为什么？”

“你没听说过人言可畏吗？”

“别人怎么说，大可不必理会……钦吾先生这样做，哪一点不妥呢？”

“可是，我们大家活在世上，必须要顾及脸面呀。比起自己，还是世道人情更重要呀！”

“可是，钦吾先生这么想离开家，难道您不认为他很可怜吗？”

“所以才要顾及脸面的嘛。”

“顾及脸面？多没意思啊。”

“这可不是没意思。”

“所以您是说钦吾先生自己变成什么样都无所谓吗……”

“我这么做，也是为他着想。”

“与其说是为了钦吾先生，不如说是为了伯母自己吧？”

“这可是世间常理啊。”

“我不明白这些……无论世人说什么，想离开的人终究还是想离开，这件事根本不会给伯母带来任何麻烦。”

“可是，雨下得这么大……”

“雨再怎么下，也不会把伯母淋湿，这又有什么关系呢？”

以下的故事，发生在没有火车的年代。山里人和海边人发生了争执。山里人说鱼是咸的，海边人则说鱼不可能有咸味。两人各执己见，争吵不休。若使双方明白对方的想法，唯有开通名为教育的火车，使双方可以通过理性的阶梯自由上下。有时候，要想在社会上行得通，必须沾满俗世的盐渍，以至令人一看就感到恶心。这种情况下，即使你劝他们，那些不过是谎言，是虚伪的，他们也听不进去，只会坚持自己沾满盐渍的世俗思想。神秘女人和系子的这场对话就如两条平行线，无论如何都不会相交于一点。就如山里人和海边人对鱼的根本看法截然不同一样，神秘女人和系子对人的看法，从一开始就完全不同。

甲野默默地注视着两人，他当然对山和海都一清二楚。系子的主张质朴直白，几乎令人无法辩解。母亲的主张则愚蠢、俗气得令人心生厌恶。甲野抱着父亲的画框，站在两人面前，听她们你一言我一语地争论不休。他既没有流露出无聊的神色，也没有表现出不耐烦的态度，甚至连一丝困惑的神色也没有。假如两人的争论一直持续到太阳落山，他大概也会抱着画框以同样的姿势一直站到太阳落山。

就在此时，雨中传来了吆喝声，一辆人力车停在了房门前，随后传来逐渐接近的脚步声。宗近第一个出现在大家面前。

“哎，还不走吗？”宗近问甲野。

“嗯。”甲野只是应了一声。

“伯母也在这里，那正好啊。”宗近边说边坐下。小野随后走了进来，小夜子紧跟在小野身后也走了进来。

“伯母，虽说老天下雨，可这里还挺热闹嘛……小夜子小姐，这是我的妹妹。”

活泼之人只是一句话，便起到了寒暄和介绍的作用。宗近忙着应酬；甲野依然抱着画框呆立不动；小野也无所事事地站在那里；小夜子和系子两人也只是彬彬有礼地彼此鞠躬致意，当然她们没有机会推心置腹地交谈。

“哎呀，这种雨天，你们也……”母亲满脸堆笑地说道。

“雨下得真大呀。”宗近随即答道。

“小野先生……”母亲还没说完，宗近插口说道：

“听说今天小野和藤尾小姐约好一起去大森。不过，他不能去了……”

“是吗……可是，藤尾刚才已经出发了。”

“她还没有回来吗？”宗近平静地问道。母亲露出一丝不悦的神色。

“这种时候，还去什么大森。”宗近像是在自言自语，然后转过头去对众人说道：

“大家都坐下吧，站着多累啊。估计藤尾小姐马上就回来了。”

“来，大家坐吧。”母亲说道。

“小野，坐下吧。小夜子小姐，你也坐吧……甲野，怎么回事，你手里……”

“哎呀，他把父亲的肖像画取下来了，说是要一起带走……”

“甲野，你等一下，藤尾小姐马上就回来了。”

甲野没有回答。

“我来拿一会儿吧。”系子低声说道。

“不用……”甲野把手中的画框靠墙放在地板上。小夜子低着头，悄悄地朝画框望去。

“你们找藤尾有什么事吗？”

母亲问道。

“是，有事。”

宗近答道。

接下来，大家都默不作声，只有雨在不停地下着。就在同一时刻，一辆人力车载着愤怒的克利奥帕特拉，如同韦驮天①一样从新桥飞驰而来。

---

① 韦驮天是婆罗门教湿婆神之子，为佛教护法天神。常用来比喻奔跑迅速的人。

宗近的西装马甲内发出“滴答”的一声。

“三点二十分。”

谁都没有应声。人力车一路飞奔而来，黑色车篷弹开千丝万缕的雨丝，克利奥帕特拉的怒火在坐垫上熊熊燃起。

“伯母，想不想听我说说京都的事？”

人力车夫载着乘车人的愤怒不停地飞奔，似乎要超过雨丝落地的速度。飞驰的车辆迎面截断横向袭来的风，一个急转弯后，甲野家大门内的碎石子路上留下了两条车轮碾压的痕迹，并一直延伸至房门前。

凝聚着满腔怒火的深紫色蝴蝶结，在克利奥帕特拉钻出车篷时颤抖了一下，之后便随着主人突然冲进房门。

“二十五分。”

宗近的话音还未落下，愤怒的化身便如同受辱的女王一样，直立在书房的正中。六人的目光不约而同地都汇集在紫色蝴蝶结上。

“哟，你回来了。”宗近叼着香烟说道。藤尾对宗近不屑一顾，她挺直高挑的身体，冷冷地在室内环视了一周。最后她把目光停留在小野身上，似乎要将他刺穿。小夜子躲在小野穿着西装的肩膀后。宗近忽然站起身来，把吸了一半的香烟抛进葡萄叶状的烟灰缸里：

“藤尾小姐，小野根本就没有去新桥。”

“这不关你的事！小野先生……你为什么没有去？”

“如果我去了，我会对不住自己的良心。”

小野一反常态，一字一句说得都很清楚。克利奥帕特拉的眼中射出两道闪电，直击小野的额头，似乎在说“你这个狂妄的小子”。

“你不遵守约定，必须要做出解释。”

“遵守约定的话，后果会很严重。正因为如此，小野才没有赴约啊。”宗近说道。

“你别插嘴！小野先生……你为什么没去赴约？”

宗近大踏步地走了几步过来：

“我来介绍一下吧！”说着，宗近把小野推向一旁，娇弱的小夜子出现在众人的视线里。

“藤尾小姐，这位就是小野的妻子！”

藤尾的脸上立即布满了憎恶的表情，憎恶又渐渐地化作嫉妒，当嫉妒深入至身体内部之时，整个人如一尊石像般凝固不动了。

“虽然还不是正式妻子，但她迟早都会成为小野的妻子，听说他们五年前就许下了婚约。”

小夜子一直垂着哭肿的双眼，她弯下纤细的脖颈鞠了一躬。藤尾握着发白的拳头，一动不动地站着。

“骗人！骗人！”藤尾接连说了两遍，“小野先生是我的丈夫。他是我未来的丈夫！你胡说些什么？太失礼了！”

“我只是出于好意告诉你事实而已，顺便把小夜子小姐介绍给你。”

“你这是在侮辱我！”

石像内部的血管突然破裂，紫色的血液带着满腔愤怒涨满了面孔。

“我是好心，一片好心啊，你可不要误会。”宗近的语气出乎意料地平静。

小野终于开口了：

“宗近所说的都是事实，她确实是我未来的妻子……藤尾小姐，迄今为止的我实在是个轻薄之徒。我对不起你，对不起小夜子，也对不起宗近。从今天开始，我要重新做人，做个正直本分的人。请原谅我吧。如果今天我去了新桥，无论对你还是对我，都不会有好结果，所以我没有去赴约。请原谅我吧。”

藤尾的表情发生了第三次变化。从破裂的血管流出的鲜血被苍白吸收，脸上剩下的只是鄙夷之色。顷刻间，她脸上戴着的面具突然变得支离破碎。

“哈哈哈哈！”

歇斯底里的笑声传到窗外，在雨中久久地回荡着。与此同时，藤尾将攥紧的拳头伸进厚绢和服腰带中，一下子拽出一条光溜溜的长链子。深红色的链子尾部左右摇摆着，发出怪异的光芒。

“那么，这个对你来说没有用了是吧？好啊！……宗近先生，那就送给你吧，接着！”

藤尾伸出手，白皙的手臂露了出来。怀表稳稳地落在宗近黑黝黝的手掌上。

宗近一个箭步冲到暖炉边，“啊！”地大喊一声抡起了黑黝黝的拳头。怀表在暖炉的大理石炉面角上摔得粉碎。

“藤尾小姐，我可不是因为想得到这块表而故意拆你的台。小野，我也不是为了想得到一个心在别人身上的女人而演这么一出戏。只要摔碎这块表，你们就应该明白我的用心了吧？这也算是第一义行动的一种表现。甲野，我说得没错吧？”

“是的。”

藤尾呆立在那里，她脸上的筋肉突然僵硬起来。紧接着，她的双手、双脚都变得僵硬起来，仿佛是一尊失去重心的石像，踢翻椅子，倒在地面上。

十九

雨滴穿过浓厚的云层，差不多下了整整一天，直至大地里外都得到滋润，才总算停歇下来。春天到此也走到了尽头。梅花、樱花、桃花、李花凋谢坠落，余下的嫣红也都如梦幻般地消失殆尽了。在春天争奇斗艳者悉数走向灭亡。以自我为中心的女人服下虚荣之毒离开人世。风失去了如花般的昔日玩伴，只得无聊地在逝者房间内吐着幽香。

藤尾头朝北方凭枕而卧，身上盖着友禅染小薄被，被面印着有些跟不上时代的片轮车①图案，上面爬满了半绿色的蔓藤。被子的图案充满凄凉，看上去死气沉沉。褥子似乎是两床厚厚的郡内织②重叠在一起，从一尘不染的平滑褥单下露出黄色和棕色粗格子图案。

唯有黑发没有变化。紫色蝴蝶结已经被取下，不知丢到了哪里，头发就那样凌乱着披在枕头上。母亲似乎沉浸在对女儿的哀思中，连替她梳整头发的心情也没有。凌乱的长发披散在雪白的褥单上，与天鹅绒的被头连成了一片。中间是仰卧着的面孔，脸上的表情和昨天一样，只是肤色不同。眉毛还是像往常一样黑。母亲刚刚为她合上了双眼，而此前母亲一直小心翼翼地抚摸着她的眼皮，直到它合上为止。除了面孔之外，看不到身体的其他部分。

怀表摆在褥单上。精雕细琢的鱼子纹雕金表壳已被摔得破烂不堪，只有表链还算完好。表链缠绕在上下两片表壳的边缘，每隔半寸便会折射出金色光泽，正中间便是那颗石榴石，如眼睛般摆放在被摔瘪的表壳上。

房间内有一个两扇对折的银色屏风，上下颠倒地摆放着。屏风六尺见方，以清澈的月光色为底色，上面略显突兀地用铜绿颜料全无章法地描绘着纤弱的花茎，以及不规则地重叠在一起的锯齿状叶片。铜绿色花茎的顶端，淡淡地描绘着手掌大小的花瓣。花瓣很薄，似乎只要轻弹花茎便会纷纷飘落。花瓣有红色，也有紫色，就好像是在几层吉野纸③叠出来的褶皱上画就的。望着屏风，你会觉得这些花瓣都来自银色，在银色中盛开，又在银色中凋落。此花正是虞美人草，落款是抱一④。

屏风后放着藤尾生前常用的拼花小木桌。高冈涂⑤莳绘砚台盒和书籍都被挪到了多宝格橱架上。书桌上供着一个盛满灯油的素烧陶罐，尽管是白天，里面仍点着一根灯芯。灯芯是新的，高出陶罐约三寸，白色的端头甚至都没有吸到灯油。

房间内还摆着一个白瓷香炉。已经褪色的红色线香袋放在书桌一隅。炉灰中插着五六根线香，燃烧着的香头化作袅袅烟雾而逐渐消失。线香的气味很像是做法事，飘荡的烟雾则呈蓝色。浓浓的烟雾自香头袅袅升起，途中时左时右地摇摆着。每摇摆一次，烟雾左右移动的幅度就会加大，颜色也会变得越来越淡。忽然，逐渐变淡的烟雾中又缓慢地升起一道浓烟。最终，逐渐变淡的烟雾和浓烟均不知去向，燃尽的香灰“啪嗒”一声整段掉落下来。

暗红色的高冈涂砚台盒摆在橱架上，盒身绘着一株苍劲挺拔的古木，再配以几朵仿螺钿工艺的寒梅。盒的内侧为黑底，绘着一只展翅高飞的黄莺。泥金芦雁图案的文卷匣并排摆放在旁边，外壳为鱼子纹雕金的金表曾经收藏在里面，直到昨天，表链端头的石榴石还一直躺在匣底放着幽光。文卷匣上放着一卷通体烫金的书籍，金光闪闪的书口看上去光彩夺目。紫

① 日本古来一种花色图案，为牛车车轮半浸于河水之中。
② 日本山梨县郡内地区出产的丝绸制品。
③ 日本奈良县吉野地区出产的纸张，质地极薄，江户时代曾用来过滤漆料。
④ 酒井抱一（1761—1828），日本江户末期琳派的著名画家。
⑤ 日本富山县高冈市出产的漆器。

色书签挂穗从书页间长长地垂落下来，夹着书签的那一页，上数第七行就是那句：“这才是埃及最高统治者的光荣死亡方式！”文字旁用彩色铅笔画着细线。

一切都很美。被美丽所包围，躺在里面的人的面孔也很美。藤尾那双傲慢的眼睛永远地合上了，但她的眉毛、额头、黑发，依然美若天仙。

“线香不会灭了吧？”隔壁房间里，母亲正欲起身。

“我刚去上过香。”钦吾双臂抱在胸前，规规矩矩地端坐着。

“请阿一先生也去上炷香吧。”

“我也刚去上过。”

线香的气味陆陆续续地从藤尾的房间飘来。燃尽的香灰“啪嗒啪嗒”地整段掉落在香炉中。银色屏风在不知不觉间被烟雾所淹没。

“小野先生还没来吗？”母亲问道。

“就快来了吧。已经派人去叫他了。”钦吾答道。

房门特意关得紧紧的，房间内的隔扇门倒是敞开的。透过半开着的张贴着芭蕉布的隔扇门，可以看到片轮车图案的友禅染被子的下摆，而其他东西一律看不到。隔扇门一寸余宽的黑色边框，笔直地贯通于门楣和门槛之间，把幽冥世界隔在对面。母亲坐在隔扇门的这一侧，不时地仰着身体伸长脖子，似乎想看一看被隔扇门遮挡住的地方。比起冰冷的双脚，她似乎更在意藤尾那冰冷的脸庞。每当她张望的时候，隔扇门的黑色边框便会完全地把友禅染被子斜着截断。要把它画下来，本身就可成为一幅图案画。

“伯母，没想到会是这样一种结果，我深表同情。但事已至此，还望节哀顺变。”

“我根本就没想到事情竟会……”

“事到如今，哭也没有用。这都是报应。”

“我真是后悔啊。”母亲擦拭着眼泪说道。

“过于悲伤反而无法为死者祈来冥福，目前重要的是要考虑好该如何善后。既然事情已经变成这样，就只能让甲野留在家里了，如果您不同意的话，最终麻烦的将是您自己。”

母亲“哇”地放声大哭起来。回顾过去的眼泪容易止住，可是忽然间想到自己未来的命运，眼泪便会一发不可收拾。

“该怎么办才好呢……一想到这些……阿一先生……”

母亲一把眼泪一把鼻涕，断断续续地说道。

“伯母，请恕我直言，您平时的想法有些不对头。”

“都是因为我，才使藤尾落得这种结果，钦吾也要离开我……”

“所以嘛，哭也解决不了任何问题……”

“……我实在是没脸见人了。”

“所以，从今往后您要改变一下想法了。甲野，你说是吧？这样就可以了吧？”

“一切都是我的错啊。”母亲终于向钦吾低下了头。双臂抱在胸前的人也开了口：

“您只要不去计较孩子是否亲生就好，只要以平常的心态对待我就好，不必对我太客气就好。另外，也不要把简单的事情考虑得太复杂，能做到这些就可以了。”

说到这里，甲野停顿下来。母亲低着头没有回答，或许她无法理解甲野所说的话。甲野接着说道：

“您本来想把房子和财产都给藤尾是吧？所以我说愿意把房子和财产都让给藤尾，可您却总是怀疑我，不相信我说的话，这就是您的错了。您不喜欢我一直待在家里是吧？所以我说要离开这个家，可您却认为我是故意让您下不来台，您不该把我想得这么坏。您想招小野为上门女婿，又担心我不会答应，所以打发我去京都游玩，想趁我不在家时让藤尾和小野发展关系是吧？您不该要这种手腕。您说是为了医治我的病才打发我去京都游玩，您对所有人都这样说过对吧？您不该撒这样的谎……只要您能改掉以上这些做法，其实我也没有必要离开这个家，我愿意一直照顾您。”

甲野的话到此结束。母亲低着头，思考了片刻，然后低声说道：

"听你这么一说，的确都是我的错啊……今后我会听从你们的意见，无论如何都得改掉自身的缺点……"

"那好啊！甲野，可以吧？伯母毕竟是你的母亲，你留下来照顾她也是天经地义的，我会好好向系子解释的。"

"嗯。"甲野应了一声。

当隔壁房间的线香将要燃尽时，小野摸着苍白的额头走了进来。蓝色烟雾再度掠过银色屏风袅袅升起。

葬礼于两天后结束。葬礼结束的当天夜里，甲野在日记中写下以下文字：

悲剧终于来临。我早就预料到悲剧迟早会来。我之所以任由预料中的悲剧自然发展，对其不加任何阻拦，是因为我深知对于罪孽深重者之所为，仅凭一己之力根本无法阻挡。正因为我深知悲剧的伟大，才想让她们也体会一下悲剧的伟大力量，以此彻底洗刷掉跨越三世的罪孽。我并非冷漠之人。伸出只手便会失去只手，投以一眼便会失去一眼，即便失去只手、一眼，她们的罪孽依然丝毫未变。不仅如此，罪孽反倒会逐日加深。我并非因恐惧而袖手旁观、不闻不问，只是觉得伟大的自然制裁比人的手、眼来得更加真切，能使人在电光石火的一瞬间看清自己的本来面目。仅此而已。

悲剧比喜剧伟大。有人对此做出的解释是，因为死亡能够排除万难、一死百了。如果说因为人陷入无法逆转的命运深渊而显得伟大，则与流水因一去不复返而显得伟大并无异处。假如命运只是向人宣告其终期，那它就算不上伟大，命运之所以伟大，是因为它能在一瞬间把生变成死；命运之所以伟大，是因为它能在人毫无戒备的情况下揭示被遗忘的死亡；命运之所以伟大，是因为它能让玩世不恭的人在顷刻间变得正襟肃容，并痛感道义存在的必要性；命运之所以伟大，是因为它能使人在头脑中形成人生第一义乃道义之观念；命运之所以伟大，是因为它能让道义在遭遇悲剧后方能通畅无阻地发挥其力量。人们都期盼他人践行道义，然而自身却很难做到这一点。而悲剧能促使每个人都去践行道义，所以它是伟大的。践行道义会给别人带来极大方便，同时也会给自己造成诸多不利影响。当每个人都致力践行道义时，大家才会普遍感到幸福，社会才能真正走向文明，所以悲剧是伟大的。

人生会出现各种问题。吃米还是吃粟？这是喜剧；务工还是经商？这也是喜剧；选择这个女子还是那个女子？同样也是喜剧；使用色泽鲜艳的织锦还是素色条纹缎？这是喜剧；英语还是德语？这也是喜剧。以上这些都是喜剧。还有最后一个问题——生还是死？这是一个悲剧。

十年，三千六百个日日夜夜。一般人从早到晚苦思冥想的问题皆为喜剧，连续三千六百日都陶醉在喜剧里的人最终会忘却悲剧。他们为如何才能更好地诠释生存所烦恼，“死”字已然不复存在于意念之中。因为他们都忙于在这种活法和那种活法之间做出权衡，所以才会忽视生与死这个大问题。

忘却死亡的人，人生将会变得极尽奢华。载浮载沉，皆在生中，一举手一投足也皆在生中，因此他们认为无论如何舞动、如何疯狂、如何嬉闹都没关系，不必担心会超出生的范畴。人过于奢华就会变得无所顾忌，从而将道义踩在脚下，随心所欲地飞扬跋扈。

人生在世，都会直面生死这个大问题。为了解决这个问题，众人舍弃死亡选择生存，于是便无一例外地朝着生存前进。由于众人在舍弃死亡的问题上观念一致，于是便达成了一种默契，恪守舍弃死亡的必要条件——道义。然而，由于众人都在逐日接近生存而远离死亡，由于众人坚信即使随心所欲地飞扬跋扈也不会超出生的范畴，道义最终成为多余的东西。

众人不再看重道义，他们得意扬扬地以牺牲道义为代价演绎着各种喜剧。他们的周围充斥着嬉闹、喧嚣、欺瞒、嘲弄、蔑视、践踏、排挤。这就是众人从喜剧中得到的快乐。由于众人向生存前进时这种快乐会分化发展，由于只有牺牲道义才能享受到这种快乐，所以喜剧便会无止境地发展下去，道义的观念则日渐趋下。

当道义观念衰退至极限，人人向往生存的社会不堪重负时，悲剧就会突如其来地发生。直到此时，众人的视线才会转向自身的出发点，才会意识到生与死原来比邻而居；才会意识到当人疯狂乱舞之际，有时会不慎跨出生的范畴而进入死亡圈内；才会意识到为你我所忌讳的死，竟然是个不能将其遗忘的永劫不复的陷阱；才会意识到不能随便越过陷阱周围那道腐朽不堪的道义之绳；才会意识到必须要重新架设道义之绳；才会意识到第二义以下的活动没有任何意义。于是，众人才恍悟悲剧的伟大……

两个月后，甲野把这一节抄录下来，寄给了身在伦敦的宗近。宗近在回信中写道——

此地只流行喜剧。

夏目漱石
虞美人草

图书在版编目(CIP)数据

虞美人草/(日)夏目漱石著;陈岩译. —上海:上海译文出版社,2022.9
(夏目漱石作品系列)
ISBN 978-7-5327-8975-7

Ⅰ.①虞… Ⅱ.①夏… ②陈… Ⅲ.①长篇小说—日本—近代 Ⅳ.①I313.44

中国版本图书馆 CIP 数据核字(2022)第 133571 号

虞美人草 | [日]夏目漱石 著 | 出版统筹 赵武平
责任编辑 缪伶超 许明珠
虞美人草 | 陈 岩 译 | 装帧设计 尚燕平

上海译文出版社有限公司出版、发行
网址:www.yiwen.com.cn
201101 上海市闵行区号景路 159 弄 B 座
苏州市越洋印刷有限公司印刷

开本 890×1240 1/32 印张 9.75 插页 15 字数 178,000
2022 年 10 月第 1 版 2022 年 10 月第 1 次印刷

ISBN 978-7-5327-8975-7/I·5570
定价:52.00 元